KB140833

슬로 굿바이

슬로 굿바이

이시다 이라 _{지음}

권남희 _{옮김}

예문사

이 책은 제 첫 단편집이고, 첫 연애소설집입니다.

데뷔한 지 얼마 안 되었을 때부터 쓰기 시작해서 몇 개월에 한 편씩 손으로 더듬거려 가며 정성껏 만든 작품입니다. 그때까지는 주로 미스터리만 썼기 때문에 아무도 죽지 않고 범죄도 일어나지 않는 소설을 쓰는 것은 처음이었습니다.

'현재'를 살아가는 남녀의 연애 한 장면을 선명하게 오려낼 수 있다면 좋겠다. 되도록 아무도 쓰지 않은 테마를 아무도 쓰지 않은 방법으로 써 보고 싶다. 어른의 연애소설은 냉혹한 시선으로 관찰한 어두운 이야기가 너무 많으니, 조금 달달하더라도 다 읽고 난 뒤에 편안한 취기를 남길 수 있는 러브 스토리를 쓰고 싶다.

그렇게 써 나가는 동안 발견한 것은 제 작가로서의 적성이었을지도 모릅니다. 연재하는 동안 몹시 즐거웠거든요. 실제 체험도 조금은 있겠지만, 이런 식이었으면 좋았을 텐데! 저렇게 하면 좋았을지도? 하는 가슴 설레는 전개가 많이 있었습니다.

시대의 바람이 몹시 차가워져서 많은 사람이 책을 읽을 짬도 여유도 없다고 합니다. 그러나 그럴 때야말로 단편소설을 떠올려 주세요. 읽는 시간도 수고도 간편하고, 제트코스터처럼 이야기에 휩쓸려 다니다 녹초가 되는 일도 없습니다. 거대한 작품 세계가 아니라 바람의 살랑거림이나 설렘만이 담담히 가슴에 남는 것이 소품의 매력이죠. 단편소설을 읽는 사람은 언제든 느긋하게 자기 자신인 채로 있을 수 있습니다.

물론 이 책은 어떤 식으로 읽어 주시든 상관없습니다. 그러나 작가가 멋대로 상정한 조건이 있으니 참고해 주시면 기쁘겠군요.

1. 되도록 공복을 피해서 매일 밤 침대에 갖고 간다.
2. 자기 전에 한 알이나 두 알씩, 천천히 복용한다.
3. 주중 5일 동안 다 읽으면 주말에는 씩씩하게 데이트를 나간다.

단편소설 쓰는 즐거움에 버금가는 단편집 읽는 즐거움을 찾아 주신다면, 작가로서는 더 바랄 것이 없습니다.

다음에는 삼십 대 남녀를 주인공으로 한 새로운 시리즈를 시작할 예정입니다. 어떤 이야기나 인물을 만날 수 있을지, 저는 지금부터 기대되는군요.

어느 봄, 이사 가기 전날 밤에

이시다 이라

차례

울지 않는다

잠이 덜 깬 머릿속에 휴대전화 벨 소리가 울렸다. 상승과 하강을 반복하는 단순한 멜로디지만 한번 들으면 잊히지 않는다. 휴대전화 벨 소리로 J. S. 바흐의 코랄 전주곡 「예수, 인간 소망의 기쁨이여(Jesus, Joy of Man's Desiring)」를 설정해 놓았다. 침대에서 책상 위의 충전기에 꽂힌 휴대전화로 손을 뻗쳤다. 방 안은 캄캄했다.

　"여보세요 ……."

　"미안, 잠 깨웠지?"

　미요시 하나의 전혀 미안해하지 않는 목소리가 들렸다. 머리맡의 시계를 보았다. 디지털의 파란 숫자는 새벽 두 시 반을 지나고 있었다.

　"아니, 깨어 있었어."

　또 거짓말을 했다. 나는 다른 사람에게는 그리 저자세가 아닌데, 하나에게만은 어째선지 움츠러든다. 한밤중에 잠을 깼는데도 바로 이야기를 들을 태세를 갖춘다. 내일 출근도 해야 하면서.

"그래, 무슨 일이야? 또 세이지하고 싸웠어?"

이가라시 세이지와 나는 같은 대학에 다녔다. 학생 시절에는 얼굴만 아는 정도였지만 졸업 후 같은 외국계 컴퓨터 회사에 들어가서 친구가 되었다. 세이지는 한마디로 말하면 아주 유쾌한 타입으로, 동성 친구에게도 인기가 많다.

키도 크고, 체격도 좋고, 말도 잘한다. 게다가 여자를 휴대용 티슈처럼 쓰고 버린다. 이따금 한꺼번에 세 장 정도 팍팍 뽑아서 코를 풀고 쓰레기통으로.

난 잘 모르겠지만, 대부분의 여성은 자신을 아껴 주지 않는 남자에게 끌리는 습성이 있는 모양이다. 덕분에 세이지는 이성이 아쉬울 때가 없었다. 하나는 그래도 이 년째 계속 붙어 있는, 경이로울 정도로 인내심이 강한 세이지의 여자 친구다. 하나는 조금 취한 목소리로 단호히 말했다.

"이번에는 진짜 끝날 것 같아."

"그렇구나."

눈만 번쩍 뜨인 게 아니라 심장도 쿵쾅거렸다. 그럴듯한 대답이 생각날 리 없다. 나는 전화 너머로 들리는 잔 부딪히는 소리와 피아노 트리오의 베이스 연주에 신경을 집중했다.

"좋아하는 사람이 생겼대. 진심 같아. 잡지 모델이래. 그쪽과 제대로 사귀고 싶으니 헤어져 달래."

나는 한숨을 쉬었다. 하나는 거침없이 말했다.

"하아, 이런 얘기 스기모토한테 해 봐야 소용없지."

그렇긴 하지만, 지금까지 비슷한 이야기를 꽤 들었다. 한밤중에 사람을 깨워 놓고 할 말은 아니다. 하나에게는 세이지와 비슷한 면이 있었다. 자신이 절박하면 다른 사람의 기분 따위 상관하지 않는 점.

"그래도, 괜찮아?"

"뭐 그냥. 언젠가는 이런 날이 올 거라고 각오했었고. 누군가한테 얘기하면 마음이 풀릴 것 같아서."

상대는 누구여도 상관없었지만, 이라고 하고 싶은 어투였다.

"흐음, 안 우는구나."

헤헤, 하고 하나는 남자아이처럼 웃었다.

"사귀는 동안 하도 울어서 이제 안 울어. 그런 남자한테는 내 눈물도 아까워. 스기모토는 내가 울 줄 알았지?"

"모르지. 지금부터 울지도."

하나는 코웃음을 치며 힘을 주어 말했다.

"아냐, 아냐, 절대 아냐. 난 절대 울지 않아."

"그래."

하나가 울든 말든 상관없다고는 말할 수 없다.

"그래서 말이야, 그 집 열쇠를 돌려주려고. 이번 토요일에 만나서 전하고 싶은데 세이지한테 연락 좀 해 주면 안 될까?"

"열쇠 같은 건 우편으로 보내도 되고, 가서 우편함에 넣어 놔도 되잖아."

어머, 하고 하나가 소리를 질렀다.

"그건 안 되지. 나쁜 사람 손에 들어가서 빈집털이범이라도 들어가면 큰일이잖아."

그런가. 보통 아무도 그런 상상은 하지 않을 거로 생각하지만. 하나는 뭐든 나쁜 쪽으로 상상하는 버릇이 있다.

"딴 여자 생긴 세이지 녀석, 빈집털이라도 당하면 차라리 고소하잖아."

"그럴 수는 없어. 그럼 부탁할게."

하나의 전화는 느닷없이 뚝 끊겼다. 6월의 새벽 세 시. 창밖에서 조용한 빗소리가 들려왔다. 빗소리로 칠해진 캄캄한 방 안에서 잠이 깬 채 남겨진 나의 기분도 좀 생각해 달라고. 화가 나서 바로 세이지의 단축번호를 눌렀다.

불행의 전화다. 이 기분을 세이지에게도 나눠 주지 않으면 성이 풀리지 않을 것 같았다.

네 번째 신호에 세이지의 잠긴 목소리가 들렸다.

"예에에에 …… 누구야, 이 시간에."

"오, 일어났냐."

"뭐야, 스기모토냐. 내일 얘기하면 안 돼?"

엉겁결에 웃음이 났다. 느닷없이 깬 인간의 반응은 몇 종류 되지 않는 것 같다.

"나도 누가 전화해서 깼어. 알지?"

혀를 차더니, 세이지가 말했다.

"하나냐 ……."

"그래. 이번에야말로 헤어지겠다고 하던데 정말이냐?"

"응."

숨이 거칠었다. 어째서 전화 목소리는 이렇게 생생하게 들릴까. 실제로 만나 얘기하는 것보다 감정의 움직임이 잘 보이는 것 같다.

"어차피 또 내 욕 했겠지."

"그것도 있어. 이번에는 모델하고 사귄다며? 평소 같으면 바람으로 끝날 텐데 하나하고 헤어지다니 진심이냐?"

잠시 침묵을 두고 세이지가 평소의 목소리로 돌아왔다.

"그렇지만 어쩔 수 없잖아. 내가 좋아하는 타입을 만났는데. 그녀에게도 약혼자가 있었지만, 헤어지게 했어. 내 쪽도 하나를 끊을 수밖에 없어.”

“뭐 널 탓하려는 건 아냐. 진심인 걸 확인했으면 됐어. 하나가 너희 집 열쇠를 돌려주고 싶으니 토요일에 만나고 싶대.”

“그런 거로 이 시간에 굳이 전화해서 깨운 거냐.”

“그래.”

“내일 회사에서 해도 될 얘기 아냐?”

“응.”

“너 심술궂지 않냐?”

나는 코웃음 쳤다.

“나도 같은 마음이야. 하나의 전화 때문에 잠이 깨 버렸어. 그럼 토요일 두 시에 시부야 타워레코드 지하 카페에서. 알았지?”

“젠장, 타워카페에서 두 시지. 내일 지각하면 네 탓인 줄 알아.”

말이 나온 김에 물어보았다.

“그런데 그 새 여자 친구, 그렇게 미인이냐?”

“뭐 그렇지. 하나도 나쁘지 않지만, 비교가 안 돼. 엄청 예뻐. 다음에 걔가 나온 잡지 보여줄게.”

나는 아무 말도 하지 않고 전화를 끊었다. 행복한 듯 말하는데 울화통이 터졌다.

휴일 오후, 타워카페는 꽤 붐볐다. 벽에 걸린 롤링스톤스의 골드 디스크를 곁눈질하면서, 나는 넓은 매장을 한 바퀴 돌았다. 두 사람의 모습은 보이지 않았다. 지겨웠지만 예상한 대로다.

새삼스럽게 웨이트리스의 안내를 받아 원형 테이블에 앉았다. 위층에서 파는 CD 라이너 노트를 보았다. 오 분 뒤에 얼굴을 들자 하나가 서 있었다.

"늦어서 미안. 세이지는?"

나는 고개를 가로저었다. 하나는 휴일인데 밝은 재색 미디엄 스커트 정장을 입고 있었다. 핑크 셔츠는 옷섶을 활짝 젖혀서 새하얀 가슴이 눈에 들어왔다. 턱선이 전보다 홀쭉해진 것 같았다. 머리는 여전히 쇼트커트였지만, 빨갛게 다시 물들였다.

"안녕. 하나, 좀 야위었네."

"상대가 없을 때 다이어트를 해 봐야 소용없지만."

그냥 한번 던져 보았다.

"보통 이런 역할은 여자 친구한테 부탁하지 않냐?"

하나는 메뉴에서 눈을 들지 않고 말했다.

"그렇긴 하지만, 여자애들은 세이지를 규탄할 것 같아서 싫어. 피해자 의식이 강한 아이가 많아서. 그러면 세이지가 안 올지도 모르잖아."

하나의 말이 맞다. 왠지 남자와 헤어지면 자신의 가치가 닳는다고 믿는 여자가 있다. 중고차도 아닌데 주인이 자주 바뀌지 않아야 비싸게 팔린다고 생각하는 걸까. 우리는 이런저런 두서없는 얘기들을 하면서 시간을 보냈다. 하나는 거의 일 분 간격으로 손목시계를 보았다.

줄타기를 하는 듯한 이십 분이 지나고, 내 재킷 안주머니에서 바흐의 코랄 전주곡이 울렸다.

"예, 스기모토입니다."

"미안, 부탁이니 오늘은 용서해 줘."

세이지의 목소리였다.

"뭐야, 그건."

"그러니까 오늘은 갈 수 없게 됐어. 여자 친구한테 들켜서 절대로 못 가게 해. 지금 옆에 있어. 이 전화도 듣고 있고."

하나는 험악한 표정으로 나를 노려보고 있다. 아마 세이지도 새 여자 친구가 노려보고 있을 것이다. 남자는 괴롭다.

"지금 어디 있는 거야?"

"나와 있어. 미안하지만, 나 전화 끊을게. 평생 은혜 안 잊을 테니까 뒷일 잘 부탁해. 그럼."

잠깐만, 하고 부르려고 하는데 전화는 끊겼다. 어떻게 해야 좋을까. 테이블 너머에서 하나의 눈은 분노로 이글거리고 있다. 입술 끝이 올라간 것이 아기를 통구이라도 해 먹을 듯하다.

"세이지, 뭐래?"

"오늘 못 온대. 하나 만나러 나오다 새 여친한테 들켰대."

"흐음."

더는 없을 정도로 정성껏 그린 눈썹을 찡그렸다.

"그렇게 나오시겠다."

혼잣말을 중얼거리더니 서머울 재킷 주머니를 뒤졌다. 탁 소리를 내며 무언가를 테이블에 올렸다.

"미안하지만, 스기모토. 지금부터 나랑 같이 좀 가 줄래?"

하나가 손을 떼자, 작은 열쇠 하나가 테이블에 남았다. 폭풍이 지나간 뒤 모래사장에 떠밀려 온 표류물 같았다. 형광등 불빛에 희미하게 빛나는 열쇠. 내가 삐뚤삐뚤한 빛에 빠져 있는 사이, 하나의 손이 마술사처럼 스윽 테이블을 지나갔다. 열쇠와 계산서가 사라졌다.

"가자."

"어디로?"

"세이지네 집."

나는 전쟁의 시작을 알리는 큰북 소리처럼 리드미컬한 하나의 하이힐 뒤를 허둥지둥 쫓아갔다.

세이지의 집은 요요기우에하라였다. 우리는 타워레코드 사거리에서 택시를 잡아서 말없이 올라탔다. 차를 타고 가는 십 분 동안도 말이 없었다. 떠들기 좋아하는 운전사가 아니어서 다행이었다. 그러지 않았으면 이런 상황에도 시간을 잇기 위한 쓸데없는 말들로 내 신경이 소모됐을 것이다.

살짝 하나를 돌아보니 하나는 보드라워 보이는 요요기 공원 잔디에 시선을 보내고 있었다. 무슨 생각을 하는지 알 수 없었다. 부상자만 나오지 않으면 됐어, 라고 멋대로 마음먹었다.

택시는 주택가 좁은 길에서 멈추었다. 어느 젊은 건축가가 설계했다는 노출 콘크리트 맨션 앞이었다. 하나는 택시비를 내고 입구의 아치를 지나 흰색과 검은색 타일이 체크무늬로 깔린 안뜰로 걸어갔다. 무광 스테인리스 계단을 올라가는 발소리가 주위를 둘러싼 건물에 건조하게 울렸다. 세이지의 집 문이 보였다. 문 옆은 유리블록 벽이어서 현관에 놓인 잡화가 다 보였다.

하나는 나를 돌아보고 씩 웃었다.

"괜찮아, 방화 같은 건 안 할 테니까."

열쇠를 꺼내, 문을 열었다.

"지저분하지만 들어와."

하나는 익숙한 모습으로 현관에 들어섰다. 한숨을 쉬고 나도 따라 들어갔다.

세이지의 집은 5평 정도의 거실과 3평 남짓한 넓은 침실로 둘 다 바닥은 마루였다. 하나는 넓지도 않은 방 안을 여기저기 둘러보며 돌아다녔다.

주방과 거실을 가로막은 카운터 옆에 원목과 유리로 된 모던한 캐비닛이 놓여 있었다. 하나는 그 앞에 한동안 우두커니 서 있었다. 시선은 제일 위의 특등석에 쏠려 있다. 빛나는 기둥을 12각형으로 깎아서, 정성스럽게 안을 파낸 듯한 아름다운 록 글라스가 선반에 두 개 나란히 있었다. 캐비닛 내부에 박힌 조명을 받아 졸린 듯이 허공에 떠 있었다. 하나는 나를 돌아보지 않고 말했다.

"바카라 글라스. 세이지 생일 선물로 준 건데."

하나는 캐비닛 문을 열더니, 잔을 꺼내 카운터에 올렸다.

"세이지는 무신경해서 분명 이대로 그 여자한테 쓰게 할 거야. 한 개 갖고 가야지. 스기모토, 이거 하나 필요 없어?"

천천히 고개를 가로저었다. 멋진 잔이었지만, 세이지와 하나의 추억의 물건으로 내가 술을 마실 수는 없다.

"할 수 없지."

하나는 그렇게 말하고 남은 하나를 들고 싱크대로 이동했다. 싱크대에 무거워 보이는 록 글라스를 내려놓았다. 어둠 속에서 바카라 글라스만 빛을 뿜었다. 하나는 벽에 걸린 알루미늄 소스

팬을 들었다. 가볍게 들어 올리더니 힘껏 내리쳤다. 나는 유리가 깨지는 소리를 꽤 좋아한다. 작은 잔이 깨지는 소리는 귀와 귀의 한복판, 머리 중심에서 울리는 것 같았다. 날카롭고 투명한 파열음이 언제까지고 이어졌다.

"속이 시원하냐?"

하나는 웃기만 하고 대답하지 않았다. 주방에서 침실로 옮겼다. 하나는 방의 삼 분의 일을 차지하는 더블침대 앞에 섰다.

"이 침대 커버하고 시트도 내가 산 거야. 지금은 없어진 시부야의 인더룸에서. 내가 좋아하는 로라 애슐리."

나는 열린 문 옆에 선 채 가지런하게 정돈한 침대를 보고 있었다. 진녹색의 테두리에 잎의 안팎이 서로 다른 초록색을 보이며 엉켜 있는 넝쿨무늬였다. 토요일 밤에 새 여자 친구를 데리고 오기 위해 세이지는 호텔 객실처럼 침대를 정돈했을 것이다. 하나가 가운데 걸터앉자, 침대 커버 네 모퉁이에 주름이 잡혔다. 하나는 타이트스커트를 입은 다리를 꼬고 말했다.

"스기모토, 여기서 섹스나 해 버릴까."

탄탄한 종아리를 흔들어 보이며, 하나는 흥분해서 빨개진 눈으로 나를 올려다보았다. 스스로는 제인 버킨을 닮았다고 하지만, 세이지가 버라이어티 프로그램인 『사랑의 헛소동』에서 일반인 패널 중 제일 뒷줄의 누군가를 닮았다고 한 하나다. 대단한 미인이라고 생각하지 않기 바란다. 물론 그 순간의 그녀는 숨이 넘어가도록 매력적이었지만.

잠깐 섹스하는 것도 괜찮겠다고 생각했지만, 내 입에서 나온 말은 달랐다.

"관둘래. 오늘 내가 하나와 있는 걸 세이지도 알고 있고, 분풀이 도구로 쓰이는 건 싫어."

싱크대에 흩어진 크리스털 파편을 떠올렸다. 투명하고 날카로운 분노의 조각. 침대에 섹스의 흔적을 남겨 두다니, 잘하는 짓이라고는 할 수 없다.

"뭐, 그러네."

그렇게 말하면서 하나는 침대 커버 위에서 뒹굴뒹굴 굴렀다. 수면처럼 매끄럽던 침대가 여기저기 우글쭈글해졌다. 하나는 일어서더니 커버를 휙 벗겨서는 둘둘 말아 침대 옆 쓰레기통에 처넣었다. 그리고 스커트 자락을 툭툭 털고는 바로 침실에서 나갔다.

"그만 됐어. 스기모토, 가자."

곁눈질조차 하지 않고 곧장 현관으로 가더니 빨간 하이힐을 신었다. 몸을 구부리자 더욱 도드라지는 허리선에 대고 말했다.

"속이 시원해?"

"하나도 안 시원한데, 그냥 시시해졌어."

그건 그렇다. 이런 일을 해 봐야 아무 도움도 되지 않는다. 내가 뒤늦게 현관에서 나오자, 하나는 문을 잠그고, 문에 달린 우편함에 세이지 집 열쇠를 던져 넣었다. 쨍하고 차가운 소리가 났다.

"스기모토, 미안해. 처음부터 이랬으면 됐을걸. 열쇠를 핑계로 그 인간을 마지막으로 한 번 더 보고 싶었나 봐."

난 괜찮아, 라고 했다. 하나가 하고 싶은 대로 했다면 그걸로 충분했다.

"역시 착하네. 세이지와는 전혀 달라."

착한 게 아니었다. 나는 우유부단해서 남의 인생을 옆에서 지켜보는 걸 좋아한다. 누구나가 인생의 주역이 되고 싶어 하지만, 꿈이고 사랑이고 성공이고, 어째서 그렇게 힘든 것에 다들 손을 대고 싶어 하는 건지. 그쪽이 신기했다.

계단을 내려가 정원으로 돌아 나왔다. 앞으로 어떻게 할지 물었더니, 하나는 집에 가서 자겠다고 했다. 토요일 오후 세 시, 자기에는 너무 이른 시간이지만, 하나는 머리가 아픈 것 같았다. 우리는 요요기우에하라 역 앞에서 헤어졌다.

하나는 지친 얼굴이었지만, 전혀 울 것 같진 않았다. 그건 계단을 올라가는 등도 마찬가지였다.

그 뒤로 우리는 이따금 전화로 얘기를 나누었다. 누구나 한 번쯤 경험이 있을 테지만, 사귀던 사람과 헤어지면 한동안 주말의 공백이 견디기 어려워진다. 그전까지는 토요일 밤부터 일요일에 걸쳐서 자동으로 애인과의 스케줄로 메워져 있었기 때문이다.

처음에는 내가 신경 써서 영화를 보러 가자고 하기도 했다. 전혀 웃기지 않은 할리우드 코미디였다. 영화가 시시해서 이따금 하나의 옆얼굴을 보았다. 작은 눈, 높지 않은 코, 그러나 입술과 얼굴선은 괜찮다. 종합하면 가볍게 평균 이상. 하나는 영화가 마음에 들었는지 세뇌하듯이 세 번씩 되풀이하는 개그에 소리 내어 웃었다.

매주 금요일이면 정보지에서 영화를 찾아서 둘이 외출하는 것이 습관이 되었다. 여자 친구까지는 아니고, 좀 진부한 표현을 쓰자면 성별이 여자인 부담 없는 친구라고 할까. 우리 관계는 평온한 상태로 달아오르는 일도 없이 계속되었다.

이상한 일이라고 하면, 하나가 슬픈 영화를 보고도 울지 않는다는 것 정도다. 아이가 불치병으로 죽는다, 헤어진 아내를 위해 중년의 강도가 목숨을 버린다, 동물이 주인을 찾아 1,000킬로미터의 여행을 한다, 수용소에서 모자가 격리되었다가 처형된다, 딸이 우주로켓을 타고 혜성과 충돌한 아버지를 눈물로 지켜본다. 전 세계의 영화 제작자가 머리를 짜 모은 슬픈 영화를 아무리 보아도 하나는 절대 동요하지 않았다(나는 그중 반수 이상에서 울었다. 심할 때는 장내가 밝아지기 전에 얼굴을 닦아야 했을 정도로).

어느 날, 하나와 히비야에서 영화를 본 뒤 허리를 펴기 위해 어슬렁어슬렁 긴자 4초메의 사거리까지 걸어가서, '북유럽'이라는 뒷골목 커피숍에 들어갔다. 토넷 나무 의자가 널려 있는, 하얀색 벽의 조용한 가게였다. 자리에 앉은 뒤, 나는 물어보았다.

"하나는 옛날부터 영화를 봐도 안 우는 편이었어?"

하나가 잠시 생각하더니 말했다.

"으음, 그러게, 옛날에는 잘 울었던 것 같은데. 그러고 보니 최근에는 영화 보며 안 우는 것 같네."

"실제 생활에서는 어때?"

"역시 잘 안 우는 것 같아."

"그렇구나."

가볍게 흘려 넘겼지만, 나는 그 대화가 묘하게 마음에 걸렸다.

그래서 다음 주에는 진짜로 울 수 있는 영화를 준비했다. 초능력을 가진 키 2미터의 사형수가 누명을 쓰고 전기의자에서 처형되는 이야기였다(그 초능력이라는 것은 죽어가는 사람의 생명을 살릴 수 있는 대단한 능력). 이렇게 쓰면 울 정도의 이야기는 아닌 것 같지만, 꼼꼼하게 찍은 이 작품은 감동의 눈물을 흘리지 않을 수 없다는 평판이었다.

만원인 영화관의 어둠 속에서 나는 또 스크린이 아니라 하나의 옆얼굴을 보고 있었다. 세 시간이나 되는 영화의 클라이맥스는 사형수의 처형 장면이었다. 주위 관객들이 소리 죽이고 우는 장면에서 하나의 옆얼굴은 어색하게 표정을 잃고 있었다. 눈을 반쯤 감고, 스크린에 비친 빛과 그림자를 냉정하게 분해하여 이야기의 고조를 떨쳐내듯이 입가는 일그러져 있었다. 하나의 얼굴은 하얀 플라스틱 가면 같았다.

'울지 않는 게 아니라 못 우는 거구나.'

그때 처음으로 깨달았다. 하나의 마음 일부는 실연의 아픔을 잊기 위해 그 순간부터 냉동되었다. 하지만 세이지와 헤어진 지 벌써 두 달 가까이 지났다. 어떻게 하면 얼어붙은 하나의 마음을 해동할 수 있을까.

8월 초저녁, 영화관에서 시부야 거리로 나오자, 하나는 자연스럽게 팔짱을 꼈다. 처음이었다. 냉방에 익숙한 팔은 서늘하고 차갑고 부드러웠다. 도겐자카 저 위쪽까지 이어진 토요일의 인파는 먼지 낀 노을 속에 부옇게 보였다.

"오늘 저녁에는 같이 있자. 괜찮지, 스기모토?"

나는 말없이 끄덕였다.

그날은 시부야에서 저녁을 먹고 가볍게 마신 뒤, 하나의 집이 있는 이케노우에로 갔다. 시간은 평소보다 이른 아홉 시 반 정도. 하나는 샤워를 하러 가기 전에 언젠가의 록 글라스에 새 칫솔을 꽂아서 건네주었다.

"고마워."

세면실에 서서 거울을 보며 이를 닦았다. 이대로 하나와 섹스를 해도 되는 건가. 머리로는 냉정하게 생각했지만, 매력적인 여성과의 첫 섹스에 내 가슴은 뛰었다.

머리와 가슴이 싸우면 대부분은 가슴이 이긴다. 혈액의 양이 다른 탓일지도 모른다. 하나가 나온 뒤에 샤워를 하고, 이것도 언젠가와 같은 넝쿨무늬 침대 커버에 누웠다. 세이지와 커플 침대 커버를 샀던 것이다. 둘둘 뭉쳐서 쓰레기통에 버리고 싶을 만도 했다. 하나는 누워서 기다리고 있었다.

"잘 부탁해."

웃음을 머금은 목소리로 그렇게 말했다. 나는 하나를 꼭 껴안았다. 가만히, 가만히, 하나와 내가 다치지 않도록. 왠지 내 머리에는 싱크대 속에 흩어진 유리 파편이 떠올랐다. 그 날카로운 단면을 달리던 빛.

그래도 나는 바로 하나의 몸에 빠져버렸다. 평소에는 옷에 가려져 있던 피부와 피부가 만나는 것은 어떤 영화와도 비교되지 않는 전율이었다. 아주 가볍게, 가볍게, 중 정도의 세기로 처음인 상대이니 탐색하듯이 정성껏 자극을 되풀이했다. 얼마나 시간이 흘렀는지 알 수 없게 됐을 무렵, 나는 하나의 속으로 들어가려고 했다. 나도 하나도 준비는 이미 충분했다.

불을 끈 넝쿨무늬 시트 위에 눈을 감은 하나의 얼굴이 떠올랐다. 내 페니스 끝이 하나에게 닿았을 때, 또 그 표정이 나타나는 것을 나는 놓칠 수 없었다. 영화관에서 본 하얀 플라스틱 가면. 감정을 죽이고, 마음 일부가 얼어붙은 표정이 하나의 얼굴에 서려 있었다.

등에 식은땀이 흐르는 것과 동시에 내 페니스에서 급속히 힘이 빠져나갔다. 이십오 년의 인생에서 처음으로 발기부전. 어떤 시도를 해도 다시는 충실감이 되돌아오지 않았다. 말없이 애를 태우는 내게 하나가 말했다.

"신경 쓰지 않아도 돼. 스기모토는 예민해서 이럴 수도 있어."

하나는 두 손을 뻗쳐 내 뺨을 부드럽게 안더니, 침대에서 머리를 들어 이마에 키스해 주었다. 포기하고 하나 옆에 무너지듯이 쓰러졌다. 나는 무척 혼란스러웠다. 나도 모르게 목소리에 힘이 들어갔다.

"세이지는 정말 나쁜 놈이야."

하나는 놀라서 가만히 있는 것 같았다.

"하나하고 사귀는 두 해 동안에 내가 알기만으로도 다섯 번은 바람을 피웠어. 이번에도 다른 여자가 생기니 두 번 다시 얼굴을 보려고도 하지 않고. 차가운 녀석이야. 사람을 도구로밖에 생각하지 않아. 여자를 일회용으로 쓰고 버려."

왠지 세이지 욕을 하니 마음이 진정되었다. 그 기세를 타고 침대에 누운 채 나직하게 비난을 계속했다.

"생긴 것만 멀쩡하지 머리도 나쁘고 감각도 없고. 일도 그냥 하는 시늉만 하고. 장래성 같은 건 제로에 가까워."

옆에서 하나가 굳어지는 것을 알았지만, 내 악담은 멈추지 않았다.

"그런 놈은 섹스도 못 하고, 제멋대로 할 게 뻔해. 하나는 세이지와 헤어지길 잘했어. 세이지는 캠프 가서 쓰레기 버리려고 판 구멍 같은 녀석이야. 주위에 악취가 퍼지기 전에 얼른 묻어버려야 해."

하나는 어둠 속에서 몸을 일으켰다. 매끄러운 등 너머로 조용히 하나의 목소리가 들렸다.

"바람은 전부 일곱 번이야. 그렇지만 내가 사귀었던 사람을 그런 식으로 말하는 거 아냐. 세이지는 스기모토가 모르는 좋은 점도 있었어."

돌발적인 분노는 겨우 잠잠해지려고 했다. 목소리의 크기를 바꾸지 않고, 나는 진심으로 말했다.

"알아. 그렇지만 나쁜 건 하나야. 하나가 울지 않으니까 안 되는 거야. 지금도 세이지를 좋아하면서 그걸 인정하지 않잖아. 심하게 상처 받았으면서 그걸 감추려고 해. 눈물을 흘리지 않으면 시작하지 못하는 게 있는 거야."

점점이 떠 있는 등뼈의 돌기 옆에 진한 그림자가 두 가닥 생겼다. 하나의 등에서 힘이 빠져나가는 것 같았다.

"하나, 마음껏 울어. 내가 옆에 있어 줄 테니까. 그리고 개운해지면 다시 섹스하자."

하나의 하얀 등에 무언가 보이지 않는 힘이 올라가는 것 같았다. 하나는 한동안 어깨를 들썩이더니 코를 힘껏 풀었다. 울먹이는 소리로 내게 말했다.

"역시, 스기모토는 착하네 …… 티슈, 좀."

침대 옆 티슈를 하나의 어깨너머로 건넸다. 하나는 티슈를 한 통 다 쓰고, 그러고도 한 시간을 울었다. 그동안 내 눈에도 웬지 몇 번이나 눈물이 고였다.

한밤중이 지나, 우리는 다시 한 번 껴안았다. 하나의 몸은 눈물로 뜨거워져 있었다. 울고 난 뒤에는 민감해진다고 어느 여성 잡지의 섹스 특집에서 읽었는데, 실제로 그랬다. 조금 걱정했지만 두 번째는 발기부전이 되지 않았다. 젊으니까 당연하다.

커튼에 파란 새벽빛이 비칠 무렵, 우리는 손을 잡고 잠이 들었다. 나는 녹초가 될 정도로 힘을 소모했지만, 다음 날 아침부터 두 사람의 관계가 진정한 의미로 시작된다고 생각하니 눈이 초롱초롱해지며 잠이 오지 않았다.

하나는 굉장한 클라이맥스 뒤에 입을 반쯤 벌린 채 잠이 들었다. 바로 옆에 다른 열기를 가진 누군가의 몸을 느끼는 것. 그것은 언제나 멋진 일이다. 이번에 이마에 키스를 하는 것은 내 차례였다.

잘 자, 하나. 울고 있는 너도 귀엽다.

일요일 아침, 하나의 눈은 타이틀전에서 진 권투선수처럼 부어 있었다. 그래도 선글라스를 끼고, 우리는 외출했다. 계절은 8월 중순이다. 방에 틀어박혀 있을 수는 없다. 공원 길 커피숍의 오픈 테라스에서 늦은 브런치를 먹으며 우리는 두꺼운 정보지를 펼쳤다. 하나가 진지하게 말했다.

"있지, 스기모토. 이 영화하고 이 영화, 어느 쪽이 더 슬플까?"

하나는 아직 울음이 모자란 것 같았다. 눈물은 이따금 아주 달콤한 맛이 난다. 나는 영화 줄거리를 읽어 보려고 여름 햇살로 반짝거리는 지면으로 몸을 내밀었다.

십오 분

내가 앉아 있는 자리에서 정면으로 JR 시부야 역 앞의 스크램블 사거리가 보였다. 10월이 되니 해가 꽤 짧아졌다. 횡단보도는 연한 오렌지색 줄무늬가 되어, 수천 명이나 되는 사람이 벼랑 끝에 몰리듯이 서 있는 사거리를 연결하고 있었다. 연령층은 다양했지만 대부분은 날아오를 듯이 즐거운 커플들이다.

지금부터 시작되는 토요일 밤에 얼마만큼의 정자가 죽어갈까, 나는 멍하니 그런 생각을 했다. 오후 네 시 사십오 분. 아직 약속 시각까지 조금 남았다. 육체관계를 가진 연상의 여성에게 책을 읽어 주는 내성적인 독일 소년의 이야기는 이제 읽다 지쳤다. 자잘한 얼음뿐인 잔에서 차가운 커피를 한 모금 마셨다. 진하고 달콤하고 썼다. 나는 우유를 넣은 뒤 섞지 않기 때문에, 얼음 곁에 순백의 층이 가을 구름처럼 얇게 떴다.

한 남성이 한 번의 섹스에 3억 개의 정자를 방출한다고 치자.

도겐자카를 가득 메운 러브호텔 가에서 적게 잡아도 오늘 밤 1만 커플이 섹스를 한다. 그러면 콘돔과 티슈에 싸여 쓰레기통이나 욕실에 버려질 정자의 수는 약 3조 개(정자의 단위를 '마리'가 아니라 '개'로 해도 되는 걸까).

상상도 할 수 없는 천문학적인 숫자다. 여기에 가까운 것으로는 도쿄 도의 연간 예산 정도밖에 떠오르지 않는다(그쪽은 아마 6조 엔, 이 정도 자릿수의 숫자라면 두 배 정도의 차이는 대단한 게 아닐 것 같다).

그중 3억 개를 내가 오늘 밤 라텍스의 얇은 막에 방출하게 될지 어떨지는, 아직 모른다. 젊은 여성 한 명이 가게의 나선 계단을 올라와 내게 다가왔다. 아래로 갈수록 통이 넓어지는 청바지에 등의 삼 분의 이는 노출한 베어백 홀터톱. 스웨이드 소재 같다. 아직 한여름 옷을 입은 키가 큰 여자였다. 은색 바탕에 푸른 터키석이 선명한 펜던트가 빈약한 가슴께에서 흔들렸다. 나는 그녀가 구석 자리에 앉는 것까지 지켜본 뒤, 다시 내 생각으로 돌아왔다.

한가할 때 젊은 남성 대부분이 그렇듯이 내가 생각하는 것은 섹스에 관해서였다. 누군가를 어루만진 흔적, 누군가가 나를 어루만진 흔적은 어째서 남지 않는 걸까. 어째서 여름은 아무런 저항도 보이지 않고, 순순히 가을로 바뀌는 걸까.

올여름, 내가 사귀었던 여자는 야마자키 유미라고 한다. 섹스를 생각할 때 내가 떠올리는 것은 그녀다. 유미는 아주 성욕이 강한 여자였다.

유미와 나는 대학에서 같은 경영학 세미나를 들었다. 의욕 없는 학생들이 모인 인기 없는 세미나로, 교수는 얌전하고 학생에게 과한 요구를 하지 않는 것이 유일한 장점. 한 주에 한 번 수업 시간에 얼굴만 마주칠 뿐, 학생끼리 교류가 거의 없는 편한 세미나였다. 유미는 열두 명 가운데 세 명뿐인 여자 중 한 명이었다. 나머지 여자 두 명은 늘 풍성한 스커트를 입고 다니는 사이좋은 2인조여서, 강의실에서는 언제나 눈에 띄었다.

내가 처음으로 유미와 말을 한 것은 세미나를 시작한 지 3개월이나 지난 7월이었다. 기말고사도 무사히 끝나고(내 경우는 늘 높이뛰기 선수처럼 간신히 낙제를 면함), 여름방학 전에 세미나를 들은 학생끼리 모여서 처음으로 회식을 하게 되었다. 그때까지의 3개월, 커피숍에조차 같이 간 적이 없으니, 학생들은 모두 어색해했다.

장소는 시부야의 선술집. 무거워 보이는 서류가방을 들고 땀을 흘리며 걸어가는 회사원들을 곁눈으로 보며, 우리는 가게에 들어갔다. 여름 오후 네 시는 대낮처럼 환했다. 체육관처럼 넓은 가게는 최초의 한파가 오기 직전인 11월 같은 냉방이 되고 있었고, 정적이 감돌았다. 손님은 아직 우리밖에 없었다.

생맥주 피처가 두 개. 대량의 감자튀김에 스페인풍 오믈렛과 흰 소시지구이. 싸고 양 많은 것만 주문한 뒤, 썰렁한 회식이 시작되었다. 신형 휴대전화 이야기, 보세 청바지 이야기, 취업 전선과 어느 IT 회사의 한심한 신입사원 연수 이야기. 주위에서 줄줄이 이어지는 것은 전혀 관심 없는 이야기뿐. 나는 아르바이트와 독서로 세월을 보내느라, 학교는 제대로 다니지 않아서 세미나생 중에서도 혼자 겉도는 존재였다. 유미는 내게서 자신과 비슷한 인상을 느꼈을지도 모른다.

모임이 시작된 지 삼십 분, 옆에 앉아 있던 남학생(이름도 얼굴도 기억나지 않는다! 어쩌면 '공백'이라는 이름일지도 모른다)이 화장실에 가자, 유미가 맥주잔을 들고 그 자리로 왔다.

"세토, 좀 마셨어?"

반쯤 줄어든 맥주잔을 눈높이로 들었다. 일그러진 유리 너머로 그녀의 눈이 웃고 있었다.

"그럭저럭."

유미가 목소리를 낮추고 말했다.

"근데 진짜 재미없지?"

잠자코 끄덕였다. 여기 있는 열두 명 중에 이 모임이 재미있다

40

고 생각하는 사람은 한 명도 없을 것이다. 이것은 우리의 유대관계가 얼마나 희박한지를 증명하는 모임, 그러므로 누구 하나 빠지지 않았다.

"너는 어때?"

"난 꽤 즐거운걸. 난 취하면 키스 귀신이 돼 버려. 아까부터 오늘은 누가 좋을까 생각하고 있었어."

"그러냐."

유미의 눈이 아몬드 모양으로 치켜 올라갔다. 눈동자 역시 구운 아몬드처럼 밝은 갈색. 눈 밑의 볼록한 애교살이 매서운 인상을 완화해 주었다. 그녀는 나와 이야기를 하는 동안 줄곧 내 눈을 보고 있었다.

"세토, 그거 누군지 알아?"

누구라도 대답을 알 수 있는 수수께끼였다. 나 역시 그렇게까지 둔하지 않다.

"난가."

"앗."

유미는 차가운 맥주 세례라도 받은 것처럼 소리를 질렀다.

"왜 그래?"

"맞혔어. 어떻게 알았지. 있지, 이런 재미없는 자리에서 빠져서 좀 이따 다른 가게로 가자."

'공백'이 화장실에서 시뻘건 얼굴을 하고 돌아왔다. 유미는 내 대답을 기다리지 않고, 또 긴 테이블의 대각선 자리로 가 버렸다.

어느 일본인 철학자는 곧 성행위를 하게 되는 것이 확정된 시간에 느끼는 설렘을, '더할 나위 없이 충실한 생의 경험'이라고 했다. 나는 거기다 거의 말도 해 본 적 없는 여자아이와 처음 키스하기 전의 시간을 덧붙이고 싶다. 둘 다 몹시 가슴 떨리는 경험이다. 가슴 속에 또 하나의 심장이 생겨나, 조금 떨어진 자리에서 다른 맥박이 뛰고 있는 것 같았다.

회식하는 내내, 내 머리에서 유미의 약간 앞으로 나온 아래턱과 도톰한 입술이 떠나질 않았다. 별것 아닌 이야기에 맞장구를 치면서 슬쩍 그녀를 훔쳐보았다. 뾰족하게 하고 맥주잔에 가까이 가는 입술, 감자튀김 끝을 문 입술, 갑자기 웃음을 터트리는 입술. 이따금 유미와 눈이 마주치면 또 지긋이 그 눈으로 나를 바라보았다. 나는 그 뒤로 회식에서 무슨 일이 있었는지 잘 기억나지 않는다. 예약한 두 시간은 유미의 눈과 입술로 채워졌다.

분위기 썰렁한 회식이 끝나자, 우리는 가게 앞 보도에 모였다. 다음 가게를 어떻게 할지, 또 썰렁한 얘기를 나눈다. 우리 옆으로 퇴근길 직장인들이 지친 얼굴로 지나갔다. 풍성한 스커트를 입은 여자 2인조는 아직 여섯 시 반인데 늦었으니 그만 돌아가 겠다고 했다. 남자들 반도 빨리 혼자가 되고 싶어 미치겠다는 얼굴이었다.

나는 다른 남학생 앞에서 유미에게 말을 걸지도 못하고, 시시한 농담으로 과잉 반응을 되풀이했다. 빌딩 벽 쪽에 여럿이 모여 있던 유미는 눈이 마주치자 내가 앉아 있는 가드레일을 향해 왔다. 나를 똑바로 바라보며 망설임 없이 다가오는 걸음걸이였다.

"저기, 세토. 이노가시라 선 타고 가지? 결론도 안 날 것 같은데, 그만 가지 않을래?"

나와 얘기를 나누던 남학생이 놀라서 돌아보았다. 시선이 유미에게 집중됐다. 처음으로 용기를 보인 것은 그녀였다. 거기서 내가 뺄 수는 없었다.

"그러게. 미안하지만, 나도 갈래. 그럼 이만."

옆에 서 있던 누군가의 어깨를 힘껏 쳤다. 그 누군가가 놀라서 돌아보았다. 유미와 나는 따라붙는 세미나생들의 시선을 뿌리치고, 어깨를 나란히 하고 걸어갔다. 큰 걸음으로 시부야 역을 향했다. 유미가 말했다.

"아, 개운해. 우리 세미나 애들 진짜 칙칙하다니까. 2차 어디로 갈까?"

나는 좀 전까지 같이 있던 동료의 흉을 보는 입술을 보고 있었다. 취기와 튀김 기름의 윤기, 거기에 여름 석양의 어슴푸레한 빛이 비쳐, 유미의 입술은 지금까지 본 적 없는 신비한 색으로 빛났다.

2차는 도겐자카 한적한 곳에 있는 바로 정했다. 내가 아는 조용한 가게다. 첫 번째 가게는 센터 가의 중심이어서, 걸어서 6, 7분 정도 걸렸다. 우리는 대로를 피해, 먼지가 일지 않게 물을 뿌려놓은 러브호텔 가 뒷길을 누볐다. 저녁 무렵이 되어 바람이 불기 시작했지만, 한낮의 열기를 그대로 안고 있어서 아무리 불어도 시원해지진 않았다.

"저기 좀 봐봐."

유미가 들떠서 말했다. 직장인 커플이 손을 잡고 호텔의 젖빛 유리 자동문으로 들어갔다. 전혀 구린 느낌은 없었다. 한번 의식하기 시작하니 도겐자카의 해 질 녘에는 커플이 하루살이처럼 대량 발생했다. 같은 또래의 회사원, 상사와 부하, 중역과 호스티스. 물론 학생도 대학생, 고등학생, 어쩌면 중학생으로 보이는 어린 커플까지 있다.

우리는 취한 탓도 있어서, 희희낙락거리며 커플이 사라져 가는 러브호텔을 지켜보았다. 양쪽으로 디자인에 공을 들인 건물이 죽 늘어서 있었다. 거리에는 이제 햇빛이 비치지 않지만, '알랑 드'니, '아이네'니 옥상에 달아놓은 의미 불명의 네온간판은 요란한 여름 석양 속에 생기 없이 빛나고 있었다. 대부분의 사람에게는 러브호텔에 들어가는 거나 도쿄 디즈니랜드 게이트를 들어가는 거나 별 차이가 없는 것 같았다. 끝없이 이어지는 언덕길 도중에서 우리는 게임을 시작했다. 눈앞에서 사라져 가는 커플의 관계를 예상하는 것이다.

"서커스 단장과 무용수."

"탁구부 고문과 학부모회 부회장 부인."

"소매치기 상습범인 고교생과 슈퍼의 파트타임 아줌마."

시시한 연상 게임에 데굴데굴 구를 듯이 웃고 있는데, 유미가 뒷골목 한복판에서 멈춰 섰다. 눈썹을 모으고 진지한 표정으로 올려다보았다. 두 배는 커진 듯이 느껴지는 강한 눈빛이었다.

"왜 그래?"

"아까 내가 한 말, 기억해?"

"응."

"그럼 여기서 키스해 줘."

그래서 우리는 뒷골목 한복판에서 키스를 했다. 유미의 입술과 혀는 몹시 부드러웠다. 티셔츠 밖으로 나온 그녀의 두 팔은 양쪽 다 땀에 젖어 있었다. 몸을 안을 수는 없어서, 내가 팔을 꽉 잡고 있었던 것이다. 그대로 얼마나 시간이 흘렀는지 나는 모른다.

사용한 호텔 시트를 쏟아질 듯이 실은 경트럭이 가볍게 클랙
슨을 울릴 때까지, 우리는 그렇게 있었다. 입을 떼고 눈을 뜨자,
시야 가득 유미의 웃는 얼굴이 펼쳐져 있었다. 장난을 치려던 도
날드 덕 같은 웃음이었다. 우리는 경트럭을 향해 가볍게 머리를
숙이고, 거의 동시에 뛰어갔다.

그 자리에 있는 것이 부끄러웠던 건 아니다. 이유는 없다. 유미
도 나도 가만히 있을 수가 없었다.

도겐자카에서 첫 키스를 한 것이 우리의 그 후에 어떤 영향을
미쳤는지, 나는 잘 모르겠다. 2차로 간 바에서는 나는 시종 건성
이었다. 바에서 나간 뒤의 일이 신경 쓰여 미칠 것 같았다. 하지
만 걱정할 일은 없었다. 처음으로 말을 나눈 지 여덟 시간 뒤, 나
와 유미는 하나가 되었다.

이런 에두른 표현은 유미에게는 어울리지 않을지도 모른다.
그날 날짜가 바뀔 무렵에는, 나와 유미는 다카이도에 있는 유미
의 방에서 몸이 닳을 정도로 섹스하고 있었으니.

그녀도 나도 처음은 아니었다. 하지만 한 번 하고 난 뒤 잠시
수다를 떨다가, 두 번째를 시작할 무렵에는 서로 깨달았다. 유미
와 나는 달라붙듯이 속궁합이 잘 맞았다. 중년 남자 같은 표현
이라고 불쾌해하지 않길 바란다. 그러나 해마다 여름이면 복권

1등에 걸리는 사람이 백 명이나 있듯이, 몇 명의 여자아이와 사귀다 보면 가끔 그런 일이 있다.

처음에 어느 쪽이 먼저 섹스를 제안하든 그건 상관없다(남녀가 원하는 순간은 절대 일치하지 않는다는, 내가 발견한 법칙이 있다). 하지만 일단 시작하면 나란히 제트코스터를 탄 것처럼 같은 곡선을 그리며 스릴 넘치는 업 다운을 되풀이하다, 마지막에는 무리하지 않아도 반드시 함께 절정을 맞이할 수 있는 상대가 넓은 세상 어딘가에는 있다. 속궁합이라고 표현하면 진부할지 모르겠지만, 그것이 이상적인 섹스 파트너다.

그날 새벽, 녹초가 된 몸으로 침대에 누워 손을 잡고 우리는 기적적인 만남에 관해 솔직하게 이야기했다.

"나, 처음 만난 사람하고 이렇게 가 본 것 처음이야."

"나도 마찬가지. 몇 번을 해도 부족할 정도야."

그렇게 나와 유미는 여름의 성적 항해를 떠났다.

그런데 착각은 하지 않길 바란다. 우리는 딱히 특별한 짓을 한 건 아니다. 처음으로 딱 맞는 파트너를 발견한 대부분 커플과 마찬가지다. 유미는 고향에 돌아가는 것을 포기했고, 나는 숙식이 해결되는 아르바이트를 한다고 말하고 집을 나와 즉석 동거 생활을 시작했다.

오래된 포크송 같지만, 우리에게 돈은 없어도 서로에게 상대가 있어서 만족했다. 그 돈이란 것도 편의점에서 생수와 도시락을 살 정도는 충분히 있었다.

처음 며칠은 방문을 닫아걸고 에어컨을 켜 놓은 채, 죽도록 섹스를 했다. 생각할 수 있는 모든 형태와 방법을 시도했다. 아무리 씹어도 단맛이 빠지지 않는 껌 같았다. 나는 내 땀과 똑같을 만큼, 유미의 땀 냄새와 맛에 익숙해져 버렸다. 온종일 껴안고 있다가 벽이 다가오는 것처럼 갑갑함이 느껴지는 저녁 무렵, 둘이서 근처 공원에 나가면 문득 불어오는 바람에 땀 냄새가 나도 어느 쪽 체취인지 알 수 없을 정도였다.

알고 있는 모든 방법을 한차례 구사하고 나자, 좁은 원룸의 모든 장소 활용하기에 도전했다. 둘이 나란히 서면 꼼짝도 할 수 없는 현관, 마찬가지로 서는 것은 가능하지만, 같이 앉을 수는 없는 욕조, 1구짜리 전기레인지가 있는 부엌, 낡은 책상과 두 사람분의 체중은 불안한 의자. 그중에서도 가장 좋았던 것은 에어컨 실외기가 반을 차지하는 넓이의 베란다였다.

유미의 방은 건물의 2층 모퉁이였다. 밤에 시원해지면 알루미늄 새시를 열고, 쪼그리고 앉은 채 알몸으로 베란다로 나왔다. 소리가 나지 않도록 입술에 검지를 대고 쉿. 섹시한 스파이 놀이 같았다. 콘크리트 바닥에는 비닐 돗자리와 접은 수건 이불을 깔왔다. 우리는 숨을 죽이고 맥주 한 캔을 나눠 마시면서, 장난꾸러기처럼 섹스를 했다. 바로 아래 골목길에는 퇴근길 직장인들이 걸어가고 있었다. 되도록 소리를 흘리지 않도록, 되도록 오래 이 순간을 연장하여 절정을 뒤로 미룰 수 있도록, 유미와 나는 호흡을 맞추고 천천히 움직였다.

서로의 몸속에 달리는 경련만으로 흥분을 확인하고, 뚜껑 없는 좁은 상자의 바닥에 포개지듯이 누웠다. 올려다보면 3층 베란다 사이로 네모나게 도려진 도쿄의 밤하늘에 반짝이는 듯한 회백색 구름이 흘러가고 있었다. 나는 이유도 없이 울고 싶어졌던 걸 기억한다. 그리고 큰 소리로 세상을 향해 웃어대고 싶기도 했다.

실제로는 둘 다 하지 않고, 잠이 든 유미의 어깨를 안고 있을 뿐이었지만.

8월에 들어서자, 우리의 섹스는 지리적인 확장을 시작했다. 그렇다고 각지의 호텔을 전전하는 것은 경제적으로 무리였다. 그러나 방에 틀어박힌 채 하는 데 질린 우리는 별로 돈이 들지 않는 시원한 곳을 찾아 시내를 헤매게 되었다.

처음에 발견한 곳은 시부야에 새로 생긴 영화관이었다. 영화는 존 어빙의 원작과 각본으로 생각보다 인기가 있는 것 같았다.

막 시작할 시간에 들어갔더니 자리가 없었다. 할 수 없이 제일 마지막 줄 뒤에 있는 스테인리스 바에 기대서서 보게 되었다. 옆에서는 유미가 입술을 살짝 벌리고 스크린을 보고 있다. 우리 머리 위에 방사상으로 퍼진 빛의 줄무늬는 오로라처럼 흔들리며 뉴잉글랜드의 과수원을 그렸다.

영화가 시작된 지 한 시간이 지났다. 존 어빙의 이야기답게 사람이 죽기도 하고 태어나기도 하고, 실로 많은 일이 일어났다. 영화에 집중하는데, 갑자기 유미가 면바지 오른쪽 주머니에 손을 쑥 넣었다. 그러고는 더듬듯이 움직였다. 자신의 주머니 속에 타인의 손이 있으면 몹시 간지럽다. 잠시 후 유미의 손가락은 찾던 것을 발견한 것 같았다. 팬티와 바지 주머니 너머로 반쯤 딱딱해진 내 페니스를 쓰다듬었다.

영화관의 어둠 속에서 유미를 보니, 파랗고 맑은 눈으로 마주 보았다. 나도 끼고 있던 팔짱에서 손가락만 뻗쳐, 유미의 가슴 끝을 더듬었다. 유미는 비비듯이 손가락 위치에 유두를 맞추었다.

그날 유미는 칠부 소매 니트에 미디 길이의 스커트 차림이었다. 스커트 옆자락에 슬릿이 허벅지까지 선명하게 들어가 있었다. 유미의 숨소리가 깊어진 십 분 뒤, 나는 슬릿 사이에 손을 밀어 넣었다.

영화 후반은 꿈처럼 지나갔다. 솔직히 나는 이야기 전개를 따라가기 급급해서, 제대로 주인공에게 감정이입을 할 수 없었다. 마지막 절정에 다다랐을 무렵에, 유미의 손은 주머니가 아니라 열린 지퍼 속이었다. 우리는 거의 한 시간 동안 서로를 계속 만지고, 이 흥분을 필사적으로 참고 있었다. 엔딩 롤이 흐르고 사방이 밝아진 뒤 손을 보니 욕조에 오래 몸을 담그고 있었을 때처럼 손가락 끝이 하얗게 불어 있었을 정도다.

영화관을 나온 우리는 말없이 이노가시라 선으로 향했다. 생각하는 것은 같았다. 아니, 다른 것은 생각할 수 없었다. 유미의 방으로 돌아오자, 신발을 벗는 시간도 아까워서 현관에 선 채로 섹스했다.

이때의 섹스가 지금까지 중 나의 최단 기록이다. 유미와 연결된 순간, 나는 폭발했다. 그것은 페니스 끝이 삼 분의 일 정도 묻힌 순간, 유미의 동그란 엉덩이에 경련이 일며 흥분의 파도가 바로 전해졌기 때문인지도 모른다.

다음에 발견한 것은 근처 구립 도서관이었다. 개가식 서고의 천장은 손을 뻗으면 닿을 정도로 낮고, 바닥은 미끄럼 방지가 되어 있는 철판이었다. 각 층은 잠수함처럼 나선 계단으로 이어졌다.

여름방학인 탓에 열람실은 수험생으로 가득했지만, 서고는 차갑고 서늘하며 사람 그림자가 적었다. 특히 법률, 지리, 의학,

생물학 주위에는 거의 사람이 오지 않았다. 나와 유미는 다윈의 《종의 기원》이니 하는 분자생물학 책이 진열된 서가 뒤에서 긴 A(키스)나 B(페팅)―때로 C(섹스)까지―를 자리에서 몇 번이나 시도해 보았다. 전 세계의 인간이 수천 년에 걸쳐 모아놓은 막대한 지식 사이에서 유미와 껴안는 것은 어딘가 쿨한 느낌이 들어 나쁘지 않았다. 신전에서 섹스를 한다면 이런 느낌일지도 모르겠다.

우리는 점점 대담해져서 관람자가 많은 일본 소설 코너 가까이 간 적도 있다. 이쯤 오면 갑자기 책들의 등표지도 화려해진다. 들킨 적은 없다고 생각하지만, 그건 상대가 그냥 무시하고 지나갔을 뿐일지도 모른다. 제대로 들킨 것은 딱 한 번뿐이다.

그것은 서가 제일 구석의 서지학 관련 책장 옆에서 키스하고 있을 때였다. 손을 잡고 오던 고교생 커플이 우리를 발견하고 얼어붙었다. 하지만 바로 얼굴이 빨개져서 개인 전집이 천장까지 쌓여 있는 하얀 철제 서가를 돌아서 사라졌다. 그 뒤로는 아무 소리도 들리지 않았다. 우리가 서고를 떠날 때, 궁금해서 서가 사이를 들여다보니 좀 전의 우리와 똑같이 고교생 두 명은 대합 껍데기처럼 교복 입은 몸을 딱 붙이고 있었다.

밤이 되면 행동반경은 더욱 넓어졌다. 어둠이 우리를 위해 자유를 잔뜩 만들어 주기 때문이다. 맨션 바깥 계단, 쇼핑몰 지하 주차장, 교외 백화점 옥상, 동물원이나 수족관의 구석진 곳. 어느 장소에나 각각의 스릴이 있었다. 도쿄는 이렇게 많은 사람으로 넘쳐나고 있지만, 시간과 장소에 따라서는 SF 영화에 흔히 있는 평행 우주에라도 흘러들어 간 것처럼 전혀 인기척 없는 틈새가 있다.

친구가 알려준 공원은 별로였다. 우리가 시도한 곳은 신주쿠 중앙공원이지만, 자, 이제부터 해 볼까, 할 때, 유미가 울타리 뒤에 쭈그리고 있는 남자를 발견했다. 당당하게 보여줄 만큼 우리가 뻔뻔하진 않았다. 그래서 공원에서는 벤치에 앉아서 얘기만 하기로 했다. 그 밖에도 쓸 만한 장소는 얼마든지 있으니 괜찮다.

이즈음에는 유미도 나도 속옷을 입지 않고 가방에 넣어서 다니게 되었다. 그런 것 벗는 시간이 아깝고, 손을 뻗치면 언제라도 만질 수 있는 상태로 있는 것이 서로에게 즐거웠다.

8월 말의 어느 날 저녁 무렵, 유미 자취방이 있는 다카이도 주변을 산책한 적이 있다. 이십오 년 전에는 꽤 현대적이었을 맨션(어느 나라 궁전처럼 사자 부조가 있는 발코니) 모퉁이를 돌자, 갑자기 아이들의 환호성이 들려왔다. 우리에게 시간은 얼마든지 있어서 왁자지껄한 소리를 쫓아 슬렁슬렁 걸어가 보았다.

스기나미 구 다카이도 근처는 조용한 주택가로, 단독주택이 많은 주택가에 좁은 일방통행 도로가 잎맥처럼 지나고 있었다. 모퉁이를 몇 번째 도는 바람에 길을 헤매다 원래의 자리로 돌아가지 못하게 됐을 무렵, 높은 철조망으로 둘러싸인 초등학교를 만났다. 운동장에는 아이들이 축구와 야구를 하며 놀고 있었다. 넓은 저녁 하늘은 아직 선명한 파란색으로, 구름 위쪽에만 붉은 빛이 보였다. 정문 중앙에는 화이트보드가 덩그러니 서 있었다. 여름방학이어서 일반인에게도 운동장을 개방한다는 공지였다. 나와 유미는 얼굴을 마주 보았다.

그대로 운동장으로 들어갔다. 초등학교 2학년이라는 여자아이들과 철봉과 구름다리를 하고 놀았다. 이제 집에 간다는 아이들에게 손을 흔들고, 우리는 새로 지은 교사에 들어갔다. 운동화는 손에 든 채, 발소리를 죽이고 계단을 올라갔다. 맨발에 리놀륨 타일이 차가웠다. 긴 복도를 가로지를 때는 긴장했지만, 사람의 기척은 복도에도 계단에도 새장처럼 나란히 있는 교실에도 없었다.

3층의 6학년 3반 교실에 들어갔다. 맨션보다 훨씬 큰 알루미늄 새시 창을 열었다. 아이들 소리가 교실로 흘러들어 왔다. 창가에 서서 내려다보니, 운동장은 자로 선을 그은 듯이 빛과 그림자로 나뉘어 있었다. 그곳에 점점이 아이들의 환호성이 흩어져 있다.

유미가 나를 돌아보며 말했다.

"우리 하자."

나는 끄덕였다. 전혀 하고 싶은 기분이 아니었지만, 유미의 손바닥 안에서 습관처럼 페니스는 딱딱해졌다. 초저녁 바람이 불어들어 와, 나와 유미의 머리칼을 헝클었다. 창틀에 손을 짚은 유미의 뒤에서 우리는 천천히 이어졌다. 유미는 축구를 하는 소년에게 손을 흔들었다. 분명 웃는 얼굴이었을 것이다.

나도 유미도 움직이지 않았다. 놀고 있는 아이들과 점점 운동장을 침식해가는 커다란 그림자를 보고 있을 뿐이었다. 절정에도 이르지 않았다. 그저 여름 초저녁의 그 시간을 서로 이어진 채, 나누고 싶었을 뿐인지도 모른다.

생각건대, 섹스는 섹스가 아닌 많은 것으로 이루어져 있다. 달리 부를 방법이 없어서 일단 우리는 그것을 섹스라고 부르는 것이다. 그때의 빛과 바람의 느낌, 노을이 지는 넓은 운동장, 신록과 언덕이 많은 다카이도의 주택들. 거기에 촉촉하게 젖은 채로 나의 페니스를 감싸고 있는 유미의 압력. 그 모든 것을 나는 지금도 선명하게 떠올릴 수 있다.

유미와 나의 항해에 끝이 온 것은 9월 중순이었다. 유미는 여름방학이 끝날 무렵, 새 아르바이트를 시작했다. 간파치도리에 있는 패밀리 레스토랑의 심야 서빙 일이었다. 새 남자는 그곳 주방에서 요리하며 밴드를 만들어 데뷔를 꿈꾸고 있다고 했다. 이름은 모른다.

유미는 이별 얘기를 꺼낼 때도 첫 키스 때와 마찬가지로 담백했다. 눈을 내리뜨고 툭 내뱉었다.

"좋아하는 사람이 생겼어. 하루토를 아직 좋아하지만, 그 사람이 더 좋아. 이제 그만 끝내 줄래."

그다음에 무슨 말을 했는지, 어떻게 유미의 자취방에서 돌아왔는지 기억나지 않는다. 떠올리려고 해도 마음이 거부하는지, 도통 기억이 회복되지 않는다. 기억하는 것은 한 가지뿐이다.

여름 내내 열심히 섹스했던 좁은 현관에서 신발을 신고 있는데, 유미가 짧은 복도를 걸어왔다. 얼굴을 들고 보니 그녀의 뺨은 세수를 한 것처럼 눈물로 젖어 있었다. 유미의 발가락은 무언가를 잡으려고 하듯이 힘을 주고 서 있었다.

"난 늘 이렇게 돼 버리네. 이런 일만 되풀이하는 내가 정말 싫어. 미안해, 하루토."

그리고 유미의 얼굴은 흔들리다 모양이 일그러지며, 동그란 방울이 되더니 내 뺨에 미끄러져 내렸다.

그러나 걱정은 하지 않길 바란다. 나는 괜찮다. 처음 한 주는 확실히 힘들었다. 그러나 그다음 주에는 상태가 상당히 개선되었다. 몸무게는 3킬로그램 줄었지만, 얼굴선이 갸름해져 전보다 잘생겨 보였을 정도다. 삼 주째부터는 새 여자 친구를 찾으러 시내에 나가게 되었다.

마음만 먹으면 나도 여자 한 명쯤 바로 사귈 수 있다. 그 증거는 이제 곧 이 커피숍 계단을 올라올 것이다. 여름날의 추억을 음미하려고 토요일 저녁에 굳이 시부야까지 오는 인간은 없다. 지금부터 나는 새 여자 친구와 첫 데이트를 한다.

손목시계를 보았다. 곧 다섯 시다. 스크램블의 띠는 아까보다 짙은 오렌지색으로 빛나고 있었다. 십오 분 전과는 다른 수천 명의 사람이 십오 분 전과 똑같이 사거리에 모여들었다. 어느 얼굴이나 환한 주말의 사람이다. 이런 얼굴만 있다면 도쿄 사람도 나쁘지 않다고 생각한다.

나는 얼음이 녹아서 물이 된 아이스커피를 한 모금 마셨다. 잔에 묻은 물방울이 지친 듯이 떨어져서 테이블에 작은 물웅덩이를 만들었다.

이제 곧 그녀가 와서 아마 이렇게 말할 것이다.

"미안, 많이 기다렸어?"

나는 웃으며 고개를 가로젓겠지.

"아니, 전혀. 여름방학 때 일을 생각하다 보니 십오 분쯤 금방

지나가네."

그리고 그녀의 주문에 맞춰 나는 아이스커피를 한 잔 더 주문
하겠지.

왜냐고?

올해 여름은 생각만 해도 땀이 날 정도로 무덥고 격렬했으니까.

You look good to me

4월 마지막 토요일 저녁, 나는 마우스를 조작하여 3D 컴퓨터 그래픽으로 만든 상점가를 산책하고 있었다. 현실 세계에서는 이미 다 져 버린 벚꽃이 디지털 거리에서는 팔랑팔랑 꽃보라를 날리고 있었다. 길 양쪽에 늘어선 쇼윈도에 장식해 놓은 것은 무농약 된장과 간장, 고질라 손바닥 모양 마우스, 사이키델릭한 무늬의 테디베어, 최음 효과가 있다고 하는 발리 섬의 향수 등등, 인터넷다운 잡동사니들이다.

거리 여기저기에는 스타일 죽여주는 커플과 가족들이 산책하고 있다. 모니터 위쪽에는 남국의 섬 여행 팸플릿처럼 투명한 노을이 깔렸고, 하얀 대리석 산책길에는 하늘이 엷은 장밋빛으로 물들었다.

상점가 끝에 있는 CD 가게 앞을 지나자, GLAY의 신곡이 엄청난 음량으로 흘러나왔다. 그 옆이 인터넷 쇼핑센터에 덤으로 붙어 있는 가상 커피숍 '파라다이스 카페'다. 입구는 핑크 네온 간판이 달린 유리 자동문으로 되어 있다. 앞에 서면 손이 닿는 부분만 희미하게 빛나는 놋쇠 손잡이가 이곳을 누르라는 듯이 깜박거렸다. 나는 손잡이를 클릭하고 가게 안으로 들어갔다.

다각형으로 만들어진 입체 화상은 유감스럽게 거기서 끝. 디스플레이는 하얀 윈도에 카페 로고를 붙였을 뿐인, 평범한 화면으로 바뀌었다. 무료 서비스인 가게 안까지는 신경 쓸 여력이 없을 것이다. 그러나 그것으로 충분하다. 그곳에서부터는 가상이 아니라, 실제 인물이 상대를 해 주니까.

나는 다섯 개 나란히 있는 대화방 중 세 번째를 골라, 평소처럼 대화의 무리에 끼었다. 희한하게도 정밀하게 만들어진 상점가보다 글씨만 나열되어 있을 뿐인 대화방 쪽에 더 따스함이 느껴졌다. 인간의 열은 랜선을 통해서도 전해지는 것 같다.

그 방에는 먼저 온 사람이 세 명 있었다. 사이드 바에 세 개의 대화명이 나란히 있고, 현재 글을 쓰는 사람의 이름만 깜빡거렸다. '후쿠나가'와 '달려라! 마사'와 '미운 오리 새끼'. 앞에 두 명은 단골이고, 미운 오리 새끼만 초면이었다. 흐름을 지켜보다 대화가 잠시 끊긴 틈에 치고 들어가, 미리 입력해 두었던 인사를 보냈다.

오스카: 오랜만입니다, 후쿠나가 님, 달려라! 마사 님. 그리고 처음 뵙겠습니다. 미운 오리 새끼 님. 분위기 좋아 보이네요.

달려라! 마사: 잘 왔어. 지금 마침 재미있는 얘기를 하던 참인데.

오스카: 무슨 얘긴지?

후쿠나가: 사람은 외모인가, 아니면 알맹이인가 하는 궁극의 선택. 나와 달려라! 마사는 조건부로 알맹이파, 미운 오리 새끼 님은 절대적으로 외모파.

미운 오리 새끼: 맞아요. 나는 절대적으로, 불평 없이 외모파.

달려라! 마사: 누가, 저 친구에게 뭐라고 말 좀 해 줘!

이 대화방에서는 음악이나 영화나 스포츠 등 가벼운 취미 이야기가 많았다. 스타일리시하거나, 마니악하거나, 때로는 미심쩍은 인터넷에 흔한 조건반사 같은 대화다. 아무리 질이 낮은 주제라 해도 논쟁이 일어나는 건 드문 일이었다. 나는 망설이지 않고 입력했다.

오스카: 미운 오리 새끼 님, 눈이 불편한 사람이라면 어떨까요? 시각정보가 없으면 외모가 괜찮은지 괜찮지 않은지

모르잖아요.

대답은 천천히 돌아왔다.

미운 오리 새끼: 그렇지도 않아요. 스티비 원더가 일본에
왔을 때, 눈이 보이지 않아도 파티장에서 당연한 듯이 제
일 예쁜 여자에게 다가갔다는 얘기 들었어요. 아름다움은
절대적인 것이어서 시각도 초월해요.
달려라! 마사: 그럼 아름답지 않은 인간은 어떻게 해야 해
요?
미운 오리 새끼: 오늘날 일본에서는 남자든 여자든 아름답
지 않은 사람은 행복해질 수 없어요. 포기하든지 죽든지
할 수밖에 없죠.
후쿠나가: 삐!
달려라! 마사: 나도 삐! 한 번 더 삐!

잠시 후, 의지가 확고한 글이 거침없이 올라왔다.

미운 오리 새끼: 난 사실을 말할 뿐이에요. 취직 시험도 같
은 성적이면 미인이 뽑히는 건 당연하잖아요. 그걸 솔직하

게 인정하지 못하는 것은 위선자이거나 인간성에 로맨틱
한 신앙을 갖고 있다는 증거 아닌가요? 어느 쪽이든 삐뚤
어진 시선은 마찬가지예요.

뜨거워진 남성들에게 기름을 붓는 위험한 냉정함이었다. 바로
반격이 시작되었다.

후쿠나가: 그러는 미운 오리 새끼 님은 아주 잘생긴 남자
를 옆에 두고 있겠군요?
달려라! 마사: 자신도 '절대적으로 흠 잡을 데 없는' 미인
이겠죠.

미운 오리 새끼의 이름이 모니터 끝에서 깜박거렸다. 나는 숨
을 삼키고, 침묵이 이어지는 화면을 지켜보았다. 잠시 후, 천천
히 글이 떴다.

미운 오리 새끼: 나는 남자를 고르지 않아요. 난 미인이 아
니에요. 난 …….

작고 힘없는 목소리가 화면 속에서 들리는 것 같았다. 미운 오

리 새끼라는 대화명의 깜박거림이, 격렬하게 파도치는 심장의 고동으로 보였다. 나는 가만히 있을 수 없어서, 그녀의 말에 끼어들었다. 대단한 기세로 노트북 키보드를 두드렸다.

오스카: 미운 오리 새끼 님, 할 얘기가 있는데, CD로 와주
지 않을래요?

파라다이스 카페 안은 이중 구조로 되어 있어, 불특정 다수와 대화를 할 수 있는 대화방에 정원 2명인 개인 방이 몇 개 딸려 있다. 이동 조작은 간단하다. 화면 구석에 있는 나뭇결무늬 방으로 커서를 옮기고 클릭하기만 하면 된다. 이곳 회원들은 다들 개인 방을 CD라고 불렀다. 클로즈드 도어의 약자. 닫힌 문 너머에는 비밀의 작은 방이 기다리고 있다.

달려라! 마사: 오스카 군 호기심 왕성하다니까. 미운 오리
새끼 님을 CD로 데려가다니.
오스카: 꼬시려고 그러는 거 아닙니다요. 그럼, 미운 오리
새끼 님, 먼저 나갈게요.

나는 한 걸음 먼저 개인 방으로 옮겼다. 바로 문을 노크하는

소리가 컴퓨터 스피커에서 울렸다. 그녀가 문을 클릭한 것 같다.

오스카: 갑자기 불러내서 미안해요.

미운 오리 새끼: 아뇨, 그렇지만 꼬시려는 거면 시간 낭비예요.

오스카: 그런 거 아니고요. 계속 그 대화방에 있으면 위험해서요. 미운 오리 새끼 님도 알겠지만, 얼굴이 보이지 않는 인터넷 대화는 감정의 흔들림이 격해요. 쉽게 흥분하고, 사람을 미워하기도 하죠. 스토킹도 있고. 난 언제나 이야기가 개인 공격으로 흘러가면 대화방을 떠나요.

미운 오리 새끼: 난 미워해도 화내도 아무렇지 않아요.

오스카: 어째서요?

대답은 바로 돌아왔다.

미운 오리 새끼: 나는 못생겼으니까.

나는 그 직접적이고 빠른 반응에 깜짝 놀랐다. 키보드를 치는 수고를 덜기 위해 간단한 인사나 자기소개를 입력해 놓는 사람은 많다. 하지만 그녀는 하필이면 '나는 못생겼으니까'란 말을 등록해 놓았다. 그런 말을 습관적으로 사용하다니, 대체 어떤 여성인 걸까. 잠시 후, 나는 답을 쳤다.

> 오스카: 이제 알았어요. 그래서 '미운 오리 새끼'군요.
> 미운 오리 새끼: 그래요. 나는 못생겼으니까.

얼굴을 본 적도 없는 여성에게 그런 말을 연거푸 들으면 뭐라고 해야 좋은가. 할 수 없이 나는 그녀를 칭찬하기로 했다.

> 오스카: 그래도 남자 둘을 상대로 막상막하로 논쟁하다니,
> 미운 오리 새끼 님 대단하네요.
> 미운 오리 새끼: 고마워요. 당신은 좋은 사람이군요. 그렇
> 지만 그 정도도 못 하면 못생긴 사람은 살아갈 수가 없어요.

어쩐지 그녀의 경우, 모든 생각이 '나는 못생겼으니까'로 통하는 것 같았다. 손을 쓸 도리가 없다.

> 미운 오리 새끼: 당신의 대화명은 뭔가 유래가 있나요?
> 오스카: 있지만, 당신처럼 극적이지 않아요. 이름이 오스
> 카(大須賀)거든요.

미운 오리 새끼: 그래서 오스카군요. 영화 제작 지망생인
게 아니군요.

오스카: 네. 예술학부가 아니고 꿈이 없는 경제학부 대학
생. 당신은 무슨 일 해요?

미운 오리 새끼: 나도 학생이에요, 문학부. 그거 아세요?
연애소설의 98퍼센트는 미남미녀가 나오고, 어떤 장애물
을 만나 해피엔드가 되거나 그렇지 않은 얘기란 것.

오스카: 그런 건 리얼리티가 없어요. 그래서 당신은 참을
수 없는 거군요.

미운 오리 새끼: 거꾸로예요. 나는 못생긴 사람이 나오는
얘기 제일 싫어해요. 못생긴 사람을 즐겨 쓰는 소설가는
믿을 수 없어요.

오스카: 그렇지만 아름다움에 절대적인 기준은 없어요. 옛
날에 데쓰카 오사무 만화에 있었어요. 너무 못생겨서 우주
로켓으로 추방당한 여자 이야기. 그 여자가 지구에 도착해
서 트랩을 내려요. 그러자 주위에 잔뜩 몰려든 기자들이
기절해요. 그녀가 너무 아름다워서. 그녀의 별에서는 아름
다운 것이 못생긴 것이고, 못생긴 것이 아름다운 것이었던
거죠.

미운 오리 새끼: 그런 별은 삐딱한 만화가의 머릿속에나

있어요. 물론 아름다움에 절대적인 기준은 없죠. 그러나 당신의 수능 백분위가 한 자릿수라면, 그때도 상대적으로 머리가 나쁜 것뿐이라고 당당히 말할 수 있을까요. 못생긴 것도 마찬가지예요. 어떤 기준에서부터 아래는 모두 절대적으로 못생겼어요. 그리고 그 기준은 내게는 손이 닿지 않을 만큼 높은 곳에 있어요.

오스카: 알겠어요. 당신의 이야기는 일리가 있어요. 그렇지만 당신이 못생겼는지 어떤지는 언젠가 실제로 만났을 때, 내가 정하고 싶군요.

미운 오리 새끼: 노 찬스!

그녀는 인사도 하지 않고 휙 나가 버렸다. 내 이름만 사이드바에 남았다. 몹시 심술궂은 회오리바람 같았다. 외모에 중증의 콤플렉스가 있는 것 같았지만, 온라인으로 이야기를 해 본 바, 그녀는 느낌이 아주 괜찮았다. 반응이 빠르고, 머리가 좋았다. 흐느적거리며 여자임을 내세우지도 않았다.

(나는 못생겼으니까.)

그 말이 머릿속에서 계속 깜박거렸다. 그토록 역설하다니, 대체 그녀는 얼마나 못생긴 걸까. 절대적으로 못생긴 젊은 여성의 얼굴을 상상하려고 했지만, 무리였다.

나는 파라다이스 카페에서 나와 컴퓨터 전원을 껐다. 방 안은 이미 어두워졌고, 봄이지만 조금 쌀쌀했다. 토요일 저녁에 아무 약속도 없이 혼자 저녁 걱정을 하고 있다. 나도 여자들에게 인기가 있는 편은 아니다. 책상에서 일어나 침대에 쓰러지듯이 누워, 잠시 아름다움과 추함에 관해 생각했다.

나는 못생긴 걸까? 아니면 잘생긴 걸까?

태어나서 한 번도 그런 걸 진지하게 생각한 적이 없다. 양날의 칼 같은 의문을 가슴 깊숙이 품고 슬픈 답으로 자신을 계속 찌른다는 건, 참으로 고달픈 인생이다.

6월 첫 토요일은 한여름처럼 더운 날이었다.

나는 번개에 참석하기 위해 시부야에 갔다. 예의 후쿠나가 씨가 주도하여 장마가 시작되기 전에 파라다이스 카페 단골끼리 번개를 하기로 했다. 누가 말 꺼내길 기다렸다는 듯이 모임은 일사천리로 진행되었다. 나도 그렇지만, 온라인의 사람은 떨어져 있는 것을 좋아하는 주제에 이따금 몹시 타인을 만나고 싶어 한다.

해가 기울기 시작하는 가운데, 역 앞의 혼잡을 뚫고 나와 미야마스자카를 올라갔다. 겹쳐 입은 티셔츠 속으로 땀이 나는 피부를 지나가는 바람이 기분 좋았다. 이날을 위해 많이 고민한 끝에, 평소 좋아하는 리바이스 청바지에 패트릭의 파란 스웨이드

러닝슈즈를 맞춰 신었다.

보도블록에 불규칙한 물방울을 그리는 껌 자국이며 먼지 앉은 채 뎅구는 영어 회화 학원 전단을 즐겁게 보면서 번개 장소인 가게를 찾았다. 역시 현실의 거리는 좀 지저분해야 맛이 난다. 3D 가상 거리보다 단연 실제 시부야가 나았다. 길에 나와 있는 간판 하나조차 아찔할 정도로 복잡하고 난잡스러웠다. 그러고 보니 예쁜 것은 CG로 간단히 만들지만 지저분한 건 만들기가 어렵다는 얘기를 게임 제작 아르바이트하는 친구에게 들은 적이 있다. 중요한 것은 개성 넘치는 추함인 걸까. 나는 미운 오리 새끼를 떠올렸다.

그 봄날 밤 이후로 나는 미운 오리 새끼와 종종 파라다이스 카페에서 이야기를 나누었다. 인사만 할 때도 있고, 가끔 한 시간 이상 키보드를 두드리며 농담을 하거나 서로 웃기도 하고, 어릴 때 추억을 교환하기도 했다. 그래도 그녀의 거리를 두는 태도에 변화는 없었다. 일정한 선을 넘어 친밀한 감정을 드러내거나 스스럼없이 틈을 보이는 일은 절대 하지 않았다. 애인이 있는 친한 동급생이나 직장 동료 같은 느낌이었다.

"나는 못생겼으니까" 콤플렉스 탓인가 생각했지만, 나는 신중하게 그 화제를 피했다. 섣불리 언급했다가는 그녀가 또 사라져 버리기 때문이다. 풀숲에 숨은 메뚜기 같았다. 멀리서 마른 가지를 밟는 발소리만 감지해도 폴짝 뛰어서 다른 풀로 숨어 버린다. 못생김에 대한 그녀의 신경은 지나치게 예민했다.

그럴 때, 개인 방에 남겨지는 것만큼 외로운 것도 없다. 전자감옥에 나 홀로. 바로 코앞에 있는 하얀 벽 높이에 가슴이 답답해질 정도다. 물론 현실 세계에서는 내 방에서 책상 앞에 앉아 모니터를 보고 있는 것뿐이지만.

오후 다섯 시 정각에 계단을 내려갔다. 미야마스자카 우체국에서 왼쪽으로 꺾어진 뒷골목에 있는 다목적 빌딩의 가파른 계단으로, 지하 1층 카페로 통한다.

도자기로 만든 달마티안의 엉덩이 부분으로 고정해 놓은 나무문은 활짝 열려 있었다. 문 옆에 달린 칠판에는 '환영 파라다이스 카페'라고 써 놓았다. 이미 먼저 온 사람 몇 명이 접수 차례를 기다리며 줄을 서 있었다.

입구 옆에 내놓은 작고 네모난 테이블이 접수대로, 그 너머에는 검은 뿔테 안경을 끼고, 넓은 이마 한가운데 해초처럼 앞머리 몇 가닥을 남긴 삼십 대 후반의 샐러리맨 같은 남성이 앉아 있었다. 가슴에는 후쿠나가라는 이름표를 달고 있다. 회비를 내자 이름표를 주었다. 내 대화명을 적고, 가슴에 단 뒤, 나는 후쿠나가에게 인사했다.

"안녕하세요. 처음 뵙겠습니다, 이런 인사는 좀 이상하겠군요."

내 이름을 흘끗 올려다보더니 후쿠나가 씨는 웃으며 의외로 톤이 높은 소리로 말했다.

"자네가 오스카구나. 역시 젊네."

"오늘 미운 오리 새끼 님 오세요?"

"모르겠어. 답장이 오지 않더라고. 분위기로 봐선 얼굴 보여주는 게 싫은 게 아닐까. 나중에 얘기하러 갈게. 천천히 즐기고 있어."

가게 오른쪽으로는 벽 끝까지 카운터가 있고, 넓은 공간에 전채 요리를 가득 차려 놓은 테이블이 한 줄로 이어져 있었다. 벽 여기저기에는 맥주 회사 로고가 들어간 그림 액자가 걸려 있었다. 세련되었다기보다 촌스러운 70년대 분위기의 바였다. 힙합보다 컨트리송이 더 어울릴 것 같았다.

벽 쪽에 나란히 있는 의자에서 열댓 명 정도의 어른들이 세 그룹으로 무리 지어, 마실 것을 들고 대화를 나누고 있었다. 나이는 제각각이고 남녀 비율은 2 대 1 정도였다.

오프라인 모임에 올 때면 늘 생각하지만, 컴퓨터를 좋아하는 여성은 혈중에 핑크하우스 농도가 높지 않나 싶다. 그때도 프릴이 잔뜩 달린 드레스를 입은 여성이 세 명이나 있었다. 그중 한 사람은 꽤 귀여웠지만, 내 스타일은 아니었다. 남성들의 차림새에 대해서는 별로 말할 게 없었다. 지나치게 편하거나(샌들에 반바지), 지나치게 차려입었거나(답답한 턱시도) 둘 중 하나였다. 인터넷 애호가 중에는 어째선지 세련된 사람이 적은 것 같다.

나는 미운 오리 새끼가 없어서 조금 실망했다. 금색 맥주로 목을 축이고, 스모크 치킨과 시저 샐러드를 집어 먹었다. 초면인 사람과 무난한 대화와 파라다이스 카페 단골들만 아는 농담을 나누었다. 꽤 즐거웠지만, 그것은 그곳에서뿐이라는 느낌이었다.

파티가 시작되고 한 시간 반이 지나, 슬슬 끝인가 싶을 즈음 후쿠나가 씨가 내 자리에 와서 살짝 귓속말을 했다.

"오스카, 빅뉴스야. 그 미운 오리 새끼가 온 것 같아."

그렇게 말하고 턱으로 입구 쪽을 가리켰다.

키가 큰 여자가 천장의 조명이 떨어지는 원에서 벗어나, 벽에 바짝 붙듯이 서 있었다. 캄캄한 길을 비추는 손전등처럼 양손으로 맥주잔을 감싸고 있었다. 흰색 진에 남자 같은 재색 파카. 치수가 커 보이는 검은 육각모를 푹 쓰고 있어서 얼굴은 잘 보이지 않았다. 발끝에서 시작한 흰색이 위로 갈수록 농도가 더해지며 검정에 가까워졌다. 얼굴은 완전히 그늘에 가려졌다.

나는 자리에서 일어나 천천히 그녀에게 다가갔다. 모자챙이 살짝 한 번 물결치더니 그녀가 내 이름표를 읽었다. 나도 그녀의 가슴에 달린 이름표를 보았다. 지구본에 적힌 싱가포르 국명 정도의 크기로 미운 오리 새끼라고 되어 있었다.

"안녕하세요. 올 줄 몰랐어요."

내가 웃는 얼굴로 인사를 건네도 그녀는 대답하지 않았다. 모자 각도가 자신의 발끝밖에 보이지 않도록 깊어졌을 뿐이다.

"안쪽 자리에 가서 앉을래요? 먹을 것도 많이 남아 있으니."

그렇게 말하고 안내하려고 하는데, 통로 안쪽에서 반바지에 알로하셔츠 차림의 달려라! 마사가 발소리를 죽이고 몰래 다가왔다. 입에 검지를 대고 말없이 쉿! 꽤 취했는지 얼굴이 새빨갛다. 그녀의 뒤로 가더니 육각모에 손을 뻗쳤다. 나는 그만두라고 소리치려고 했지만, 달려라! 마사의 움직임이 빨랐다.

"미운 오리 새끼는 아름다운 백조가 되었습니다, 짠!"

그렇게 말하고 검은 모자를 집어 올렸다.

육각모에 눌려 있던 그녀의 머리가 느린 동작으로 천천히 흘러내렸다. 샴푸 광고의 한 장면 같았다. 빛의 줄무늬가 물결치면서 머리끝을 향해 흘러갔다. 그녀의 얼굴이 보였다.

넓은 이마에 진하고 굵은 눈썹, 미간이 멀고 큰 눈, 조심스럽게 표현해도 큰 코, 조그맣고 빨간 입술은 당혹스러운 듯이 양쪽 끝이 내려와 있다. 얼굴 복판에는 홍차 잎을 뿌린 듯이 주근깨가 흩어져 있다.

미운 오리 새끼는 입이 살짝 벌어지고 눈을 한껏 뜬 놀란 표정

그대로 나를 보았다. 시선과 시선이 이어지고, 가게 안의 술렁거림이 멀어져 갔다.

(어때, 역시 못생겼지?)

그녀의 마음의 소리가 들리는 것 같았다. 그리고 그녀는 갑자기 울음을 터트릴 듯한 얼굴로 달려라! 마사에게서 검은 육각모를 빼앗아 들더니 입구로 달려갔다. 계단을 올라가는 발소리가 멀어져 갔다. 순식간의 일이라 쫓아가지도 못하고, 나는 어두운 바에 우두커니 서 있었다. 마음의 모니터에는 그녀의 얼굴이 선명하게 떠올랐다.

미운 오리 새끼는 확실히 미인은 아니었다. 하지만 그녀가 그렇게 믿고 싶어 할 만큼 못생긴 것도 아니었다. 때로는 예뻐 보이기도 하고 때로는 못생겨 보이기도 하는, 외모를 직업으로 하지 않는 대부분의 젊은 여성과 같았다.

나는 그녀의 필사적인 표정을 잊을 수가 없었다. 느닷없는 총소리에 사냥꾼을 바라보며 얼어붙은 어린 사슴 같은 눈이었다. 아름답고 추하고가 아니라, 생명 그 자체가 세상을 향해 뜬 눈.

그 눈을 보고 방아쇠를 당길 인간이 있을까.

나는 2차를 가자는 걸 거절하고 바로 집으로 돌아왔다. 책상에 앉아 컴퓨터 전원을 켰다. 파라다이스 카페의 다섯 개 있는 대화방을 들여다보며 미운 오리 새끼가 접속했는지 확인했다. 자주 오는 사람이 오프라인 모임에 다 나가서 어느 방이나 비어 있고, 물론 그녀의 대화명은 없었다.

나는 미운 오리 새끼와 처음 만난 제3대화방에서 기다렸다. 달력은 6월로 바뀌어 있지만, 그날과 같은 토요일 저녁이었다. 해가 저물어도 한여름 같은 저녁놀이 하늘에 남아 있었다. 나는 책상에 턱을 괴고 아무도 없는 하얀 대화방을 멍하니 바라보았다.

미운 오리 새끼 대화명이 대화방에 깜박거린 것은 그러고 두 시간 뒤였다. 나는 바로 메시지를 보냈다.

> 오스카: 기다렸어요. 아까는 괜찮았어요? 갑자기 뛰어나가서 걱정했어요.

대답은 좀처럼 돌아오지 않았다.

> 미운 오리 새끼: 미안해요. 오스카 님 얼굴만 보고 몰래 오려고 했는데.
> 오스카: 그렇지만 잘됐네요.
> 미운 오리 새끼: 왜요?
> 오스카: 당신의 얼굴을 볼 수 있어서요.

이번에는 바로 대답이 돌아왔다.

　미운 오리 새끼: 실망했죠. 못생겨서.

또 그 등록어가 나왔다. 미운 오리 새끼가 세계와 자신의 선을
그을 때 사용하는 말이다. 갑옷이기도, 열쇠이기도, 칼이기도 한
말. 난감했다. 이 말에 제대로 대답하지 않으면 그녀를 상대할
수 없다. 나는 얼른 키보드 위에 손가락을 달렸다. 그것은 자신
도 예기치 못한 글이었다.

　오스카: 기뻤어요. 나는 마니아여서.
　미운 오리 새끼: 무슨 마니아요?

당황하는 그녀의 얼굴을 상상할 수 있었다.

　오스카: '예쁘지 않은' 여자 마니아. 몸무게가 세 자리 이
　상이 안 되면 만족하지 못하는 뚱보 성애자도 있고, 키가
　150센티미터 이하가 아니면 흥미가 없는 꼬마 성애자도
　있어요. 수는 적지만, 상대가 서른 살 이상이 아니면 발기
　가 안 되는 아줌마 성애자도 있고. 사람의 취향이 다양한

것은 좋은 것이죠.

미운 오리 새끼: 어째서요? 난 그런 것 상상할 수도 없는데.

오스카: 다양한 사람이 다양한 상대를 찾고 있어요. 생물학적으로 말하자면, 유전자의 다양한 발현을 지킬 수 있죠. 여자들이 모두 그린 듯이 예쁜 사람뿐이라면 난 절망했을걸요.

미운 오리 새끼: 당신은 예쁜 사람을 싫어해요?

오스카: 네.

미운 오리 새끼: 그럼 배우 후지하라 노리이는?

오스카: 너무 글래머인데다, 다리가 너무 예쁘죠. 외국인 체형은 질색.

미운 오리 새끼: 배우 이나모리 이즈미는?

오스카: 눈이 너무 크고 얼굴이 달걀형이어서, 그렇게 세련되면 감당이 안 돼요.

미운 오리 새끼: 마쓰시마 나나코는?

오스카: 피부가 하얗고 너무 매끄러워요. 이미지도 너무 우아하고요. 난 양갓집 규수 스타일과 사귄 적이 없어요.

미운 오리 새끼: 흐음, 연예인 중에 좋아하는 타입이 아무도 없군요.

오스카: 없어요. 당신은 언젠가 사람은 '무조건' 외모라고

했죠. 나도 거기에 찬성해요. 다만 내 경우, 그 외모의 취향이 특별해요. 당신의 얼굴을 보고 나는 좀 감격했어요.

미운 오리 새끼: 내가 못생겨서?

오스카: 맞아요. 당신이 개성적으로 못생기고, 아주 매력적이어서.

한동안 대답이 돌아오지 않았다. 그래도 기분 나쁜 침묵은 아니었다. 새로운 메시지가 뜨지 않는 화면이 따스한 빛을 내고 있었다. 왠지 모르겠지만, 나는 몇 킬로미터나 떨어진 다른 컴퓨터 앞에서 그녀가 조용히 울고 있는 걸 알았다. 어째서일까, 나도 조금 눈물이 나서 그렇게 생각했을지 모른다.

미운 오리 새끼: 고마워요. 착하네요. 위로도 해 주고.

오스카: 아닙니다. 당신의 외모가 이긴 거예요. 세상 사람이나 당신 자신에게 그 아름다움은 충분하지 않을지도 몰라요. 그러나 나한테는 충분했어요.

미운 오리 새끼: 나의 못생긴 주근깨도.

오스카: 주근깨가 딱 적당히 지저분해서 좋더군요.

미운 오리 새끼: 큰 코도.

오스카: 옆을 보고 있을 때는 나쁘지 않았어요.

미운 오리 새끼: 넙치처럼 사이가 먼 눈도.

오스카: 지넌 리나도 눈 사이가 멀죠. 위치 문제는 어쨌든 예쁜 눈이에요.

미운 오리 새끼: 그래서 당신은 '추녀 성애자'라는 거로군요.

오스카: 맞아요. 그러나 그 말은 쓰고 싶지 않아요. 그래서 당신한테 부탁이 있어요.

미운 오리 새끼: 뭔데요.

오스카: 특이한 취향을 가진 남자 자원봉사자라고 생각하고, 가끔 만나 줄 수 없어요? 인터넷이 아니라 오프라인에서. 내 여자 친구가 되어 주지 않겠어요?

키보드여서 다행이었다. 평소 같으면 여자 얼굴을 보고 절대 하지 못할 말이다. 진지해지지 않으면 쑥스러워서 웃음을 터트리거나, 귀를 손가락으로 막고 비명을 지를 것 같은 말들뿐. 그러나 그때의 나는 필사적이었다. 그녀의 대화명이 망설이듯이 화면 구석에서 깜박이고 있었다. 숨을 삼키고 액정 모니터를 바라보았다.

미운 오리 새끼: 당신은 거짓말쟁이군요.

오스카: 그런가.

미운 오리 새끼: 하지만 아주 좋은 사람.

오스카: 고마워요.

미운 오리 새끼: 그렇지만 당신은 상상할 수 없을 거예요. 여자가 얼마나 아름다워지길 원하는지. 그리고 얼마나 남자뿐만이 아니라, 세상 모든 사람에게 그 아름다움을 인정받고 싶어 하는지, 얼마나 그걸 갈망하는지. 남자들은 웃어넘길 사소한 흉터나 결점으로 바보처럼 우울해하고 슬퍼하고 그러죠.

나도 내 친구들도 누구 하나 자기 얼굴 때문에 고민하는 얘기는 들은 적이 없다. 거울을 보는 시간이란 아침에 자고 일어나서 뻗친 머리 다듬을 때 한 오 분뿐이다. 누구나가 아름다워지기 위해 맹렬히 싸우는 세계에서 살아가는 여자들이 신기했다.

미운 오리 새끼: 나도 부탁이 있어요.

오스카: 하세요.

미운 오리 새끼: 당신에게 매력적이란 말을 들어서 정말 기뻐요. 그렇지만 내 생각을 그렇게 간단히 바꿀 수 없어요. 제일 처음 내가 못생긴 아이란 걸 깨달은 것은 세 살 때였으니, 벌써 이십 년 가까이 돼요. 시간을 주세요. 부탁

이니 서두르거나 무리한 말을 하지 말아 주세요.

오스카: 알겠어요.

미운 오리 새끼: 내가 언젠가 못생긴 나를 있는 그대로 껴안을 수 있는 날까지, 초조해하지 말고 천천히 나를 지켜봐 주세요.

오스카: 그때까지 당신은 자원봉사자가 되고, 나는 재활치료 상대를 하는 거네요.

미운 오리 새끼: 그래요. 약속해 줄래요?

오스카: 약속하죠. 앞일은 모르겠지만, 나는 꽤 끈질긴 편이에요.

잠시 침묵이 흐르고, 미운 오리 새끼라는 대화명의 깜박임이 빨라지는 것처럼 보였다. 착각이었겠지만, 모니터 전체가 조금 밝아진 것 같았다.

미운 오리 새끼: 고마워요. 나야말로 앞으로 잘 부탁해요.

그리고 우리는 처음으로 휴대전화 번호와 서로의 이름을 교환했다.

의외로 귀여운 이름이었지만, 그녀의 이름은 나만의 비밀이다. 마지막에 나는 키보드를 두드렸다.

> 오스카: 그런데 절대 외모파인 당신이 보기에 나는 어땠어
> 요?
> 미운 오리 새끼: 나쁘지는 않았지만, 세세하게 지적할 건
> 많죠. 어쨌든 나는 사람 얼굴을 보는 데 선수니까요. 게다
> 가 나는 '추남 성애자'가 아니니까.
> 오스카: 삐!

새하얀 화면에 밝은 웃음소리가 터졌다. 그것이 장마가 시작
되기 전 마지막 토요일에 일어난 일이다. 도쿄 시내에 무수한
원룸 콘크리트 상자 속의 공기마저 바싹 마른 초여름 밤의 일이
었다.

여기서 또 다른 이야기. 그냥 덤으로 들려주는 이야기다.

남의 연애가 잘돼 가는 얘기를 듣기 좋아하는 사람은 그리 많
지 않을 것이다. 그러니 그녀와의 관계를 간략하게 보고하겠다.

미운 오리 새끼와 첫 데이트를 하는 데는 그 후로 한 달 반이
걸렸다. 장마가 끝난 7월 중순쯤, 하라주쿠의 패션 쇼핑몰 라포
레 앞에 그녀는 꽃가루 알러지 환자처럼 코와 입을 푹 가리는

마스크를 쓰고 나타났다. 그녀가 아이스크림을 먹을 때는 난 창밖 다케시타도리를 걸어가는 좀 특이한 패션의 아이들을 보고 있어야 했다.

거리를 걸을 때 미운 오리 새끼는 내게 조금 앞장서서 걸어달라고 했다. 뭐랄까, 처음에는 등 뒤 약 2미터쯤 떨어져 있는 사람에게 말을 건네는 것이 몹시 이상했다.

커피숍에 들어가면 테이블에 마주 앉지 않고, 그녀는 반드시 내 오른쪽 옆에 앉았다. 그쪽의 옆얼굴이 약간 더 자신이 있다고 했다.

눈을 절대로 뜨지 않는다는 조건으로 첫 키스를 마쳤을 무렵에는 짧은 여름이 이미 끝나가고 있었다.

신기하게 거기서부터는 속도가 빨라져서 체육의 날(매년 10월 14일─옮긴이) 전에 우리는 첫 잠자리도 했다.

그래서 내 방 커튼은 지금은 뒷면이 새까만 암막 커튼으로 바뀌었다. 미운 오리 새끼는 완전한 어둠 속이 아니면 절대로 섹스를 할 수 없다고 했다. 현관에 달린 도어아이에조차 나는 매번 일회용 밴드를 붙여야 했다.

나도 지금은 내가 내밀고 있는 손가락조차 보이지 않는 완전한 어둠 속에서 시도하는 그런 행위도 그리 나쁘지 않다고 생각한다. 피부와 귀와 혀가 아주 민감해지기 때문이다.

세세한 묘사는 피하겠지만, 옷을 벗은 미운 오리 새끼의 몸은 아주 근사했다.

나는 추녀 성애자이니 밝은 곳에서 못생기게 일그러뜨린 얼굴을 보고 싶다고 했지만, 그녀는 두 번째 거짓말까지 믿는 척하는 것은 내키지 않는 모양이었다.

그러나 그것도 크리스마스까지는 어떻게 될 거로 생각한다.

실제로 커피숍에서 마주 앉지 않아도 이제 미운 오리 새끼는 마스크를 하지 않는다. 두꺼운 스웨터나 더플코트가 길거리 여기저기에 눈에 띌 무렵이 되자, 내 뒤가 아니라 어깨를 나란히 하고 걸을 수 있게도 되었다.

거리를 어슬렁어슬렁 걷다가 머릿결이나 피부가 고운 여자나 이목구비가 가지런한 여자를 누구보다 먼저 발견한 그녀는 내 손을 끌며 말한다.

"봐봐, 역시 예쁜 애들이 많잖아."

그렇게 말하는 미운 오리 새끼의 목소리는 아주 밝다.

그녀는 멋있는 남자보다 예쁜 여자 쪽이 백배 좋다고 한다.

내가 그녀의 얼굴에 관해 말하는 걸 싫어해서 입 밖에 내지는 못하지만, 그럴 때의 미운 오리 새끼는 사실 꽤 귀엽다.

나는 지금도 종종 생각할 때가 있다.

그녀는 예쁜 걸까? 아니면 못생긴 걸까?

그러나 실제로 그런 건 아무래도 좋다. 답이 어느 쪽이든 내 마음은 변하지 않으니까.

연인인 척하기

테이블에는 바닥에 닿을 듯이 긴 진초록색 테이블보. 그 위에 한 치수 작은 빨간색과 흰색의 깅엄 체크 테이블보를 90도로 엇갈리게 깔아 놓았다. 엄청나게 화려한 미로 같다. 나는 틀에 박힌 테이블세팅을 묵묵히 바라보고 있었다. 두 주일 만에 맨 넥타이는 교수대의 밧줄처럼 목을 졸라 왔다. 그날 밤 몇 번째의 의문이 머리를 스쳤다. 나는 이런 데서 대체 뭘 하고 있는 걸까.

그 가게는 학생 시절 친구가 정보지에서 발견한 이탈리안 레스토랑으로, 아오야마도리에서 벗어난 뒷골목에 조심스레 간판을 내놓은 단독 주택이었다. 이제 11월에 들어섰는데, 성미 급한 지배인은 어두컴컴한 방에 아카펠라 캐럴을 틀어 놓았다. 무겁고 끈적하고 달콤한 R&B조의 하모니, 내가 식전주를 한 모금 마시자, 친구의 여자 친구가 말했다.

"준코는 이제 곧 올 거예요. 시간은 정확하게 지키는 사람이니까. 다테이시 씨, 일은 바쁘세요?"

"그렇지도 않아요. 그렇게 대단한 일도 아니고."

연말 진행으로 바쁘긴 했지만, 그렇게 대답했다. 나는 일 년 내
내 바쁘다고 말하는 사람을 좋아하지 않는다. 일은 그냥 일이다.
오른쪽 옆에 앉은 친구인 모리모토 히로노부가 허리를 가볍게
들고 창 쪽으로 몸을 비틀었다. 왜 이 녀석은 어울리지 않게 나
비넥타이를 하는 걸까.

"기요카, 저기 준코 씨 아냐?"

창밖에 한겨울에도 윤기가 흐르는 초록색 사철나무 울타리 위
로 예쁜 검은 머리가 미끄러져 갔다. 서두르는 걸음은 레스토랑
현관으로 향하는 것 같았다. 모리모토는 나비넥타이 양 끝을 검
지로 가볍게 누르고 삐뚤어지지 않았는지 꼼꼼히 확인했다. 그
리고 빙그레 웃으면서 말했다.

"많이 기다렸지? 기대해도 좋아. 준코 씨는 기요카 친구 중에
서도 최고로 예쁜 아가씨니까."

왼쪽 옆에 앉은 데즈카 기요카가 빙그레 웃으며 끄덕였다. 가
슴팍이 넓게 팬 진홍색 드레스. 차분한 디자인으로 그리 세련되
지 않았지만, 비싼 옷임은 틀림없다. 이 커플은 둘 다 사람을 의
심할 줄을 모르는 것 같다. 착한 사람들이다. 이십 대 후반이 되
어서 결혼은 물론이고 애인도 없는 친구를 그냥 버려두지 못하

고, 어떻게든 챙겨 준다. 여름휴가나 크리스마스 같은 이벤트 시기가 될 때마다 두 사람에게 소개받은 여자가 이번으로 네 명째다.

지난번까지의 소개팅은 매번 실패로 끝났다. 나한테 여자를 사귀고 싶은 마음이 없으니 어쩔 수 없다. 요즘 세상에는 로맨틱한 연애나 우연한 만남, 그리고 성적인 파트너십이 너무 과대평가되어 있다. 언제나 누군가와 연애를 하지 않으면 남성(여성) 실격이라고 생각하는 것은 삶의 범위를 좁아지게 만들 뿐이지 않을까. 모리모토는 고집스럽게 자신의 의견을 남에게 강요하는 버릇이 있어서, 소개팅 공격을 멈추지 않았다. 게다가 왠지 데즈카 씨가 나를 마음에 들어 해서 아는 여성들을 자꾸 소개해 주고 싶어 했다.

성가시면 그런 친구와 사귀지 않으면 되지 않느냐고 한다면 당연한 지적이지만, 그랬다가는 금세 몇 안 되는 친구마저 없어질 것이다. 나 역시 친구를 사귈 거라면 다소 오지랖이 넓더라도 악인보다는 선인 쪽이 좋다.

잘생긴 금발 웨이터의 안내를 받아, 네 번째 소개팅 상대가 촛불이 켜진 테이블 사이를 누비며 다가왔다. 나는 스스로를 타일렀다. 웃어라. 앞으로 두 시간, 착한 사람인 척해라. 친구 커플도 상대 여성도 실망하지 않도록 하고, 이 자리가 끝난 뒤 집에 가서 읽다 만 책으로 돌아가면 된다. 그것이 성인이 취해야 할 태도다. 데즈카 기요카는 앉은 채 웃으면서 손을 흔들었다. 모리모토와 함께 무릎의 냅킨을 테이블 옆에 놓고, 나는 일어섰다.

그리고 정중하게 백화점 포장지 같은 미소를 지었다.

"이쪽은 에토 준코. 나와 같은 부서에서 일하고 있고, 사무직이지만 아주 능력자여서 종합관리직으로 옮기려고 시험 준비를 하고 있어요. 그리고 이쪽은 프리라이터인 다테이시 다케히코 씨."

데즈카 기요카는 왼손을 내밀고, 오른손을 내밀어 교통정리하듯이 마주 서 있는 나와 에토 준코를 소개했다. 같은 부서라면 외국계 증권회사의 감사부에서 일한다는 말이다. 나는 미소를 고정한 채, 에토 준코를 관찰했다.

그녀는 검은 벨벳 원피스를 입고 있었다. 긴소매에 미니 원피스는 탄탄한 몸매에 딱 붙는 스타일은 아니고 적당히 여유가 있다. 밤의 수영장 수면 위로 떠오르듯이, 조젯을 통해 하얀 어깨가 보였다. 움푹한 쇄골에 속살이 비치는 소재가 포개지니 향기가 날 듯한 그림자가 생겼다.

"다테이시 씨는 어떤 일을 하세요?"

에토 준코가 낮은 목소리로 또렷하게 물었다.

"뭐든 다 합니다. 주간지, 홍보지, 팸플릿, 카탈로그, 광고. 돈이 되는 것이라면 뭐든 맡습니다. 글을 쓰긴 하지만 대단한 글은 아닙니다."

에토 준코는 그것만으로 관심을 잃은 것 같았다. 시험 삼아 전에 대필했던 남자 아이돌 탤런트 책 이야기를 해 보았다. 그 아이돌은 단정하고 곱상하게 생겼지만, 입버릇은 '해 볼 수밖에 없지'이고, 아는 일본어 어휘는 300개 남짓. 다섯 시간짜리 녹음테이프의 내용은 속이 비쳐 보이는 조젯보다 얇아서, 250장의 원고는 완전히 창작해야 했다. 반은 사진으로 메워서 그 분량으로도 충분히 책이 되었다. 에토 준코는 전혀라고 해도 좋을 만큼 연예계에 흥미가 없는 것 같았다. 바람직한 징조였다.

여성의 얼굴에 관해 단어를 고르는 것은 언제나 어렵다. 머리칼은 롱 스트레이트로, 드물게 갈색 염색을 하지 않았다. 가지런한 앞머리 아래, 굵은 눈썹과 쌍꺼풀 없이 큰 눈. 가늘고 오똑한 콧등에 도톰한 입술. 에토 준코는 고양이파이기보다 강아지파로 국산 순수 혈종처럼 야무지게 생겼다.

난감한 얼굴. 화난 얼굴. 미안한 듯한 얼굴. 누구의 얼굴에나 그 사람의 모든 표정의 베이스가 되는 기본 톤이 있는데, 그녀의 경우 그것은 초연한 미소였다. 내가 그 차가운 미소에서 받은 메시지는 하나뿐이다. 그것은 "나는 나를 둘러싼 모든 상황에 전혀 관계없다"는 것이었다. 어디에나 닮은 사람이 있다. 나는 반쯤 감탄하고, 반쯤 어이없어하면서 에토 준코를 바라보며, 거울에 비친 듯이 그녀와 같은 미소를 짓고 있었다.

모리모토와 나 사이에 긴장감 흐르는 와인 고르기가 끝나자, 여성은 생선, 남성은 육류 요리가 컨베이어벨트처럼 나오기 시작했다.

그리고 두 시간 동안 무슨 이야기를 했는지, 잘 기억나지 않는다.

확실한 건, 데즈카 기요카가 인터넷 관련주 전망에 관해 이야기했고, 나와 에토 준코는 거기에 같이 호응해 주었다. 모리모토 히로노부는 인쇄소가 12월에 얼마나 바쁜지를 이야기했고, 역시 나와 에토 준코는 그것을 들어 주었다.

그녀는 접시의 요리를 깨끗이 비우는 동안, 자신이 화제의 중심이 되는 일도 화제를 제공하는 일도 없었다. 차가운 미소를 띤 채, 어떤 이야기에나 분위기를 맞추었고 이따금 서늘한 의견을 말했다. 그것이 나는 왠지 재미있었다. 양쪽 옆에 앉아 싱글벙글 웃고 있는 착한 커플에게는 없는 것을 에토 준코가 잔뜩 갖고 있기 때문인지도 모른다. 소량의 악의와 날카로움이 깃든 지성은 향수와 같다. 능숙하게 사용하면 여성을 아주 매력적으로 보이게 한다는 점에서.

레스토랑을 나왔을 때, 손목시계는 밤 열 시를 지나고 있었다. 계산은 내가 카드로 하고 영수증을 받았다. 자영업의 사소한 자구책. 반은 나중에 모리모토에게 청구한다. 따뜻한 겨울인 올해는 11월 밤이어도 전혀 추위를 느끼지 못했다. 매킨토시 코트는 입지 않고 손에 들었다. 레드와인으로 가볍게 취한 뺨을 어루만지는 바람이 기분 좋았다.

아오야마도리까지 어두운 골목길을 넷이서 걸었다. 에토 준코도 이즈음에는 조금 기분이 좋아진 것 같았다. 목소리가 가게에서보다 커졌다. 기노구니야 서점의 닫힌 셔터 앞에서 우리는 모든 취객 집단의 습성에 따라 멈춰 섰다. 데즈카 기요카가 말했다.

"내일 출근도 해야 하니, 우리는 여기서 실례할게. 오늘 정말 즐거웠어. 히로, 저 택시 잡아."

모리모토 히로노부는 화단을 돌아 찻길에 내려서서 빛의 강에 손을 담그듯이 오른손을 가볍게 들고 택시를 세웠다. 열린 문으로 데즈카 기요카가 미끄러지듯이 탔다. 그리고 모리모토는 유리창 위쪽에 손을 짚고 선 채 내게 손짓했다. 보도 끝까지 가보았다.

"응, 왜?"

모리모토는 차도에서 눈을 치뜨고 속삭였다.

"야, 오늘 밤 잘되면 내일 아침에 휴대전화로 연락해라."

택시 뒷자리에서는 데즈카 기요카가 오케이 사인을 보내고 있다.

"알았어. 그럼, 데즈카 씨, 잘 들어가요."

택시 운전사는 조금 화가 난 것 같았다. 무슨 말인가 하려고 입을 연 데즈카 기요카를 무시하고 자동문을 닫더니, 거칠게 원래의 흐름으로 되돌아갔다.

친구가 말한 대로 잘해야겠다는 생각은 없었다. 하지만 집에 돌아가서 책을 계속 읽을 마음도 들지 않았다. 나는 데즈카 씨와 모리모토 앞에서는 감추고 있던 에토 준코의 속마음을 또 한 겹 들여다보고 싶었다. 닫힌 셔터에 기대듯이 서 있는 그녀 옆으로 돌아가서, 시험 삼아 말해 보았다. 안 되면 안 되는 대로 그만이니까, 편안한 유혹이었다.

"혹시 시간 있으세요? 근처에 아는 바가 있는데."

"좋아요. 그리로 가요."

그렇게 말하는 에토 준코의 얼굴에는 예의 차가운 미소가 서려 있지 않았다. 입술 끝을 추켜올리는 근육이 굳어 버린 건지, 지친 표정이었다. 우리는 50센티미터 정도의 거리를 둔 채 나란히 밤거리를 걸었다. 아오야마도리에서 은행 모퉁이를 돌아 오모테산도로 내려왔다. 그 주변에서 놀던 사람의 귀가 시간인지, 완만한 언덕길 아래에서 빠른 걸음으로 지하철역을 향하는 인파가 밀려들었다. 올해는 오모테산도의 느티나무 가로수에 크리스마스 전구 조명이 켜져 있지 않았다. 올려다보니 버드나무는 완전히 잎이 졌고, 2H 연필로 그린 듯한 가지 끝에 드문드문 도쿄의 어두운 별이 가려져 있었다.

하나에모리 빌딩을 지나 일방통행 길을 왼쪽으로 돌아가자, 바의 녹슨 간판이 보였다.

"당신은 내가 몇 번째예요?"

에토 준코는 테이블에 턱을 괴고 물었다. 두 사람 사이에는 칵테일 두 잔이 놓여 있었다. 샴페인을 흑맥주로 섞은 칵테일로 그녀의 그날 밤 의상에 딱 어울려서 내가 주문한 것이다. 블랙벨벳.

"네 명째. 그렇구나. 그쪽도 여러 번 소개 받았군요."

"네. 난 당신이 여섯 명째. 기요카 씨는 좋은 사람이지만, 자신의 행복을 타인에게 강요하는 면이 있어요."

나는 웃었다. 선의의 희생자가 여기에도 한 사람.

"그래, 솔직히 어떤 느낌인가요?"

"귀찮아요. 별로 싫을 건 없지만. 내 얘기 뭐라고 해요?"

"머리가 좋은 일 잘하는 사람이고 그녀의 지인 중에 최고라고."

"흐응."

흥미 없다는 듯이 코로 대답하고 에토 준코는 말했다.

"그렇지만 단점도 얘기했겠죠?"

"기가 세서 가끔 격한 표현을 한다고요. 나에 관해서는 뭐라고 그래요?"

"삐딱한 행동을 하지만, 순수하고 좋은 사람이다. 출세 코스를 이탈한 부잣집 아들이다."

"흐응."

확실히 코로 대답할 수밖에 없었다. 싫은 일은 하지 않았다. 어린아이 같지만, 나는 내가 선택한 길이 바르다고 생각했다. 바른 길은 사람의 수만큼 있는 것 아닐까.

"당신은 왜 여자를 사귀지 않아요? 전혀 상관없지만, 혹시 게이?"

"아니라고 생각하지만, 글쎄요."

에토 준코는 이상하다는 얼굴을 했다. 노출 콘크리트의 까슬까슬한 벽면과 겉으로 나와 있는 시커먼 에어컨 배관이 배경이었다. 촛불이 켜진 레스토랑보다 에토 준코에게 잘 어울렸다.

"마음만 먹으면 여자를 사귀겠지만, 지금은 그런 마음이 들지 않습니다. 다들 너무 연애 의존증이에요. 언제나 설레고 싶어 하고, 하이에나처럼 쉼 없이 사랑을 찾아다니죠. 텔레비전의 유치한 러브 스토리를 너무 많이 봤어요. 병입니다."

"흐음."

눈, 입, 목, 어깨, 팔을 지나 손가락 끝. 에토 준코의 시선이 테이블 위로 나와 있는 내 상반신을 싹 훑듯이 이동했다.

"저기, 다테이시 씨. 우리 사귀기로 하지 않을래요? 물론 가짜로 사귀는 거죠. 그 두 사람 앞에서만 연인인 척하는 거예요. 그러면 나는 이제 시시한 남자를 만나 밥 먹고 하지 않아도 되고, 남자들에게 귀찮은 전화도 걸려오지 않겠죠. 당신도 편할 테고."

정기 세일처럼 분기마다 한 번씩 새로운 여성을 소개 받는 것보다 확실히 나을지도 몰랐다. 주위 친구들이 커플로 모일 때 대부분 혼자 참석했다. 에토 준코라면 최소한 지루하지 않게는 해줄 것 같았다.

"좋아요. 그럼 어떤 식으로 하면 좋을까요."

에토 준코는 들개 꼬리에 불을 붙인 장난꾸러기 같은 미소를 지었다.

"먼저 끝내 놓죠. 우리 집은 사쿠라신마치예요."

택시는 그녀의 맨션이 아니라 편의점 앞에 섰다. 예비용 칫솔은 있는가 물었더니, 에토 준코가 없다고 했다. 음료수는 우유뿐이라고 했다. 나는 칫솔과 이온음료를 샀다. 이온음료라고 하면 지금부터 시작될 운동 후의 수분 보급을 위해서라고 생각할지 모르겠지만, 그저 술을 마신 뒤의 갈증을 풀고 싶었을 뿐이다.

내가 계산하는 동안, 에토 준코는 잡지 판매대에서 책을 읽고 있었다. 등을 조금 구부리고 롱부츠 다리를 X 자로 꼬고, 시시한 듯이 여성지를 뒤적거렸다. 청결하고 밝고 차가운 편의점 안에 에토 준코는 묘하게 잘 어울렸다. 반짝거리는 소재의 코트 어깨에 파란 형광등 빛이 내려앉았다.

"갑시다."

내가 다가가자 에토 준코는 독이 든 꽃을 재배하는 화단 같은 서가에 조심스럽게 잡지를 되돌려 놓았다. 점수 1점 추가. 서점에서 보던 잡지를 아무렇게나 던져 놓는 사람이 있는데 나는 그걸 싫어한다.

우리는 손도 잡지 않고, 팔짱도 끼지 않고, 사쿠라신마치 골목을 걸었다. 한밤중에 낯선 거리를 걷는 불안함도 없이 마냥 유쾌한 기분이었다. 이대로 그녀의 집에 가지 않고 계속 걸어도 괜찮다고 생각했다. 아침이 올 때까지 헤매 다닌대도 괜찮았다. 귀찮은 관계 따위 갖지 않고 집으로 돌아가서, 새벽에 샤워를 하고 이를 닦고, 내 침대에서 편하게 자는 것이다.

"여기예요."

중간층의 새로 지은 맨션이 늘어선 주택가였다. 내게는 어느 맨션이나 개성 없이 똑같은 규격품으로 보였다. 하얀 타일, 은색 문틀, 조명으로 밝게 빛나는 무인 현관.

에토 준코는 그중 하나에 들어갔다. 벽에 붙은 오토 록에 열쇠를 넣고, 아주 느릿한 엘리베이터로 4층까지 올라갔다. 우리는 발소리를 죽이고 바깥 계단을 걸었다. 일직선으로 늘어선 같은 모양의 문 가운데 한 집에서 그녀는 걸음을 멈추었다. 문패에는 아무것도 쓰여 있지 않았다. 천천히 문이 열렸다.

"좁지만 들어오세요."

말대로 현관은 좁았지만, 잘 정돈되어 있었다. 신발장 위에는 초록색 돌을 파서 만든 향로가 놓여 있었다. 올라가자마자 바로 짧은 복도이고, 오른쪽에는 욕조와 세탁기를 두는 공간이 있었다. 안은 4평 정도의 복층식 원룸이었다. 나는 너무 두리번거리지 않도록 주의하면서, 넌지시 에토 준코의 방을 관찰했다.

그다지 여성스럽지 않은 담백한 방이었다. 가구는 복층에 있는 듯, 한쪽 벽에 베이지색 로브 소파, 한복판에 유리 테이블, 비디오 일체형 텔레비전이 올려진 체크무늬의 커다란 오픈 선반이 정면에 놓여 있었다. 의류용 옷장이나 정리함은 보이지 않았다. 돌아보니 바로 앞에 있는 벽 전면이 루버 문이 달린 붙박이장이었다. 그림이나 사진이나 포스터 같은 장식은 하나도 없었다. 레이스 커튼만 쳐놓은 알루미늄 새시 옆에 허리 높이의 관엽 식물만 있을 뿐이었다. 겐차야자라고 하던가. 굵은 줄기 끝에는 말총머리 같은 초록색 잎이 풍성하게 달려 있었다.

"마음에 들어요? 이 컵 쓰세요. 나 먼저 샤워할게요."

편의점 봉지를 든 채로 서 있는 내게 에토 준코가 컵을 내밀었다. 그리고 바로 욕실로 들어갔다. 집에 온 뒤로 에토 준코는 몹시 쌀쌀맞아졌다. 나는 할 수 없이 소파에 앉아, 소리를 죽이고 텔레비전 심야방송을 보았다.

그날 밤 처음 만난 여성의 방에서 샤워 물소리를 들으며 기다리기 삼십 분. 그런 체험이 처음인 것은 아니지만, 몇 번을 해도 불편한 시간이었다. 다시 그 의문이 머리를 스쳤다. 나는 이런 곳에서 대체 무엇을 하는 걸까. 화면에서는 젊은 코미디언이 소리도 없이 젊은 아가씨를 잇달아 패대기치고 있다.

"먼저 씻었어요."

에토 준코가 욕실 문을 열고 머리를 닦으면서 나타났다. 희끗희끗한 무늬가 있는 헐렁한 재색 티셔츠에 네모난 트렁크. 전혀 섹시하지 않은 차림이었다. 그래도 쭉 뻗은 허벅지의 탄력에 눈을 빼앗겼다. 목욕 수건을 건네주었다.

"갈아입을 옷, 꺼내 놓을게요. 자, 교대."

나는 칫솔을 들고 김이 푹푹 나는 욕실로 들어갔다. 양치질을 하는데, 얇은 문 너머에서 드라이기 소리가 웅웅 들려왔다.

뭐랄까, 동거 이 년째인 기분이었다.

욕실을 나오자, 방의 불이 꺼져 있었다. 세탁기 위에는 티셔츠와 옷걸이가 놓여 있다. 내가 모르는 허브 향이 은은하게 났다. 좋았다. 전에 여자 방에서 콧속이 따갑도록 맹렬한 라벤더 향에 재채기가 그치지 않았던 적이 있다.

나는 옷걸이에 걸린 옷을 들고 방으로 들어갔다. 에토 준코의 모습은 없었다. 오픈 선반 끝에 옷걸이를 걸고, 되도록 부드러운 목소리로 말했다.

"다 했어요. 그리로 가도 돼요?"

대답은 없었다. 나는 복층으로 이어진 사다리를 한 칸씩 밟고 올라갔다.

복층은 1.5평 정도의 넓이로, 천장은 허리를 구부리지 않으면 머리가 닿을 것 같았다. 바닥에 바로 깐 매트에는 에토 준코가 오리털 이불을 둘둘 말고 누워 있었다. 눈을 크게 뜨고 내가 아닌 경사진 천장을 보고 있었다. 화장을 지운 그녀의 옆얼굴도 아주 멋있었다. 생각해 보니 아직 손도 잡지 않았고 키스도 하지 않았다. 뭐, 어때. 시간 들여 천천히 단계를 밟으나 한꺼번에 하나 별 차이는 없다.

나는 조용히 에토 준코 옆으로 들어갔다. 이불 속 공기는 따뜻했다. 드라이기 열이 남은 부드러운 머리칼을 쓰다듬으며 턱 끝을 잡듯이 하고 입술 각도를 맞춰, 처음으로 키스했다. 처음에는 얕게, 그다음은 깊게. 에토 준코는 자기가 먼저 뾰족하게 한 혀 끝을 감았다.

우리는 매트 위에서 일어나 서로의 티셔츠를 벗겼다. 같은 회색의 GAP 남성용 L 사이즈였다. 에토 준코의 가슴은 크지 않았지만, 몸과 마찬가지로 탱탱하고 끝은 가볍게 위를 향해 있었다. 키스를 하면서 껴안고, 그녀의 부드러운 배와 옆구리를 만졌을 때, 전류가 흐르는 듯한 떨림이 온몸을 달렸다. 온몸의 털이 곤두섰다. 내 품속에 꼭 껴안은 여자가 있는데 어째서 모두 환상인 듯한 기분이 드는 걸까. 섹스할 때마다 나는 그게 신기했다.

낡은 건물이 허물어지듯이 천천히 누워, 나는 에토 준코의 몸 구석구석을 더듬었다. 레스토랑에서 그토록 매력적이었던 움푹한 쇄골, 가늘게 주름이 잡히던 무릎 안쪽, 엉덩이와 척추를 입체적으로 연결하는 솜털 보송보송한 허리. 손가락 끝, 손가락 등, 가운뎃손가락 제2관절 바깥쪽의 민감한 피부, 그리고 물론 혀끝과 내가 가진 촉각을 총동원하여 그녀의 몸 표면을 탐험했다. 이따금 내 머리 저 위에서 한숨과 신음이 들려왔다.

손가락 끝의 탐험은 마지막에 에토 준코의 성기로 향했다. 모호한 윤곽을 살짝 더듬으며 손등으로 나누어 보았다. 열은 있지만, 손가락 끝에 거의 습함을 느끼지 못했다.

"괜찮아요, 계속해요."

에토 준코의 목소리가 어둠 어딘가에서 들려왔다. 가운뎃손가락에 침을 묻혀 가며 나는 계속했다.

그리고 얼마나 시간이 흘렀을까. 상처를 내지 않도록 조심스럽게 애무해도 에토 준코는 좀처럼 준비가 되지 않는 것 같았다. 아니, 8월의 여우비 같았다. 하늘에서의 은혜는 뜨겁게 달아오른 아스팔트에 떨어지자마자 바짝 말랐다. 에토 준코가 말했다.

"신경 쓰지 않아도 돼요. 처음에는 늘 긴장해서 잘 되지 않아요. 처음 하는 사람과 제대로 한 적이 없어요."

나는 손가락을 쉬지 않고 말했다.

"별로 무리하지 않아도 되지 않아요?"

에토 준코는 내 딱딱해진 페니스에 시선을 보내며 말했다.

"남자들은 이렇게 되면 참지 못하지 않아요?"

"그렇지 않아요."

물론 남자도 다양하니 그런 놈도 있을 것이다. 그러나 적어도 페니스에 흐른 정도의 혈액으로 뇌가 허혈 상태가 된다고는 생각하지 않는다. 그만두겠다는 의지만 있으면 그만둘 수 있다.

"다음 기회를 기다릴게요."

에토 준코는 웃음을 머금은 목소리로 말했다.

"다음 기회 같은 건 없을지도요."

그리고 우리는 매트 끝과 끝에 떨어져서 잤다.

다음 날, 아침에 눈을 뜨니 천장이 너무 낮아서 깜짝 놀랐다. 옆에는 아무도 없었다. 내가 일어나자, 아래에서 에토 준코의 목소리가 들렸다.

"잘 잤어요? 커피 끓였어요."

"지금, 몇 시예요?"

"일곱 시 반. 이십 분 뒤에 나갈 거니까 준비하세요."

평소 열 시에서 열한 시 사이에 일어나는 내게는 새벽이었다. 부랴부랴 계단에서 내려가, 옷을 들고 욕실로 갔다. 물을 묻혀 까치집 지은 머리를 바로 한 뒤, 이를 닦고 세수를 했다. 칫솔을 어떻게 할까 갈등하다, 그대로 세면대에 두었다. 필요하지 않다고 생각하면 알아서 버리겠지.

미지근해진 카페오레를 꿀꺽꿀꺽 마시는 나를, 에토 준코는 머플러까지 둘둘 감은 차림으로 재미있는 동물이라도 보듯이 보고 있었다. 일곱 시 오십 분, 정각에 우리는 그녀의 집에서 나왔다. 역으로 가는 사람의 흐름에 합류했다. 겨울 아침 햇살은

내게 너무 눈부셨다. 눈이 좀처럼 떠지지 않았다. 에토 준코는
하얀 입김을 토하면서 말했다.

"저기요, 어젯밤에 한 얘기, 기억하죠? 우리가 사귀는 척하기
로 한 것."

코트 주머니에 손을 찔러 넣은 채 대답했다.

"기억해요."

"그래서 나 좋은 생각이 떠올랐는데요."

그렇게 말하고 에토 준코는 내 옆을 걸어가면서 오른손을 이마
높이로 올렸다. 손목을 90도로 꺾었다. 그리고 흔들었다.

"이게 우리의 '거짓말이야' 하는 사인. 바이바이하는 게 아니
라, 연인인 척하는 신호예요."

에토 준코는 또 손을 들어, 연인인 척하기 사인을 했다. 나도
마찬가지로 손목에 힘을 빼고 흔들어 보았다. 사귀는 척, 좋아하
는 척, 연인인 척. 그건 별로 나쁘지 않았다.

우리는 출근 중인 샐러리맨들에게 등을 떼밀리듯이 사쿠라신
마치 역까지 왔다. 에토 준코는 덴엔토시 선을 타고 회사에 간다
고 했다. 나는 가까우니까 택시로 가겠다고 하고, 큰길에서 택시
를 잡았다.

"어제는 즐거웠어요. 그럼 또."

내가 올라타자, 보도에 남은 에토 준코는 창창한 아침 햇살 속

에서 손목을 구부려 가볍게 손을 흔들었다. 척척. 나도 택시 차
창 너머로 같은 신호를 보냈다. 차가 출발하자, 에토 준코는 바
로 등을 돌리고 지하철역을 향해 걸어갔다. 아마 여운을 남기지
않는 성격 같았다. 그것도 그녀의 매력일지 모른다.

　그해 연말, 나와 에토 준코는 홈쇼핑에서 파는 서랍장처럼 항
상 이인 일조로 움직였다. 연인인 척하는 것뿐이라고 하지만, 그
녀와 나의 콤비는 절대 나쁘지 않았다. 유감스럽게 첫날 밤 이후
그녀의 집에 갈 기회는 없었지만, 나는 그래도 충분히 만족했다.
척하기만 하는 교제의 가벼움과 쾌적함을 망가뜨리고 싶지 않
았을지도 모른다.
　에토 준코는 동료들과의 송년회나 크리스마스에서 다른 친구
들과 있는 동안만 내 팔짱을 끼다가, 모임이 끝나 커플이 다 흩
어지면 자연스럽게 팔짱을 풀었다. 지하철 개찰구에서 헤어질
때는 손목을 90도로 꺾는 예의 신호가 바이바이 대신이 되었다.
주말 밤 늦게 혼자 내 방으로 돌아와서, 음악을 듣거나 책을 읽
거나 마감이 가까울 때는 일을 한다. 그런 밤 늦게 문득 에토 준
코가 떠오르기도 했다.
　이렇게 연인인 척하다가 실제로 그렇게 될지도 모른다. 그렇
게 되지 않을지도 모른다. 하지만 어느 쪽이든 그 과정을 무리하

게 앞당기고 싶지 않았다. 이대로 연인인 척하는 상태를 유지하면서 천천히 실을 당기듯이 그녀에게 가까이 가면 된다. 격렬하지도 않고, 강하지도 않게 마음에 둔 여자가 있다. 그것만으로 평소에는 우울한 12월이 살짝 흐린 하늘처럼 평온하고 밝게 지나갔다.

그러나 기분 좋은 날씨는 언제까지나 계속되지 않았다. 나와 에토 준코의 경우, 태풍은 의외의 곳에서 찾아왔다.

겨울 휴가가 끝나고 학생이나 샐러리맨이 각자의 장소로 돌아가, 시내가 고요를 되찾은 1월 중순, 작업을 하는데 갑자기 휴대전화가 울렸다. 컴퓨터에 문서를 저장하면서 전화를 받았다.

"네."

"다테이시 씨 ……."

데즈카 기요카의 목소리였다. 내 이름을 불러만 놓고 다음은 울음소리만 들렸다.

"왜 그래요?"

"히로가 …… 바람을 피웠어요 …… 회사 영업 보조 …… 여직원이랑."

저절로 한숨이 나왔다. 그날은 평일이었는데 데즈카 씨는 회사를 쉬고 여기저기다 전화를 돌리고 있는 것 같았다. 이야기를 들어보니 데이트 중에 이상한 전화가 몇 번이나 걸려 왔고, 그때마다 모리모토는 안절부절못하며 호출음을 무시하거나 무뚝뚝하게 전화를 받았다고 한다. 수상하게 생각한 데즈카 씨는 모리모토의 휴대전화 메모리를 모두 조사했다. 이럴 때 여성의 조사 능력을 무시하지 않는 편이 좋다.

그녀는 대단하게도 모리모토보다 일곱 살 연하인 영업 보조 여직원의 이름과 전화번호를 찾아냈다. 그래서 캐묻자, 모리모토도 순순히 바람을 인정했다고 한다. 이렇게 되면 손을 쓸 도리가 없다. 나는 그녀를 달랬으나, 모리모토의 장점만 주워섬기는 결과가 되었다. 남자끼리의 추한 감싸기. 페미니스트가 화를 내는 것도 무리는 아니다. 속으로는 나 역시 이런 귀찮은 일을 만든 모리모토에게 분노가 이글거렸으니.

긴 전화 끝에 나는 에토 준코와 함께 주말의 관계복구회의에 중립적인 관찰자로 참석하기로 했다.

토요일에는 지독하게 추웠다. 오후 다섯 시, 나와 모리모토는 오모테산도가 내려다보이는 커피숍 2층에서 데즈카 기요카와 에토 준코가 오기를 기다렸다. 두꺼운 구름으로 가려진 하늘은 해 질 녘 잠깐의 선명함도 없이 짙은 재색에서 서리라도 내린 것처럼 칙칙한 감색으로 바뀌었다.

먼저 에토 준코의 화난 얼굴이 나선 계단을 올라왔다. 데즈카 기요카가 뒤를 이었다. 나는 그녀의 얼굴을 본 순간 불길한 예감이 들었다. 데즈카 기요카는 이제 슬퍼하지도 화내지도 않는 것처럼 보였다. 되레 개운한 표정이었다. 그녀의 마음속에는 이미 모든 정리가 끝난 것 같았다.

모리모토도 그걸 느꼈는지 갑자기 침착함을 잃고, 안절부절못하며 의자에서 몸을 움직이기 시작했다. 에토 준코가 우리 테이블 옆에 섰다. 여자의 최악의 적은 남자다, 우리를 내려다보는 차가운 시선은 그렇게 선언하는 것 같았다. 등을 곧게 펴고 자리에 앉자마자 말을 꺼냈다.

"기요카는 혼자 결론을 내렸어요. 오늘 여기서 모두 끝내기로. 나와 다테이시 씨는 그 증인."

모리모토가 한심한 소리를 냈다.

"잠깐만. 우리 얘기 좀 더 해."

데즈카 기요카는 뺨이 좀 야윈 것 같았다. 꼼꼼하게 화장을 한 입술로 미소를 지었다.

"지난 사흘간, 우리 얘기 많이 했잖아. 그런데 문제는 내게 있어. 나는 의지가 약해서 앞으로 당신을 한 번 더 믿을 힘이 없어. 준코의 말대로 여기서 모두 끝내기로 해요."

타이트 스커트를 입은 종업원이 뒤에 온 두 사람의 주문을 받으러 왔다. 에토 준코가 말했다.

"미안해요. 우리 곧 갈 거예요."

그 말이 신호이기나 한 듯이 두 여자는 일어섰다. 의자 팔걸이를 꽉 잡고 있는 모리모토의 안색이 창백했다. 눈에는 눈물이 그렁그렁했다. 중립적인 심판을 볼 때가 아니었다. 나는 한 마디도 끼지 못하고, 빈사 상태의 친구를 간호하는 구조대 역할을 떠맡아야 했다.

"잠깐만 기다려."

나는 얼어붙어 있는 모리모토에게 그렇게 말을 남기고, 나선 계단을 뛰어 내려갔다. 계산대를 지나 오모테산도의 넓은 산책길로 나갔다. 초저녁의 인파 속에서 데즈카 기요카와 에토 준코를 쫓아갔다.

"에토 씨, 잠깐만요, 할 얘기가 있어요."

돌아보는 그녀는 아직 화난 얼굴이었다.

"잡아도 소용없어요. 우리는 지금부터 내일 아침까지 마실 거니까. 오늘 밤에는 남자 따위 하나도 필요 없어요."

"모리모토 씨 얘기가 아닙니다. 우리 얘기라고요."

내가 그렇게 말하자 데즈카 기요카는 눈치 있게 몇 미터 떨어져서 버드나무를 올려다보듯이 우리에게 등을 돌렸다. 큰마음 먹고 말했다.

"데즈카 씨와 모리모토가 헤어지면 우리가 연인인 척 만날 기회도 없어지겠죠. 그렇지만 나는 앞으로도 당신을 만나고 싶어요. 연인인 척이 아니라, 제대로 발전 가능성이 있는 관계로. 알겠어요?"

에토 준코가 놀란 얼굴이었다. 그런 식으로 그녀에 대한 감정을 드러낸 것은 처음이었기 때문일까. 오모테산도 산책길에 서서 뽀얀 입김을 토하면서 나는 말을 계속했다.

"나중이어도 괜찮지만, 가능하면 지금 여기서 대답해 주었으면 해요. 입으로가 아니어도 좋아요. 데즈카 씨네 커플이 없으면 애써 연인인 척할 필요가 없다고 생각하면, 지금까지대로 연인인 척하기 신호를 해 줘요. 만약 지금부터 정식으로 사귈 거라면 손목을 바로 펴서 바이바이 손을 흔들어 줘요. 알겠죠?"

눈썹을 찡그리며 에토 준코가 나를 보았다. 신기한 동물이라도 보는 듯한 눈으로 천천히 끄덕였다. 나는 제법 필사적이었다.

"난 다시 커피숍으로 돌아가요. 다음 버드나무 가로수 밑에서 돌아볼 테니까 그때 손을 흔들어 줘요. 그럼."

나는 성큼성큼 앞으로 걸어갔다. 십여 미터 떨어졌을까. 점점 가까워지는 가로수가 사형대처럼 보였다. 건조해서 갈라진 나무 그루 옆에 서자, 나는 천천히 돌아보았다. 느린 동작으로 지나가는 주말의 인파 속에서 에토 준코만 정지해 있었다. 절대로 움직이지 않을 세계의 중심점에라도 서 있는 것 같았다.

그녀의 손이 움직였다. 손목을 꺾은 채 얼굴 옆까지 오른손이 올라가자, 누군가의 차가운 손이 직접 심장에 닿은 것처럼 가슴이 아팠다. 마지막 순간, 가는 손목이 곧게 펴지더니 에토 준코는 웃는 얼굴로 크게 손을 흔들었다. 연인인 척하기가 아닌 바이바이. 지금부터 무언가를 시작하기 위한 우리의 첫 바이바이였다.

남아 있던 숨을 전부 토해 냈다. 온몸의 힘이 빠진 직후에 소다수 거품이 터지듯이 기쁨이 끓어올랐다. 나도 웃으며 손을 흔들었다. 연인인 척하기가 아닌 바이바이. 에토 준코는 휙 돌아서서 데즈카 기요카에게로 걸어갔다. 두 번 다시 돌아보지 않았다.

지금부터 어떤 얼굴을 하고 가게로 돌아가야 좋을까. 나는 좀 낭패스러워하면서 실연한 친구를 달래기 위해 한겨울 산책길을 날아갈 듯이 걸어갔다.

진주 컵

공중전화 부스의 유리 너머로 시부야 거리가 부옇다. 물기를 머금어서 무거워진 봄 공기 탓일까. 역에서 내린 금요일 저녁의 인파가 도겐자카를 내려가는 모습이 옛날 영화처럼 흐릿했다.

사이토 히로토는 고맙다는 인사를 하고 수화기를 내려놓았다. 상대는 아까까지 브리핑을 받았던 비트발레의 소프트웨어 제작사의 담당자였다. 히로토는 소프트웨어 사용설명서 만드는 일을 한다. 평균적인 지능의 소유주에게 편리하긴 하지만, 어려운 기능과 복잡하기 그지없는 조작법을 어떡하든 이해시켜야 하는 일이다. 깜박하고 못 챙긴 휴대전화는 회의실 테이블에서 발견했다고 한다. 가지러 갈까 망설였지만, 어차피 내일도 아침부터 회의다. 한겨울에도 티셔츠 겨드랑이가 젖어 있는 담당자의 늘어진 볼살과 이중 턱을 떠올리고, 히로토는 주말을 즐기는 사람이 오가는 거리를 되돌아가는 것을 포기했다.

'오늘 하룻밤쯤 휴대전화가 없어도 곤란할 일 없겠지 …… 여자 친구가 있는 것도 아니고.'

반코트를 입은 어깨 끝으로 공중전화 부스 문을 밀려고 할 때, 그 전단이 눈에 들어왔다. 도쿄 번화가의 공중전화 부스 눈높이에는 늘 빼곡하게 데이트 클럽 전단이 붙어 있었다. 극채색 물고기의 비늘 같았다. 아마도 성격이 꼼꼼한 남자가 붙였을 것이다. 6열 4단으로 나란히 붙은 명함 크기의 전단은 각이 딱딱 맞았다. 그중 한 장이 묘하게 히로토의 주의를 끌었다.

전단 윗부분에는 '롱 톨 샐리'라고 적혀 있었다. 클럽 이름일 것이다. 아래에는 시부야 국번의 전화번호가 한 줄. 전화번호와 비스듬하게 연결해 놓은 것은 어느 패션 잡지에서 무단으로 도용했을, 히로토는 모르는 모델 사진이었다. 스웨이드 롱코트 앞섶을 풀어 헤치고 거친 천연석 벽면에 기대어 있는 키가 큰 여성의 흑백 사진이다. 검은색 롱부츠 한쪽 다리가 벽을 차고 있다. 머리칼은 밝은색이고, 주근깨가 흩어진 얼굴은 우유처럼 뽀얗다. 뺨에 연한 그늘이 진 것은 분명 혈관이 비쳐서일 것이다. 조그마한 전단 오른쪽에는 '시부야 최초의 슬림하고 키 큰 아가씨 전문점! 체인지·2회전 오케이!!'라고 금색 글씨가 자랑스럽게 박혀 있었다.

가장 최근에 여자와 잔 게 언제였더라. 적어도 1개월 단위로 손가락을 꼽아야 할 옛날이었던 건 확실하다. 히로토는 귀찮은 일이 싫었다. 혼자 사는 히로토에게는 이 세상에 귀찮은 일이 두 가지 있다. 일과 연애. 작은 편집 프로덕션에서는 일을 잘한다고 알려져 있지만, 그건 번거로운 것을 싫어해서 착수하기 전에 철저하게 준비를 하기 때문이다. 히로토는 일에서는 유효한 이 힘을 여성에게는 사용하지 않았다. 일은 하지 않으면 생활을 해나갈 수 없지만, 연애는 하지 않아도 얼마든지 쾌적하게 살 수 있다.

히로토는 좁은 전화 부스에 멈춰 서서 잠시 그 전단을 바라보았다. 손을 뻗어 찢어지지 않도록 뜯어서 주머니에 넣었다. 그리고 지루해 보이는 표정 그대로, 먼지로 부예진 유리 상자를 나와 시부야 거리로 돌아왔다.

십 분 후, 히로토는 처음 가는 호텔의 한 방에 있었다. 마루야마초 뒷골목 양쪽으로 늘어선 호텔 중에 지나치게 꾸미지 않고, 되도록 신축인 건물을 골랐다. 침대 옆 소파에 가방과 코트를 내려놓고, 머리맡의 전화를 들었다. 전단을 보면서 번호를 눌렀다. 연결음 두 번에 받은 사람은 나직하고 부드러운 중년 여성의 목소리였다.

"감사합니다. '롱 톨 샐리'입니다."

히로토는 순간 주눅이 들었지만, 익숙한 척 물었다.

"거긴 시스템이 어떻게 되어 있죠?"

"저희는 구십 분에 2만 5천 엔부터입니다. 근처 호텔에 가서서 전화해 주세요. 키가 큰 아마추어 아가씨들이 많습니다. 마음에 들지 않으시면 체인지도 가능합니다."

"전단을 봤는데, 그 사진 같은 아이도 있나요?"

여자는 낮게 웃었다.

"같은 사람은 없습니다만, 닮은 아이라면 있습니다."

히로토는 그 여성으로 해 달라고 하고, 호텔 이름과 방 호실을 알려주었다. 수화기를 내려놓고 어딘가 소독약 냄새가 나는 침대에 누웠다. 히로토도 그만한 미인이 올 리가 없다는 것은 알고 있다. 그것은 아름다움을 직업으로 하는 모델의 사진이었다. 머리로는 이해하지만, 아직 보지 않은 상대에 대한 기대가 마음속에 출렁거렸다. 이십 분 뒤 방문을 열 때까지, 이 들뜬 마음이 계속될 것이다. 그 시점에서 대부분, 기대는 실망으로 바뀐다. 섹스가 목적인지, 섹스를 기다리는 설레는 시간이 즐거운 것인지, 히로토 자신도 알 수 없었다.

NHK 뉴스를 보고 있는데 인터폰이 울렸다. 짧은 복도를 지나 문의 걸쇠를 벗겼다. 슬리퍼를 신은 한쪽 발로 현관 바닥을 짚고, 무거운 방화문을 밀었다. 빛의 원에서 벗어난 어두컴컴한 복도에 키가 큰 여성이 서 있었다. 180센티미터 가까이 되는 히로토보다 5센티미터 정도 작았다. 어두워서 얼굴은 잘 보이지 않았다. 굵게 웨이브 진 긴 머리가 윤곽을 가렸다. 무릎까지 오는 검은색 코트에 검은색 가죽 롱부츠. 부드러워 보이는 밝은 회색 머플러가 가는 목을 두 겹으로 감고 있었다.

표정은 알 수 없지만, 히로토는 상대가 긴장했다는 것과 실망할 정도의 외모는 아니라는 사실을 확인할 수 있었다. 눈을 내리뜬 채, 데이트 클럽의 여성이 말했다.

"저기, 저로 괜찮으신지 ⋯⋯?"

상대의 긴장이 전염되어 웃고 있던 히로토의 얼굴이 굳어졌다.

"그럼요, 들어오세요."

히로토는 그대로 왼손으로 무거운 문을 잡고 있었다. 그녀의 머리칼과 함께 달콤한 냄새가 바로 앞을 지나갔다.

"리카코라고 해요. 잘 부탁합니다."

방에 들어온 여성은 등을 펴고 소파에 살짝 걸터앉았다. 히로토는 조금 떨어져 있는, 아직 커버를 벗기지 않은 침대에 앉았다. 리카코는 머플러를 풀고 코트를 벗었다. 속에는 하얀 민소매 앙고라 스웨터를 입었다. 그대로 노출된 근육질의 팔이 어깨에서 곧게 뻗었다. 마치 훌륭하게 디자인 된 조명기기 고정대 같았다.

리카코는 가슴이 거의 없었다. 히로토는 여성의 가슴에 연연

하지는 않았다. 흉하게 큰 것보다 차라리 없는 편이 낫다고 생각하는 편이다. 히로토는 가죽 랩스커트를 벗고, 스타킹과 스웨터를 벗는 리카코를 멍하니 보고 있었다. 클로버 레이스 무늬 사이로 살이 비치는 속옷 차림으로 리카코는 이상하다는 듯이 시선을 들었다.

"샤워는 어떻게 할까요 …… 같이 들어갈래요?"

히로토는 침대에서 일어서서, 얼른 가슴에 이글루스 로고가 들어간 스웨트셔츠와 청바지를 벗어 던졌다. 팬티는 돌돌 말아서 셔츠 아래 찔러 넣었다. 알몸으로 선 히로토에게 리카코가 목욕 수건을 건네주었다.

리카코는 히로토가 좋아하는 온도보다 높게 샤워를 설정했다. 살을 찌르는 뜨거운 샤워가 히로토의 몸을 씻어 내렸다. 리카코는 손바닥에 보디샴푸를 따라서, 히로토의 넓은 가슴을 씻어주었다.

"손이 차네."

"죄송해요, 그런 말 늘 들어요. 냉증인가. 손발 끝은 여름에도 차가워요. 항상 할머니나 할아버지한테 야단맞았어요."

히로토는 마지막 말을 흘려들었다. 뜨거운 샤워 속에 차가운 손이 기분 좋았기 때문이다. 그 손가락 끝으로 반쯤 딱딱해진 페니스에 거품을 내주었다. 히로토도 손바닥으로 닭살이 돋은 리카코의 납작한 가슴을 씻어 주었다. 비즈니스라고는 하지만, 만난 지 오 분 만에 이렇게 알몸으로 샤워를 함께하고 있다. 그녀는 대단한 미인은 아니지만, 거리를 걸어가면 돌아볼 정도의 몸매였다. 얘기를 해 봐도 까칠하거나 마음을 닫고 있는 것 같지 않았다. 오늘 밤은 재수가 좋은 것 같다.

거품을 씻어내고 먼저 샤워실을 나왔다. 비누 거품은 순백색이지만, 그 흰색으로 오물을 감싸고 하수도로 흘러간다. 히로토에게는 거울 속에서 몸을 닦고 있는 데이트 클럽 여성이 그 거품처럼 깨끗해 보였다.

침대에서의 리카코는 보통이었다. 과도한 기교를 사용하지 않고, 느끼는 척하거나 일부러 크게 소리를 내지도 않았다. 히로토와 리카코의 섹스는 담담하게 진행되었다. 서로에게 처음인 상대여서 어디가 민감한지 어떤 자세를 좋아하는지 모른다. 히로토는 자기도 모르게 배려하고 있었다. 손님이라는 의식은 없었다. 체중이 너무 실리지 않도록 팔로 자신의 몸을 받치고, 리카코가 싫어하는 것은 하지 않았다. 드디어 사정을 했을 때는 드디어 신경 쓰이는 섹스가 끝났다고 안도했을 정도다.

리카코는 티슈로 콘돔을 싸서 침대 옆 쓰레기통에 버렸다. 히로토는 이마의 땀을 닦고 침대에 누웠다. 알몸의 리카코가 옆에 앉았다. 아래에서 올려다보는 리카코의 팔은 가늘고 매끄러운 기둥 같았다.

"무슨 운동 같은 깃 했어? 팔뚝이 다부진걸."

리카코는 팔을 들고 알통을 만들어 보였다. 가슴 위의 피부가 당겨지며 오른쪽 유두의 위치가 높아졌다.

"이거요, 운동이 아니라 일을 해서 이렇게 됐어요. 평소에는 간병 도우미를 하고 있거든요. 일주일에 4일."

"오호, 일이 힘든가 보네."

히로토는 간병 도우미가 어떤 일을 하는지 잘 몰랐다.

"네, 꽤 힘들어요. 뚱뚱한 할아버지를 침대에서 내릴 때는 다들 허리가 상하죠. 나도 이 일을 시작한 뒤에 요통이 지병이 됐어요."

"월급은 많아?"

"별로 많지 않아요. 난 일이 있을 때만 가는 시간제인데, 간병 도우미 일만으로 먹고살려면 녹초가 되도록 하지 않고는 무리인 것 같아요."

낮 동안의 일만으로는 생활이 어려운 걸까. 차림새에 신경을 쓰긴 했지만, 리카코는 명품을 가진 것 같지 않았다.

"손님 이름은 뭐예요?"

히로토는 순간 고교 시절의 친한 친구를 떠올렸다. 이런 곳에서 본명을 말하는 인간은 없겠지.

"요시이 히로토."

"히로토 씨군요 …… 목이 마르네. 이온음료 마셔도 돼요?"

리카코는 대답을 기다리지 않고 침대에서 내려가더니 목욕 수건을 감고, 소형 냉장고 앞에 몸을 구부렸다.

"이 호텔 새 건물인데다 깨끗해서 우리 클럽 여자들에게 인기예요. 보세요, 이 컵."

냉장고 옆에 있는 붙박이 협탁을 열었다. 나무 상자 속에는 삼단 유리 선반. 북유럽풍 컵과 받침 접시와 티백이 나란히 있었다. 리카코가 꺼낸 것은 반투명 비닐봉지에 싸인 컵이었다. 바스락바스락 소리를 내며 봉지를 열었다. 리카코는 알맹이를 침대 쪽으로 들어 보였다.

"예쁘죠? 이 컵을 다들 '진주 컵'이라고 해요. 여기 일하러 올 때마다 가져오는 애가 있어서 우리 클럽 주방에 잔뜩 있어요."

얇은 잿빛 컵이었다. 리카코는 부연 이온음료를 따라서 내게 주었다. 차가운 액체가 들어간 부분만 한층 진한 잿빛이었다.

"고마워."

히로토는 단숨에 마셨다. 시럽처럼 달콤하게 느껴졌다. 아마 목이 말랐던 모양이다. 단숨에 마시기에 딱 좋은 크기였다. 그녀의 가슴 같았다. 컵을 한 개 더 들고, 리카코는 뛰어오르듯이 침대로 돌아왔다.

"겨울 아침에는 춥고 허리 아프고 전혀 돈벌이도 안 되니까, 병원 가는 걸 포기할까 싶을 때도 있는데요. 그래도 가요. 힘들지만 내가 가면 기뻐해 주는 사람이 있으니까. 다녀오길 잘했다는 생각이 들어요. 히로토 씨 일은?"

히로토는 자신의 일에 관해 생각했다. 그것은 누군가가 기뻐하는 일일까. 이를테면 사용설명서의 이런 문장에서 나라는 흔적을 발견할 수 있을까.

→ 키보드 도움말 사용을 클릭하면,
　마우스로 프로덕트 키를 입력할 수 있습니다.

히로토는 일에 관해 생각하기를 포기하고, 사실만 전했다.

"편집 프로덕션에서 여러 가지 기계나 소프트웨어의 사용설명서를 쓰고 있어. 내 일은 아무도 기뻐해 주지 않는 것 같아."

"그래서 손가락이 예쁘군요. 히로토 씨는 머리가 좋은가 봐요."

히로토는 엎드린 채 베개 위에서 자신의 두 손을 확인했다. 별로 예쁜 것 같지는 않았다. 손톱 손질도 하지 않은, 가늘고 건조

한 손가락이다. 일할 때 드는 것 중 가장 무거운 것은 출력한 중
성지 다발과 노트북이다.

"저기, 내 명함 줘도 될까요?"

히로토는 말없이 끄덕였다. 리카코는 소파에 내려놓은 숄더백
에서 명함을 꺼내 크로스 볼펜을 빙글빙글 돌리더니 자기 이름
을 썼다.

"자, 여기요. 괜찮다면 또 불러주세요."

히로토는 명함을 받아들고 보았다.

Long Tall Sally

리 카 코

03-3464-XXXX

"좀 쉬고 나서 한 번 더 할까요?"

히로토는 엉겁결에 웃어 버렸다.

"됐어. 충분해."

"그럼 나 샤워하고 올게요. 시간 될 때까지 좀 더 얘기해요."

히로토는 욕실로 가는 근육질의 어깨를 지켜보았다. 리카코의

어깨에서 팔로 떨어지는 선은 여성을 느끼게 하지 않았다. 장난스레 이상한 자세로 수건을 감은 소년 같았다. 물소리가 들려오자, 머리맡의 컵을 보았다. 비어 있는 진주 컵은 스탠드 불빛을 받아 짙빛으로 빛났다.

히로토는 클럽 여자들처럼 컵을 손수건으로 싸서, 가방에 슬쩍 찔러 넣었다.

토요일 밤이면 격주로 '롱 톨 샐리'에 전화하는 것이 히로토의 새로운 습관이 되었다. 그날 마지막 손님이 되도록, 미리 오후 일곱 시에 예약을 넣어 둔다. 그때까지 히로토는 한두 달쯤 섹스하지 않아도 별로 힘들지 않았다. 욕망에는 개인차가 있다. 한창 때라고 하는 십 대 말에도 친구들이 털어놓는 정도의 그런 다급함을 느낀 적이 없었다. 격주이긴 해도 같은 상대와 정기적으로 섹스하는 것은 태어나서 처음이다.

히로토와 리카코는 천천히 서로를 알게 되었다. 한정된 90분이라는 시간 속에서 몸과 마음의 세세한 부분을 조금씩 상대에게 전했다. 히로토는 초조해하지 않았다. 언제든 전화만 걸면 만날 수 있다. 그쪽에서 거절하는 일은 없다. 리카코와의 특수한 사정이 여유를 갖게 했을지도 모른다.

첫 데이트를 한 것은 장마가 시작되기 직전이었다. 만난 지 여섯 번째 밤, 3개월의 시간이 지났을 때다. 볼일을 다 마치고 옷을 입고, 호텔 문을 열려고 할 때 리카코가 불쑥 말했다.

"아, 배고파."

히로토는 하이힐의 발목 끈에 고리를 채우고 있는 리카코를 돌아보았다.

"나도 배고프네 ……. 다른 일 없으면 같이 뭐 먹으러 갈까?"

리카코가 놀라서 일어섰다. 고리가 소리를 내며 떨어졌다.

"가도 돼요?"

"응. 나도 집에 가 봐야 자기만 할 거니까."

히로토는 도겐자카의 카페에서 혼자 기다렸다. 리카코는 근처 맨션의 한 집에 그날 수입을 받으러 간다고 했다. 젊은 커플과 여자끼리 온 손님들의 목소리가 섞인 그리 넓지 않은 가게 안은 활기찼다. 토요일 밤 아홉 시, 창 너머로 내려다보이는 보도는 집에 돌아가는 사람으로 북적거렸다. 계단을 올라오는 리카코의 모습이 보였을 때, 히로토는 왠지 안심했다. 자신만 줄곧 그대로 혼자 있어야 할 것 같은 느낌이 들었기 때문이다.

리카코는 테이블 맞은편에 앉더니 히로토가 남긴 아이스라테를 마셨다.

"오늘 저녁은 내가 낼게요. 뭐든 먹고 싶은 걸로 시키세요. 히로토 씨는 특별한 단골이니 조금은 환원해야죠."

웃는 얼굴의 리카코 입에서 나온 단골이라는 말이 히로토의 열을 식혀 버렸다. 손님과 콜걸의 관계다. 괜한 힘을 넣으면 안 된다. 분명 리카코도 부담스러울 것이다. 히로토는 미소를 건넸다.

"고마워. 우리는 보통 연인들하고 거꾸로네. 다들 식사나 술을 한 뒤에 섹스하는데, 우리는 먼저 섹스하고 식사를 하네."

리카코가 조금 화난 듯이 말했다.

"순서 같은 건 아무래도 상관없잖아요 ……."

창밖을 보며 작은 소리로 덧붙였다.

"언젠가 나한테 질려서 더 이상 우리 클럽에 전화하지 않게 되면 알려주세요. 마지막일 때는 꼭 가르쳐 줘야 해요."

리카코는 히로토의 말을 기다리지 않고 자리에서 일어섰다. 뒤돌아서면서 계산서를 들고 갔다. 히로토는 계산대로 가는 리카코의 등을 지켜보았다. 그때까지는 언제나 좁은 호텔에서밖에 리카코를 본 적이 없었다. 떨어진 곳에서 그녀의 모습을 보는 것은 처음이었다.

그대로 한참 리카코를 바라보고 싶었다. 몸을 앞으로 살짝 구부려 고양이 등을 하고 지갑의 돈을 꺼내고 있다. 계산대 옆에는 무언가에 놀란 표정의 오드리 헵번이 걸려 있었다. 리카코는 영수증을 받아 들고, 웃는 얼굴로 끄덕이며 종업원에게 말을 건네고 있다. 히로토에게는 모든 것이 음악을 아직 입히지 않은 영화의 한 장면처럼 보였다.

　7월 중순에 장마가 그치고 도쿄는 본격적인 여름이 시작되었다. 히로토의 토요일 습관은 이어졌지만, 데이트를 매번 할 수는 없었다. 여름이 되어 리카코네 클럽이 바빠졌다. 리카코에게도 단골이 많이 생겼다고 한다. 히로토는 되도록 다른 손님의 존재를 생각하지 않으려 했다.
　8월 말의 늦은 여름휴가에는 전에 근무했던 다른 프로덕션 동료들과 회식을 하고 그 기세로 친구였던 여성 오퍼레이터와 잔 적이 있다. 그녀와의 밝고 개방적인 섹스는 단순히 즐거웠다. 하지만 리카코와 할 때의 애절함이 느껴지지 않았다. 분명 지금은 아마추어가 프로고, 프로가 아마추어인 시대일지도 모른다. 그 여성과는 친구인 채로, 두 번째 섹스는 없었다. 그녀에게는 결혼을 약속한 사람이 있다고 했다. 좋아하지만 그 상대로는 뭔가 부족하다고 했다.
　자신의 생활과 같다고 히로토는 생각했다. 살아가긴 하지만, 뭔가가 부족하다. 그 부족한 것이 리카코인지 아닌지는 자신도 알 수 없었다.

　한 달에 두 번밖에 만나지 못하는 것에도 이점이 있었다. 언제까지나 신선한 기분으로 지낼 수 있다. 계절감이 별로 없는 도쿄에서 계절의 변화를 선명하게 느낄 수 있다. 열세 번째의 전화 뒤에, 히로토는 여름이 지나 가을이 왔음을 확실히 알았다.

도쿄에서는 하늘빛이 파래지고 그늘의 바람이 시원해지는 것보다 먼저 여성의 옷차림에서 계절을 느낀다. 올해 유행은 페이크 퍼와 재단한 채로의 옷감을 한 장으로 이어붙인 가벼운 코트인 것 같다. 9월의 어느 비 갠 토요일, 나뭇가지에 점점이 열린 꽃망울처럼 시부야 여기저기에 새로운 가을 장식이 눈에 띄었다.

그날은 언제나처럼 전날에 전화를 넣었지만, 이미 리카코의 예약이 차 있었다. 새로 온 괜찮은 아이가 있는데 어떠시냐고 권했지만, 히로토는 거절했다. 단순히 섹스를 하고 싶었던 게 아니다.

히로토는 정처 없이 밤거리를 걸었다. 거의 매일 시부야에 오는 히로토지만 늘 다니던 거리를 벗어나 골목길로 들어가자, 낯선 가게가 몇 군데 열려 있었다. 수입 아날로그 음반, 재고 전문점의 구제 옷, 만화 희귀본. 가게마다 사람이 잔뜩 몰려 있다. 주말 밤이어서인지 묘하게 커플만 눈에 띄었다.

걷다 지친 히로토가 들어간 곳은 처음 리카코와 만났던 호텔가의 커피숍이었다. 또 자신만 줄곧 혼자인 것 같은 기분이 들었다. 자기도 모르는 사이 저지른 죄 때문에 종신 고독형을 받은 것이다. 눈앞에는 손을 대지 않은 커피가 식어가고 있었다. 거의 만석인 가게의 술렁거림에 멍하니 귀를 열고 있는데, 갑자기 리카코가 계단을 올라왔다. 누군가를 찾듯이 가게를 둘러보고 있다. 히로토를 발견한 리카코는 뛰다시피 다가왔다. 인사도 하지 않고 테이블 맞은편에 앉아서 숨을 헉헉거리며 말했다.

"역시 여기 있었네요. 주인 언니한테 예약이 차서 히로토 씨 예약을 받지 못했다는 얘기 들었어요. 오늘은 엄청 바빴어요. 아, 배고파."

놀라움을 감추려고 했지만, 히로토의 목소리는 들떠 있었다.

"내 얼굴 보면 항상 배고픈 거 아냐? 오늘은 내가 살게. 뭐가 좋을까?"

"파스타. 난 비싼 걸 별로 좋아하지 않아요. 먹으면서도 가격이 신경 쓰이고, 긴장돼서 맛도 잘 모르겠고."

히로토는 자신이 좋아하는 이탈리안 레스토랑에 리카코를 데려갔다. 고급 레스토랑은 아니지만, 도화지처럼 얇고 향긋한 마가리타 피자와 파르마산 치즈를 듬뿍 뿌린 갓 삶은 파스타를 내오는 가게였다. 리카코는 잘 먹고, 잘 떠들었다. 글라스 와인을 세 잔째 비우더니 테이블에 올려놓은 히로토의 손에 자신의 손을 포갰다.

"역시 예쁜 손이에요. 이 손만 가져가고 싶어라."

열한 시가 지나 두 사람은 일어섰다. 가죽 코트 앞섶을 연 채,

부츠를 신은 한쪽 다리로 벽을 찼다. 공중전화 부스에서 처음 보았던 전단의 여자와 똑같은 자세였다. 히로토는 숨을 삼키고 리카코를 보고 있었다.

"저기요, 우리 집에 가지 않을래요? 시간제한은 없어요."

히로토는 무의식중에 고개를 가로저었다. 좁은 골목길에 십대 아이들이 지나갔다.

"오늘은 돌아갈래. 난 리카코와 이런 평범한 데이트를 하고 싶었어. 오늘 밤에도 섹스를 하면 '아주 멋졌던 평범한 일'이 '어디에나 있는 특별한 밤'이 될 것 같은 기분이 들어."

리카코의 얼굴에 작은 불빛이 켜지는 것 같았다. 타일 벽에서 떨어져 히로토에게 가까이 왔다. 얼굴까지의 거리가 50센티미터쯤 되었을 때, 무엇을 하려는 것일까 하고 히로토는 생각했다. 리카코의 부드러운 입술이 살며시 히로토의 입술에 포개졌다.

"그럴지도 모르겠네요. 다음 주에 또 봐요. 나 왠지 늘 토요일이 기다려져요."

히로토는 그날 밤, 이노가시라 선 개찰구까지 리카코를 배웅해 주었다. 손을 서로 꼭 잡은 채, 어디에나 있는 평범한 연인들처럼.

가을이 깊어 겨울이 오자, 섹스를 마친 뒤 마시는 것은 이제 차가운 이온음료가 아니었다. 샤워를 하고 히로토가 침대로 돌아오면, 리카코는 정성껏 홍차를 타 주었다. 조그마한 은색 팩을 뜯어 레몬즙을 컵에 떨구면, 홍차의 표면에 소용돌이가 생기며 색이 연해졌다.

히로토와 리카코의 관계는 완전히 안정된 듯했다. 토요일 마지막 예약이 다른 손님에게 가는 일은 이제 없었다. 리카코가 주인에게 부탁해서 막아 놓았기 때문이다. 호텔에서 나온 뒤 데이트를 하는 것도 두 사람에게 규칙이 되었다. 히로토에게는 섹스보다 그다음 시간이 소중했다. 리카코가 앞 손님과의 일로 지쳐 있을 때면 잠들어 버린 얼굴을 90분 동안 바라보고 있었던 적도 있다.

히로토도 알고 있었다. 책임도 약속도 없는 채 무중력 공간에 떠 있는 듯한 리카코와의 관계는 편안했다. 하지만 언제까지 지속될 수는 없을 것이다. 리카코와의 일을 더 깊이, 더 확실하게 하려면 자신이 움직여야 한다. 그것은 이 쾌적한 관계를 깨트릴지도 모른다. 그렇지만 편안하다고 해서 움직이지 않는다면 언젠가는 정체되어 결국 악취를 뿜게 될 것이다. 그것은 사람이나 자연이나 마찬가지다.

12월 들어 두 번째 토요일, 리카코와 데이트하고 헤어질 무렵에 히로토가 말했다.

"리카코를 지명하는 건 다음이 마지막이야."

이노가시라 선 개찰구를 등지고, 리카코의 얼굴에서 핏기가 가셨다. 중얼거리듯이 말했다.

"무슨 일 있어요? 나, 뭐 잘못한 것 있어요?"

히로코는 고개를 가로저었다.

"그런 게 아냐. 하지만 지금 이런 식으로는 언제까지나 즐거워하지 못할 거야. 대신, 다다음 주 토요일에는 내가 리카코의 시간을 전부 얻고 싶어. 주인한테는 종일 예약이 들어 있다고 말해줘. 그럼 또 봐."

히로토는 등을 돌리고 혼잡한 역 광장을 빠져나갔다. JR 역으로 내려가는 계단에서 돌아보자, 리카코는 얼어붙은 듯이 개찰구 앞에 선 채 히로토를 지켜보고 있었다.

그해 12월 네 번째 토요일인 23일은 공휴일이었다. 맑게 갠 겨울 오후 한 시, 히로토는 시부야 마크시티에서 '롱 톨 샐리'에 전화를 걸었다. 약속 장소는 그 안에 있는 유리 벽의 커피숍이었다. 십 분 정도 뒤에 나타난 리카코에게 히로토는 눈부신 시선을 보냈다. 화사한 햇살 속을 서둘러 걸어오는 리카코는 딴사람처럼 매력적이었다.

테이블 옆에 서더니, 리카코는 빙그레 웃으며 히로토에게 말했다.

"오늘이 마지막이죠. 마음껏 즐겨요. 메리 크리스마스."

코트 주머니에서 가늘고 긴 꾸러미를 꺼냈다. 히로토는 앉은 채 받아 들었다.

"고마워. 그럼 나도 미리 건네 둘게."

테이블에 15만 엔의 신권이 든 봉투를 올려놓았다.

"오랜 시간, 고마웠어요. 받아 둘게요."

리카코는 안을 확인하지 않고 봉투를 백에 넣었다. 마주 앉은 뒤에야 처음으로 히로토는 알았다. 리카코의 얼굴선이 깎은 듯이 뾰족해졌다. 조금 야윈 것 같았다. 그때까지 본 적 없을 정도로 완벽하게 화장을 했다. 머리도 미용실에서 방금 세팅하고 온 듯했다.

"마지막은 가장 예쁜 모습으로 기억해 주었으면 해서 무리했어요. 나 바보 같죠."

"그렇지 않아. 근육이 불끈불끈한 간병 도우미라기보다 어느 나라에 사는 공주님 같아 보여."

리카코는 울면서 웃는 표정이 되었다.

"콜걸이 아니고요?"

"응. 나는 리카코를 처음부터 그런 식으로 본 적이 없어. 그래서 점점 괴로워졌어. 어떻게 해야 좋을지 몰라서."

볼연지 아래 리카코의 뺨이 상기되었다.

"어렵게 생각하지 않아도 돼요. 지금까지처럼 나를 이용해 주면 돼요. 마음껏 이용하면 돼요. 나는 프로니까 히로토 씨한테 애인이 생겨도 개의치 않아요."

"애인 같은 건 없어. 난 인기를 주체 못할 타입이 아니야."

"다들 보는 눈이 없네요."

히로토가 쓴웃음을 지었다. 여자 친구한테 실연당한 걸 위로받는 것 같았다. 리카코는 정색하고 말했다.

"난 일로 여러 남자를 만나 봤잖아요. 그래서 알아요. 히로토 씨가 ……."

그 순간, 종업원이 오자, 리카코는 카푸치노를 주문했다. 히로토가 말했다.

"지금 무슨 말 하려고 했어?"

리카코는 컵의 물을 얼음째 마셨다.

"말 안 할래요. 남자들은 이내 우쭐해지니까. 그보다 지금부터 스물네 시간, 뭐 할 거예요?"

히로토는 딱딱한 의자에서 자세를 고쳐 앉았다. 리카코의 눈을 바라보며 진지하게 말했다.

"오늘은 아무 예정도 없어. 스물네 시간 동안 리카코의 시간을 얻은 것은 한 가지 묻고 싶은 게 있어서야. 알겠어?"

리카코는 긴장한 표정으로 끄덕였다.

"앞으로 클럽을 통하지 않고 나를 만나주지 않겠어?"

숨을 삼키고 한 박자 쉬더니, 리카코는 단숨에 말했다.

" ······ 그럼 마지막이라고 한 것은 우리 클럽에 전화하는 게 마지막이란 거였어요?"

"응. 괜찮다면 나하고 정식으로 사귀어 주었으면 해."

리카코의 눈에 눈물이 고였다. 목덜미까지 빨개졌다.

"그렇지만 나는 콜걸이에요. 친구나 가족에게는 뭐라고 할 거예요. 시부야의 데이트 클럽에서 만났고, 구십 분에 2만 5천 엔이나 하는 여자입니다. 당연히 무리죠."

"괜찮아. 난 거짓말을 잘해. 중요한 것은 아무도 모르고 나만 안다는 것이야."

자신이 없는 듯 눈을 내리뜨고 있는 리카코에게 말했다.

"난 리카코가 몸을 팔고 있는 것도, 멋진 사람이라는 것도 알고 있어. 솔직히 힘들 때도 있지만, 앞으로 지금 하는 일을 계속해도 돼."

리카코는 티슈를 꺼내서 화장이 번지지 않도록 눈가를 살짝 눌렀다.

"오늘을 위해 엄청난 돈을 썼어요. 피부관리실도 가고, 전문가

한테 메이크업도 받고, 속옷이며 구두부터 코트와 백까지, 전부 새로 샀어요. 바보 같죠. 그런데 히로토 씨는 15만 엔이나 내고 그런 질문 하나밖에 안 하다니. 바보예요. 나한테 질렸나, 내가 싫어졌나, 하고 그동안 잠도 못 잤는데."

히로토는 말없이 끄덕였다. 리카코의 눈물은 멎을 줄 몰랐다. 주위 손님들이 두 사람의 테이블을 보고 있었지만, 히로토는 신경 쓰지 않았다.

"나 3개월 전부터 금요일 일은 그만두었어요. 간병 도우미를 주 5일로 늘리고, 클럽 일은 히로토 씨를 만날 수 있는 토요일만 하고 있어요."

이번에는 히로토가 놀랄 차례였다.

"겨우 생활해 나갈 정도지만, 나도 일을 하는 것이 괴로워졌어요. 그런 걸 묻고 싶었다면 그냥 한마디 해 주면 됐을걸. 저기요, 아까 준 선물 풀어 봐요."

히로토는 잊고 있던 테이블 위의 작은 상자를 들었다. 선명한 티파니 블루 포장지에 하얀 리본이 묶여 있다. 상자를 열자, 안에는 순은 페이퍼 나이프가 졸린 듯이 반짝거리고 있었다.

"책상에 두고 써 주세요. 대답이라면 그 뒤에 있어요. 앞으로는 토요일이 아니라 언제라도 마음 내킬 때 걸어도 돼요."

무거운 페이퍼 나이프를 뒤집자 칼날 끝 부분에 휴대전화 열한 자리 숫자가 새겨져 있었다.

"가게 점원이 이상한 표정을 지었지만, 그래도 부탁했어요. 어지간히 필사적이었죠. 아, 그보다 이제부터 뭐 할까요. 나, 배고파졌어요."

리카코는 벌써 괜찮아진 것 같았다. 열한 자리의 숫자가 일그러져 보이는 것은 히로토의 눈에 눈물이 차서일 것이다. 히로토는 자신도 놀랄 만큼 부드러운 목소리로 말했다.

"오늘은 온종일 보통 연인들이 하는 걸 하자."

가볍게 브런치를 먹고, 시부야 거리를 산책해야지. 윈도쇼핑을 하며 한숨을 쉬는 것도 괜찮겠네. 해 질 무렵이 되면 작은 케이크와 샴페인을 사서 아직 가 본 적 없는 리카코의 집에 가는 것도 좋을지 모르겠다.

히로토는 눈물로 흐려진 눈을 들고 처음으로 크리스마스이브를 함께 보낼 사람에게 미소를 건넸다.

꿈의 파수꾼

요코가 문화센터에 다니기 시작한 뒤로 주말 데이트 약속 장소는 언제나 프렝탕 긴자 백화점 모퉁이가 되었다. 토요일 저녁 무렵, 한껏 차려입은 여성 고객들이 쉴 틈 없이 드나드는 현관 옆에서 시로는 멍청히 서 있는 일이 잦아졌다.

정면에는 수도고속도로의 고가선과 교각 아래의 백화점이 유리 장성(長城)처럼 이어져 있다. 왼쪽으로 시선을 들면, 유라쿠초 마리온의 줄무늬 벽면이 시원스러웠다. 소토보리도리 끝에 막 켜진 긴자의 네온은 부옇게 가라앉는 봄 햇살 때문에 멀리서 조용히 깜박거렸다.

시로는 손목시계를 확인했다. 오후 다섯 시 십오 분. 요코가 다니는 시나리오 작가 교실은 그 마리온 건물에 있다. 근처 신문사에서 주최하는 것으로, 한 반에 수강생이 120명이나 되는 인기 강좌라고 한다. 학생의 9할 이상은 여성이고, 나머지는 거의 은

퇴한 초로의 남성들이다.

"연극이고 영화고 어째서 젊은 남자는 별로 없는 걸까."

전에 요코가 그렇게 물은 적이 있다. 극장 로비에서 같이 공연 시작을 기다리던 시로는 그 말을 듣고 당황했다.

"일이 바쁘고, 남자는 아마 여자들만큼 좋은 이야기가 필요하지 않아서가 아닐까."

시로는 그다음 말을 삼켰다. 남자들은 대부분 이 리얼한 세계를 지탱하는 돌담의 돌 중 하나인, 그런 존재가 되려면 이야기 따위 들어갈 여지가 없는 단단한 마음인 편이 낫다. 자신과 마찬가지로.

정면의 사거리로 시선을 돌렸다. 횡단보도 맞은편, 매너 있게 한 줄로 늘어선 사람 속에 요코의 모습이 보였다. 시로의 시선을 발견하자 요코는 가슴 높이로 팔꿈치를 꺾고 가볍게 손을 흔들었다. 은색에 가까운 밝은 회색 바지 정장. 두 번째 단추까지 열어 놓은 셔츠는 선명한 보라색이었다. 시로라면 절대 사지 않을 색.

신호가 바뀌자 요코는 큼직한 보폭으로 제일 앞에서 걸어 나오더니 횡단보도 중간부터 참을 수 없다는 듯이 뛰기 시작했다. 그리고 달려들 듯한 기세로 시로 앞에 섰다.

"있지, 내 말 좀 들어 봐. 저번에 내가 제출한 과제가 모범 텍스트로 뽑혔어. 굉장하지? 이거 봐."

요코는 검은 가죽 토트백에서 프린트 다발을 꺼내더니 마지막 페이지를 펼쳐 보였다.

"봐, 우수작 다치바나 요코 〈꿈을 좇는 사람〉."

시로는 그 과제를 기억하고 있었다. 테마나 캐릭터는 자유롭게 창작해도 되지만, 대립한 두 사람이 마지막에는 마음이 하나가 되는 상황을 대화만으로 표현해야 하는 상당히 고난도 과제였다. 덕분에 지난달 말의 휴일은 데이트도 못 하고 혼자 비디오를 네 편이나 보았다. 시나리오에 집중하면 요코는 오래 사귄 애인 같은 건 안중에도 없었다.

"읽는 건 나중에 해. 축하 파티부터 해야지."

요코가 첫 몇 줄을 읽고 있는 시로에게 말했다. 고개를 들고 보니 그녀는 이미 걸어가고 있었다. 시로는 부랴부랴 반듯한 등을 따라갔다.

두 사람이 들어간 곳은 근처 대만 음식점이었다. 여러 가지 맛을 조금씩 즐길 수 있는 접시 요리가 인기인 가게다. 요코는 테이블에 차려진 열두 개의 접시를 보고 눈을 반짝거렸다.

"이렇게 많이 시키다니, 나 좀 이상한 것 같아."

생맥주로 건배한 뒤, 요코는 하나둘씩 접시를 비워 나갔고, 시로는 요코의 우수작을 읽기 시작했다. 그것은 젊은 연인들의 이야기였다. 무대 설정은 긴자의 이탈리안 레스토랑. 시로는 같이 갔던 몇 곳의 가게를 떠올렸다.

남자는 똑똑하고 착하지만, 감각이 둔하고 평범하다. 세상의 상식에서 벗어나는 일은 평생 하지 않을 것 같은 타입이다. 부모의 배경으로 복지재단에 몸담고 있는 자기 이야기 같아서 시로는 쓴웃음이 지어졌다. 여자는 반대로 야심가로 열렬히 무언가가 되고 싶어 했다. 이 여성을 움직이는 것은 '자신을 바꾸고 싶다'는 정열이었다. 제1단계 캐릭터 만들기는 제법이라고 시로는 감탄했다.

처음에는 달콤하기만 한 대화가 계속되다가, 여자가 갑자기 제안했다. 자신과 함께 회사 돈을 횡령하지 않겠느냐고. 여자는 상사에서 해외 송금을 담당하고 있었다. 꼼꼼하게 계획을 세웠지만, 자신이 직접 해외 은행에 가서 계좌를 개설할 수는 없었다. 여자는 뜨겁게 설득하고, 남자는 차갑게 계획의 허점을 얘기했다. 시로는 내용물이 비쳐 보이는 보리새우 만두를 입안 가득 물고 있는 요코에게 말했다.

"이 스위스 비밀 계좌 이야기 진짜야?"

요코는 맥주로 입안을 헹궜다.

"응. 오피스 가에 있는 평범한 빌딩에서 엘리베이터를 타. 엘리베이터 안은 아무런 조작판도 없이 밋밋해. 은행 창구가 있는 충만 직통하는 구조인 거지. 계좌를 개설하면 비밀번호와 열쇠를 주고, 그쪽에서는 그 후 전혀 연락을 하지 않아. 당사자 말고는 아무도 계좌가 있는 것을 모르게 되어 있대."

"우와."

주범인 여자와 마찬가지로 요코는 무엇이든 확실하게 진위를 확인한다. 몇 페이지에 걸친 두 사람만의 대사극은 마지막에 남자가 여자를 잃고 싶지 않은 일념으로 공범자가 되는 데 동의한다. 그뿐 아니라 여자의 죄를 가볍게 하려고 자신이 주범인 척하겠다고 제안한다. 차가운 화이트와인으로 건배하며 젊은 연인은 두 사람이 처음 만난 기념일을 비밀계좌 비밀번호로 정한다. 카메라는 점점 줌 아웃되고, 두 사람이 있는 레스토랑의 불빛이 은행 네온사인에 삼켜진다. 거리의 무수한 등과 겹쳐지는 엔딩 크레디트.

시로는 푹 빠져서 끝까지 읽었다. 눈앞에서 말차와 함께 나온 참깨경단을 입에 던져 넣고 있는 요코가 이것을 썼다. 그녀가 멀리로 가 버릴 것처럼 느껴져서 시로는 갑자기 불안해졌다.

"요전에 한 얘기인데⋯⋯."

말을 꺼내려는데, 요코가 손으로 막는 시늉을 했다.

"잠깐만. 있지, 저쪽 테이블에 앉아 있는 나이 차 많아 보이는 커플 좀 봐."

목소리를 죽이고 시선으로만 빈 테이블 하나 사이에 두고 있는 오른쪽 테이블을 가리켰다. 요코는 가방에서 펜을 꺼내, 냅킨에 두 사람의 모습을 스케치하기 시작했다. 오른손 새끼손가락 끝 부분에 잉크가 검게 묻었다.

"분명 남자한테는 아내가 있어. 이별 이야기를 하는 것 같아."

시로가 넌지시 고개를 돌려 보니, 이십 대 초반의 여자가 손수건을 입에 대고 있었다. 우는 것 같았다. 상사로 보이는 중년 남자는 테이블에 턱을 괴고 눈가를 가리고 있다. 요코는 메모를 계속했다. 이럴 때 시로라면 모른 척하겠지만, 요코는 취재라는 명목으로 호기심을 드러낸다. 밤샘해서 눈이 빨개졌으면서도 불륜 남녀의 아수라장을 한 마디도 놓치지 않으려고 귀를 세우고 있는 요코가 시로는 문득 사랑스러웠다.

어색해진 커플이 자리에서 일어나자 시로가 말했다.

"아까 얘긴데, 시골의 부모님이 난리야. 이제 대학 졸업하고 오 년째잖아. 이대로 질질 요코와 교제만 하는 것은 너희 부모님에게도 실례라는 거야. 슬슬 결혼을 생각해야 하지 않느냐고."

단숨에 그렇게 말하고, 시로는 상대의 반응에 신경을 집중했다. 요코는 내키지 않는 모습으로 눈도 마주치지 않고 말했다.

"으음. 결혼이라 ……."

그다음은 말을 잇지 않았다. 기다란 중국식 젓가락 끝으로 접시에 남은 브로콜리를 굴리고 있다. 시로는 수습하듯이 말했다.

"시나리오 공부는 계속하면 되잖아. 어차피 결혼해도 한동안은 맞벌이를 해야 할 테니 상황은 별로 달라지지 않아."

요코는 눈을 들어 시로를 보았다. 까맣고 부리부리한 그 눈으로 똑바로 바라보니, 시로는 관통당한 듯한 느낌이 들었다.

"고마워. 그렇게 말해 주는 건 기뻐. 그렇지만 어중간한 상황에서 결혼하는 건 싫어. 시나리오를 쓰게 된 뒤에야 태어나서 처음으로 내 모든 것을 바칠 수 있는 일을 찾은 것 같아. 천직이라고나 할까. 그래서 ……."

시로는 자신도 놀랄 만큼 자상한 목소리로 물었다.

"그래서, 뭐어?"

"할 수 있을지 어떨지 모르겠지만, 어떤 형태로든 나 자신이 이해할 때까지, 결혼은 하고 싶지 않아. 그때까지 기다려 줄래?"

첫 프러포즈는 부드럽게 거절당했다. 하지만 시로는 이상하게 화가 나지 않았다. 그 정도로 기분이 상할 것 같으면 요코와 계속 이어나가지 못할 것이다. 컵 바닥에 남은 미지근해진 맥주를 마저 마시고 말했다.

"알았어. 기다릴게."

그리고 애써 밝은 목소리로 말했다.

"내일은 어떤 영화를 보러 갈까?"

일요일에는 도쿄의 번화가에 흩어져 있는 영화관을 세 곳씩 도는 것이 두 사람의 습관이었다. 그런 데이트가 언제까지 이어질지는 모른다. 하지만 시로는 되도록 요코와 함께 걷고 싶었다.

그날 밤, 요코는 시로의 집에서 잤다. 학생 시절부터 사귄 지 육 년, 이제 옛날처럼 만날 때마다 섹스하는 일은 없어졌다. 요코는 샤워를 하자 자신의 잠옷으로 갈아입고, 바로 침대에 들어갔다. 시로는 불을 끈 방에서 머리맡에 앉아, 잠든 요코의 얼굴을 바라보았다. 무슨 즐거운 꿈이라도 꾸는지 입술 양쪽 끝이 가볍게 올라가 있다. 이불을 덮은 가슴 위에서 잡고 있는 두 손은 통통하고 보드라워 보였다. 가볍게 씻는 것으로는 지워지지 않는지 새끼손가락 아래, 딱 결혼선이 시작되는 부분에 묻은 잉크 얼룩이 아직 남아 있었다. 시로의 머릿속에 아까 들은 말이 되살아났다.

(어떤 형태로든 나 자신이 이해할 때까지 ……)

시나리오 작가로서 이해가 가는 형태라고 하면 어디서 신인상을 받거나, 실제로 쓴 작품이 텔레비전 드라마라도 나오는 것이다. 그쪽 세계를 잘 모르는 시로지만, 아주 확률이 낮은 일이란 건 알고 있다. 연속극을 의뢰받아 화면에 이름이 나오는 각본가는 극히 소수의 잘나가는 작가뿐이다.

시로는 요코의 꿈을 응원하고는 있지만, 실현은 어려울 것 같다고 생각했다. 그러나 그럴 때야말로 자신이 있었다. 시로는 안전망 같은 것이다. 옛날에 읽은 《호밀밭의 파수꾼》이 생각났다. 놀고 있는 아이들이 벼랑에서 떨어지지 않도록 호밀밭 끝에서 기다리고 있는 파수꾼, 홀든 콜필드. 요코는 아이처럼 꿈을 꾸는 사람이니 하늘만 보다가 발밑이 위험해질 수도 있다. 꿈이 깨져서 높은 곳에서 떨어질지도 모른다. 자신에게는 요코처럼 꿈을 꿀 힘은 없지만, 그럴 때 그녀를 지탱해 주는 매트리스 정도의 역할이라면 분명 할 수 있다. 마치 지금 밤샘을 한 요코가 쌔근쌔근 자고 있는 부드러운 침대처럼.

시로는 잠든 요코의 이마에 입을 맞추고, 요코의 잠을 방해하지 않도록 매트리스 끝에 살며시 누웠다.

요코 안에 잠들어 있는 힘은 시로의 예상을 훨씬 웃도는 것이었다. 오랜 세월 사귀어서 시로는 요코의 성격을 잘 알고 있다. 요코는 상당히 변덕스러운 편이다. 마음이 내킬 때는 최대한의 에너지를 쏟지만 그런 날은 셀 수 있을 정도이고 대개 장기간은 커녕 며칠을 가는 일조차 드물었다.

그러나 이번의 요코는 달랐다. 문화센터 강의가 끝나기도 전에 서점에서 각종 신인상 공모전 요령을 모아 놓은 잡지를 사오더니, 가장 날짜가 가까운 신인상부터 하나하나 체크해 나갔다. 시나리오 공모전은 시로가 생각했던 것보다 훨씬 많았다. 텔레비전 방송국이나 영화사가 주최하는 대규모 공모전을 비롯해서, 게임이나 애니메이션 기획 같은 소규모 공모전까지 포함하면 거의 매달 있었다.

요코는 두세 달에 한 번씩, 그럴듯한 공모전의 마감 날짜를 달력에 적어 넣고, 그 날짜에 빨간 연필로 빙글빙글 동그라미를 쳤다. 그다음은 무조건 마감을 향해서 한 줄씩 써 나갔다. 요코의 생활에 노는 일은 없어졌다. 누구에게나 하루는 스물네 시간밖에 없다. 낮에는 정밀기기 회사 인사부에서 사무 일을 해서, 아낄 수 있는 시간은 수면 시간과 시로와의 데이트 시간뿐이었다. 그중 한꺼번에 시간을 잡아 집중할 수 있는 것은 당연히 주말 이틀로, 요코의 꿈 때문에 가장 타격이 심한 사람은 시로였을지도 모른다.

요코는 가족이 있는 자신의 집보다 시로의 집이 편하다고 하며 본가에 있는 것과 같은 기종의 워드프로세서를 갖고 와서 휴일 대부분을 책상 앞에 앉아 있게 되었다. 그리 넓지 않은 원룸에서 요코가 침실을 점령하자, 시로는 식탁으로 가서 소리를 죽이고 라디오를 들으며 책을 읽는 것이 새로운 습관이 되었다.

순조롭게 글이 풀릴 때는 괜찮지만, 일단 이야기가 막히면 요코는 눈에 띄게 기분이 나빠졌다. 시로는 자기가 월세를 내는 집인데 요코에게 쫓겨나, 혼자 밖에서 시간을 보내야만 했다. 날씨가 좋을 때라면 그나마 문제가 없지만, 비 오는 일요일 같은 날은 최악이었다. 그래도 시로는 여전히 성능 좋은 안전망이 되어주었다. 요코의 변덕과 창작으로 인한 이상한 흥분 상태에도 흐트러짐 없이 꿈의 계단을 올라가는 그녀를 탄탄하게 받쳐주었다.

요코가 처음으로 응모한 공모전의 결과가 나온 것은 프러포즈한 지 3개월 뒤의 일이었다.

그것은 어느 영화사 창업자 이름을 딴 상이었다. 전통 있는 신인 작가의 등용문으로, 매회 시나리오 전문지에 심사 과정이 발표된다. 8월 토요일 한낮, 요코와 시로는 히비야의 공원에 있는 오픈 카페에 있었다. 하얀 돛천의 파라솔 아래, 테이블 한복판에는 촌스러운 디자인의 전문지가 놓여 있었다. 시로가 오전에 일어나서 근처 서점에서 사 온 잡지다. 요코는 안을 확인하는 것이 무섭다고 해서, 늦은 점심을 먹고 함께 보기로 했다. 두 사람은 두꺼운 클럽하우스 샌드위치를 애벌레가 어린잎을 갉아 먹는 속도로 해치웠다. 식후 커피가 나오자, 더는 잡지를 펼치지 않을 수 없게 되었다. 요코가 작은 소리로 말했다.

"자기가 봐 주지 않을래?"

시로는 폭발물이라도 다루듯이 잡지를 손에 들고, 목차를 확인하여 찾는 페이지를 펼쳤다. 이번에 응모한 작품은 총 627편. 항상 이런 건지 편수가 상당했다. 1차 심사를 통과한 작품의 제목과 작가 이름이 양면 가득 주르륵 나와 있었다. 남은 것은 103편으로 확률은 약 육 분의 일. 시로는 요코의 이름을 찾았다.

"있다! 〈자양화 랩소디〉 다치바나 요코. 그런데 어째서 요코의 작품은 굵은 고딕체로 되어 있을까?"

"진짜!"

요코가 엉거주춤하게 일어나서 펼쳐진 잡지를 빼앗아 들었다. 그대로 일어서더니 햇살을 받아 반짝거리는 지면을 잡아먹을 듯이 바라보았다.

"아싸! 고딕체로 쓴 사람은 1차뿐만이 아니라, 2차 심사도 통과한 거래."

웨이터나 다른 손님이 이상하다는 듯이 보는 것도 아랑곳하지 않고, 요코는 그 자리에서 춤이라도 출 것 같은 기세였다. 무리도 아니다. 몇 개월 전까지 평범한 직장 여성이었던 요코가 처음으로 쓴 시나리오가 전통이 깊은 공모전에서 3차 심사에 남았다. 겨우 정신을 차리고 커피 리필을 주문한 요코에게 잡지를 도

로 받아서, 시로는 고딕체 제목을 세어 보았다. 3차 심사에 남은
것은 37편. 전체 응모작 수로 보면 생존율은 십칠 분의 일. 대단
한 성과였다. 시로는 컵 안이 카페오레 색이 되도록 생크림을 붓
는 요코를 바라보았다. 테이블 너머에서 요코가 이상하다는 얼
굴을 했다.

"얼굴에 뭐 묻었어?"

"아니, 어쩌면 요코에게 정말로 재능이 있을지도 몰라서. 뭔가
신기한 느낌이야."

오늘 아침에도 요코는 옆에서 입을 헤벌린 채 자고 있었다. 어
제는 긴 다리를 허리에 감고 자신을 받아들여 주기도 했다. 그런
요코가 스포트라이트를 받는 곳에 나갈지도 모른다. 마치 자신
만 두고 가 버릴 것 같은 느낌이 들었다. 아무도 떨어지지 않는
곳에 있는 안전망이 대체 무슨 의미가 있을까.

요코가 테이블에 턱을 괴고 미소를 건넸다. 터질 듯한 기쁨 속
에 있는 그녀에게는 시로의 마음에 드리워진 그림자가 보이지
않는 것 같았다.

"우리 또 축하 파티하자. 오늘 저녁에는 뭐 먹을까?"

할리우드 대작을 중간에 끼우고, 스페인과 터키 영화를 한 편
씩 본 뒤 두 사람은 전에 갔던 대만 음식점에 가기로 했다.

물론 현실의 돌담은 만만치 않았다. 그다음 달에 발매된 시나리오 전문지에는 최종 심사를 통과한 여섯 편의 작품명이 페이지 한복판에 화려하게 실렸지만, 그 속에 요코의 이름은 없었다. 시로는 살짝 안심했다. 하지만 요코에게는 낙선보다도 첫 도전에서 3차 심사에 남았다는 사실이 더 큰 격려가 된 것 같았다. 이전보다 더 열심히 시나리오 쓰기에 몰두했다.

요코가 두 번째로 응모한 상은 게임제작사가 주최하는 공모전이었다. 이쪽은 대형 영화사 같은 격식은 없지만, 1,000만 엔이라는 높은 상금이 화제였다. 대상 수상작은 반드시 게임으로 제작된다. 이미 몇 편의 히트작도 나왔다. 요코가 이 상을 위해 준비한 것은 여성도 즐길 수 있는 연애 시뮬레이션 게임이었다.

컴퓨터 게임에는 관심이 없는 시로도 한 달 동안, 지금까지 좋은 평판을 얻은 많은 연애 시뮬레이션을 시험하게 되었다. 요코는 게임을 조작하는 시로 옆에서 메모하며 화면을 지켜보았다. 몇 명의 여성이 동시에 등장하여 상대를 고르는 장면이 나오면 놀리기도 했다.

"오오, 시로 이런 여자를 좋아하는구나. 취향 나쁘지 않은걸."

어느 게임에나 여성 캐릭터에는 나이, 키, 몸무게, 그리고 신체 사이즈 설명이 반드시 붙어 있다. 요코는 어이없어했다.

"이렇게 하면 인기 없는 남자들이 좋아할 줄 아는군. 제멋대로 착각해서 여자들 캐릭터가 모두 일그러져 있어. 분명히 작가는 남자일 거야."

그것은 몇 개의 게임을 해 보며 시로도 느꼈던 것이다. 게임에서는 연애도 섹스도 순조롭기만 해서 실제 연애라면 피할 수 없는 감정의 흔들림이나 배신, 뜻밖의 전개로 찾아오는 기쁨 등 직선적인 이야기를 복잡하게 만드는 요소는 애초에 배제되어 있었다. 이래서는 경험이 미숙한 중고등학교 남학생이라면 몰라도, 어릴 때부터 머릿속으로 연애 시뮬레이션을 되풀이해왔던 여성들에게 호소하는 힘은 미미할 것이다.

요코는 학생 시절 친구들을 닥치는 대로 취재해서 가상의 고등학교 1학년 학급을 만들고, 스무 명의 여학생 전부에게 각자의 캐릭터를 주었다. 물론 예쁜 사람도 있고 못생긴 사람도 있다. 요코는 외모와 관계없이 모든 학생에게 골고루 장단점을 배분했다. 유혹하면 거절하지 못하는 미소녀. 수수한 외모지만 항상 양다리를 걸치는 도서부원. 아이돌 사생팬인 고전적인 불량 소녀.

그 게임에서는 학급의 누구를 선택하든 둘이서 일정한 시간을 보내면 포인트를 주고, 포인트를 모으면 그때까지 감춰져 있던 캐릭터의 내면을 접할 수 있다. 그러기 위해서는 순조롭지 못한 데이트나 지루한 대화도 참고 계속 플레이를 해야 한다. 때로는 수십 시간에 걸친 밀당을 실제 연애처럼 반복한다. 하지만 그 대가는 크다. 이중 삼중으로 장치한 캐릭터의 진심은 마지막까지 포기하지 않은 연애 상대에게만 몰래 전해졌다. 모든 여성이 똑같이 가진 강함, 은밀한 꿈과 동경, 지금의 자신을 사랑하는 마음과 언젠가 변해 버릴지 모른다는 두려움, 상대에 대한 배려와 독점욕, 연애의 핵에 있는 격렬함과 부드러움. 요코는 한 사람 한 사람의 등장인물이 되어, 책상 앞에 앉아 소리 내어 웃기도 하고 때로는 눈물을 글썽거리기도 했다. 스무 명의 소녀 캐릭터를 창작하는 요코는 전혀 시로가 모르는 인물이었다.

시나리오가 완성된 아침, 첫 독자는 역시 시로였다. 요코는 기듯이 침대로 들어가 시로와 교대하여 아침 햇살 속에서 잠이 들었다. 시로는 모닝커피를 타서 출력한 프린트 다발을 읽었다. 문화센터에서 배우기 시작했을 때보다 상상력도, 감정을 전하는 힘도 현격히 향상되었다. 이미 이야기의 개요를 알고 있는 시로조차 가슴 설레는 장면이 몇 군데나 있었다. 시로의 마음은 복잡했다.

요코는 어디까지 올라갈까. 자신의 모든 것을 태운 뒤에도 꿈이 형태로 나타나지 않았을 때는 대체 어떻게 되는 걸까. 이만한 높이에서 떨어지는 요코를 받아줄 힘이 내게 있을까.

아니면 반대로 요코가 그대로 높은 하늘로 날아가 버린다면.

하늘을 자유롭게 날 수 있는 새한테 안전망이 필요할까. 자신은 지표면에 묶인 흉한 천 조각에 지나지 않는 게 아닐까. 시로에게 답은 없었다.

요코는 지쳤지만, 만족스러운 듯이 자고 있었다. 시로는 봉투에 시나리오를 넣어서 마감 날 아침 우체국으로 향했다.

행운의 소식은 가을이 한창 무르익었을 무렵 속달로 날아왔다. 최종 심사에 오른 다섯 편에 요코의 〈메모리즈~1999년의 교실〉이 남았다고 했다. 시로는 요코가 의기양양하게 내미는 봉투를 받아 들었다. 저자의 약력과 얼굴 사진, 그리고 발표 당일의 연락처를 알려달라는 회신용 봉투가 들어 있었다.

"처음에 응모한 것이 3차 심사, 두 번째가 최종 심사까지. 상을 받을 수 있을지 어떨지는 모르겠지만, 재능까지는 몰라도 확실히 적성에는 맞는 걸 알았어."

"정말 대단하네."

시로는 어떻게 대답해야 좋을지 몰랐다. 요코의 성과는 자랑스러웠다. 하지만 자기 일처럼 기쁜 한편으로 당황스러움이 있었다. 시로는 바로 카메라를 준비하여 요코를 침실의 하얀 벽 앞에 세웠다. 오른쪽에 있는 창으로 석양이 비스듬하게 비쳤다.

몇 장 찍고 나니, 얼굴이 밝게 나오도록 해야 한다며 요코는 검은색 스웨터를 흰색 스웨터로 갈아입고 왔다. 머리를 다듬고, 화장도 고치고 왔다. 시로는 파인더 안에서 희미하게 미소 짓는 요코를 보았다. 성취감이 요코를 바꾼 것인지 빛이 나는 듯한 표정으로 렌즈를 응시했다.

"그러고 보니 전에 한 얘기지만 ……."

"응, 뭐?"

시로는 셔터를 눌렀다. 좁은 방에 플래시 불빛이 넘치고, 주위 모든 것이 부옇게 흐려졌다. 요코의 웃는 얼굴은 자신감에 넘쳐 못 알아볼 정도였다.

'큰 공모전에서 최종 심사까지 남았잖아. 그건 초보 시나리오작가로는 이미 충분히 형태가 된 것이지 않을까. 우리 일은 어떻게 할 거야, 응, 요코?'

시로는 하고 싶은 말들을 삼키고 셔터만 계속 눌렀다.

최종 심사는 12월 세 번째 수요일이었다. 발표회장은 게임제작사의 본사 회의실로 유명한 시나리오작가와 평론가, 게임개발자들이 초저녁부터 심사를 시작하여 밤에는 결과가 판명된다고 했다. 요코는 당일 연락처로 자신의 휴대전화 번호를 적었고, 시로는 통 크게 긴자의 프렌치 레스토랑에 룸을 예약해 놓았다. 거리는 크리스마스 장식으로 물들었지만, 이브는 다음 주여서 연인들의 모습은 의외일 정도로 적었다.

일을 일찍 마감하고, 시로는 일곱 시 전에 가게에 도착했다. 코트를 클락룸에 맡기자, 일행분은 먼저 와서 기다리고 계십니다, 하고 중년의 웨이터가 알려주었다. 자, 어떤 얼굴을 하고 가야 할까. 낙선했을 때를 생각하여 축하 꽃다발 같은 건 사지 않았다. 시로는 열려 있는 문을 지나 플로어 구석에 있는 룸으로 갔다.

한복판에 오도카니 놓여 있는 테이블에 요코가 불안스럽게 앉아 있었다. 알코올에 강한데, 앞에는 잔과 생수병만 놓여 있다. 긴장한 탓인지 요코의 안색은 창백했다. 요코의 모습을 보니 반대로 시로는 안도할 수 있었다. 이제야 안전망이 활약할 차례가 온 것이다.

시로는 고기, 요코는 생선 코스를 골랐다. 와인은 조금 값이 나갔지만, 소믈리에가 추천하는 부르고뉴의 레드와인을 땄다. 형식적인 시음을 마치고 시로가 말했다.

"요코가 열심히 한 것은 누구보다 내가 잘 알아. 그 시나리오는 아주 잘 썼어. 결과가 어떻든 그 사실만은 확실한 것이고, 생각해 보면 상을 받든 못 받든 작품 자체의 가치는 변하지 않을 거야."

진심으로 한 말이었지만, 수상의 영예와 상금 1,000만 엔을 앞에 두고 자신이 생각해도 설득력이 약했다. 수상과 낙선은 하늘과 땅 차이다. 후보작은 빛도 보지 못하고, 누구에게도 알려지지 못한 채 잊힌다. 요코는 와인을 가볍게 입에 물고, 뺨에 경련을 일으키며 애써 웃었다.

"고마워. 그렇지만 꿈까지 꾸던 일이 막상 내 차례가 되니, 이렇게 기분이 안 좋을 줄 생각지도 못했네. 시로가 없었더라면 나 말도 안 되는 짓을 해 버릴 것 같아."

그렇게 얘기하는 동안에도 요코의 시선은 테이블에 놓인 휴대전화와 시로 사이를 몇 번이나 오갔다. 그날 저녁 식사는 시로조차 무엇을 먹었는지 알 수 없었다. 끊임없이 이야기를 이어나가며 시로는 수프와 전채 요리와 메인 요리를 먹었다. 요코는 건성으로 맞장구를 치면서 반은 휴대전화를 보고 있었다. 와인만 계속 마셔서 시로는 취할 것 같았다. 그토록 열심히 무슨 이야기를 했는지 기억도 나지 않고, 맛도 잘 모르겠다. 비싼 식품의 견본품이라도 먹은 기분이다.

디저트와 커피가 나왔다. 지치고 얘깃거리도 떨어진 시로는 멍하니 요코와 처음 사귀던 시절을 떠올렸다.

"처음 같이 본 영화 뭐였는지 기억해?"

시로는 먹을 마음이 들지 않는 서양배와 무화과 무스의 모퉁이를 허물면서 말했다.

"학생 시절이었지. 과 친구들하고 같이 갔던 『쇼생크 탈출』이었을걸?"

그 영화였다. 어쩌다 요코 옆에 앉은 시로는 영화 내용보다도 숨을 삼키기도 하고 눈물을 흘리기도 하며 정신없이 바뀌는 요코의 반응에 마음을 빼앗겼다. 요코는 그다음 주에는 영화에 삽입됐던 「피가로의 결혼」을 찾아와서 시로에게 들려주기도 했다. 교도소의 새파란 하늘에 흐르던 슈워츠코프의 맑은 소프라노. 시로는 자신에게는 바랄 수 없는 섬세함을 접하는 것이 즐거워서 요코와 자주 영화나 콘서트를 보러 다니게 되었다.

세상을 떠난 어느 영화평론가의 말처럼, 시시한 영화는 실제로 보는 것보다 요코의 이야기를 듣는 쪽이 재미있을 때가 많았다. 요코의 눈을 통해서 보면 무리가 있는 시나리오나 실력 없는 감독의 폐해가 제거되어, 매력적인 세부 내용이나 캐릭터의 감정이 선명하게 떠올랐다. 아무리 미묘한 빛을 비춰도, 어떤 상이든 나타나는 잘 닦인 거울 같은 예민함. 그것은 지방 도시에서 태평스럽게 자란 시로가 처음 만나는 것이었다.

지금 그때의 여학생이 성숙하여 자신의 천직에 첫걸음을 내디디려 하고 있다. 감춰진 재능을 깨달은 것은 공모전이나 시나리오 교실보다 자신이 훨씬 빨랐을 것이다. 취기가 도운 탓일까, 시로는 아무런 전조도 없이 불쑥 얘기를 꺼냈다.

"요코, 올봄에 한 얘기 기억해?"

요코의 표정이 묘하게 흐려지는 것과 테이블의 휴대전화가 울린 것은 동시였다. 요코는 신종 벌레라도 본 듯 몇 번의 벨 소리가 울리고서야 휴대전화에 손을 뻗었다.

"네, 다치바나입니다."

시로는 숨을 죽인 채 요코의 창백한 얼굴을 지켜보았다. 요코는 휴대전화를 귀에 꼭 대고, 크게 한숨을 토했다. 온몸에서 힘이 빠져나가는 것 같았다.

"그렇군요. 알겠습니다."

요코의 어깨가 축 처졌다. 시로는 직감했다. 낙선했구나. 안도감이 섞인 유감이 시로의 마음속에 퍼졌다. 분하긴 하지만, 일단 이번 수상으로 요코가 멀리 날아가는 일은 없을 것 같다. 딱 좋은 기회였다. 요코의 마음이 흔들리는 동안에 연기된 프러포즈를 한 번 더 해 보자. 시로는 애를 태우며 통화가 끝나기를 기다렸다.

그러나 통화는 계속되었다. 도중에 요코의 표정이 급변했다. 루주를 다시 칠한 듯이 뺨에 홍조가 돌아왔다. 눈빛까지 아까와는 딴 사람 같았다.

"정말이에요? 감사합니다 …… 네, 꼭 찾아뵙겠습니다."

시로는 무슨 일이 일어났는지 알 수 없었다. 요코의 표정은 어느새 환하게 빛나고 있었다. 흥분과 기쁨이 저 속에서부터 흘러넘쳤다. 요코는 휴대전화를 끊더니 흥분을 가라앉히며 말했다.

"대상은 역시 요즘 최고인 롤플레잉 게임으로 결정 났대. 그런데 내 작품하고 표가 갈려서 이번에는 심사위원 특별상을 뽑게되었다지 뭐야. 상금은 300만 엔. 시로, 해냈어. 드디어 내가 상을 받았어!"

'축하해'라는 말을 하면서 시로의 마음은 시들해져 갔다. 취기를 빌린 기세도 사라지고, 한 번 더 프러포즈할 용기도 멀어져갔다. 휴대전화 단축번호를 차례차례 눌러 가족과 친구들에게 수상을 보고하는 요코를 시로는 파랗게 질린 얼굴로 보고 있었다. 좀 전까지의 요코와 시로의 안색은 완전히 역전되었다.

안전망도, 꿈의 파수꾼도 다 필요 없어졌어. 그렇게 시로는 속으로 되뇌고 있었다. 요코는 기회만 잡으면 저쪽 세계에서 얼마든지 뻗어 나갈 것이다. 그때 자신이 함께 날 수 있을 거란 상상은 되지 않았다. 요코의 마음은 언젠가 자신을 떠나겠지. 원래 요코와 시로는 새와 물고기만큼이나 사고가 달랐다. 앞으로 요코가 나아갈 세계에는 가볍게 하늘을 나는 같은 종족의 남자들이 아주 많을 것이다.

요코의 전화는 열다섯 통 만에 끝났다. 시로는 계산서에 손을 뻗쳤다. 일단 이 레스토랑에서 계산을 하자. 자신이 할 수 있는 일은 그 정도밖에 없을 것 같았다. 막 일어서려고 할 때, 요코가 휴대전화의 전원을 끄고 시로를 진지하게 바라보았다.

"정말 고마워. 나, 시로에게 정말로 감사하고 있어. 만날 억지만 부리고. 시로가 아닌 다른 남자였다면 절대로 끝까지 나와 사귀어 주지 않았을 거야 ……."

요코의 눈가가 빨개졌다. 눈물이 조금 고인 것 같기도 했다. 어안이 벙벙해진 시로는 다음 말을 기다렸다.

"그때 한 이야기, 기억해? 드디어 형태가 된 것 같아. 시로 마음은 여전히 변함없는 거지?"

어, 이상하네, 하고 시로는 생각했다. 얼굴이 뜨거워지고, 그 열이 점점 눈가로 몰리기 시작했다. 시로는 울먹이는 목소리가 되지 않도록 몇 번이나 숨을 삼킨 뒤 간신히 대답했다.

"그럼 변함없지. 지난 육 년 동안 한 번도 변한 적 없어."

"그럼 다행이네."

시로는 계산서를 든 손으로 요코를 막았다. 그다음 말을 들으면 자신이 할 대사가 없어져 버린다. 시로는 가장 간단한 말로 요코에게 프러포즈했다. 요코는 눈물과 웃음이 섞인 얼굴로 끄덕여 주었다. 요코는 냅킨으로 눈물을 닦더니 이번에는 웃으며 말했다.

"상금을 어떻게 쓸지 같이 생각해야지. 언제 받는지 모르겠지만. 그리고 또 텔레비전 드라마 각본 공모도 있고. 저기, 시로, 우리 이제 막 시작한 것 같지 않아?"

시로는 자신들이 막 시작한 것 같기도 하고, 꽤 오래 사귀어
온 것 같기도 했다. 이런 생활의 반복이 언제까지 계속될지 아무
도 모른다. 하지만 지금은 이대로도 좋을 것이다. 시로는 계산서
를 내려놓고, 새 와인을 주문하기 위해 문밖에 서 있는 웨이터를
불렀다.

낭만 휴일

아무도 만나지 않고 보낸 일요일 밤은 몹시 고요하고 쓸쓸했다. 인류가 멸망한 뒤에 살아남은 외톨이가 된 기분이다. 구로스 미즈키는 전자레인지로 데운 태국식 치킨소테와 볶음밥 남은 것을 주방의 쓰레기봉투에 버렸다. 달고 시기만 할 뿐, 뭐가 태국식인지 알 수 없는 맛이었다. 게다가 볶음밥에는 파인애플과 건포도가 들어 있었다. 편리한 것은 그릇 하나로 먹을 수 있다는 것과 바로 앞 땅볼을 주운 투수가 1루수에게 공을 던지듯이 손목 한 번 비트는 것으로 간단히 정리할 수 있다는 점뿐이었다. 쓰리 아웃, 체인지. 그다음에는 아무것도 남지 않는다. 미즈키의 휴일을 마무리하는 데 어울리는 식사다. 칼로리는 있겠지만 영양가가 없고, 맛은 나지만 향이 없다. 자신의 생활과 똑같았다. 살아 있지만, 사실은 살아 있지 않다.

미즈키는 거기서 생각을 멈추었다. 회사원 생활도 오 년차에 들어섰다. 칙칙한 감상이나 자기연민으로 이어지는 마음의 움직임은 아직 어린싹일 때 얼려 버리는 것이 습관이 되었다. 짓이겨서 없애 버리는 게 아니라, 그저 마음속 냉동실에 던져 넣고, 어둠 속에서 바싹 건조하는 것이다. 그렇게 포기한 꿈은 이십육 년이나 살다 보니 그것 말고도 얼마든지 많았다. 어른이 된다는 것은 결국 '출입금지'나 '통행금지' 표지판에 순순히 따르는 것. 위험한 곳에는 스스로 표지판을 세워 두면 더욱 좋을 것이다. 자신을 상처 입히는 생각은 하지 않는 게 좋다. 아무리 자기 것이어도 마음의 움직임에 너무 집중하지 않도록 한다. 어차피 마음의 날씨 같은 건 내일 아침이면 변하는 것이니까.

감상에 빠지는 대신 미즈키는 냉장고에서 캔 맥주를 꺼내, 창가의 책상에 앉았다. 스포츠 중계만 하는 휴일의 텔레비전에 이제 질렸다. 창 너머에는 또 다른 맨션 벽이 펼쳐져 있을 뿐이었다. 노트북을 켜고, 인터넷에 접속했다. 모뎀이 높낮이 없는 멜로디로 전화번호를 치는 동안, 캔 맥주를 따서 삼 분의 일을 마셨다.

인터넷을 갓 시작했을 무렵에는 무진장 신기해서 여기저기의 모자이크 안 한 누드 사진을 내려받기도 했지만, 액정 표면에 눈부신 빛의 입자로 그려진 성기에 이내 익숙해져 버렸다. 걸핏하면 깜박거리는 호객 배너 같은 건 아예 무시한다.

미즈키는 자신이 가입한 인터넷 서비스 제공자가 운영하는 게시판을 열었다. 장마가 그치고 열흘 정도 지난 여름밤, 그곳에는 몇백 개의 메시지가 올라와 있었다. 짧은 것도 있고 긴 것도 있다. 끝없이 바뀌는 제목을 스크롤하면서 미즈키는 왠지 안도했다. 이 세상은 모래처럼 고독한 한 사람 한 사람의 인간으로 이루어져 있다. 눈앞을 흘러가는 메시지는 모두 누군가와 연결되기를 바라는 외로운 말들이다. 미즈키는 누구에게 메시지를 보낸 적은 없지만, 이따금 게시판 들여다보는 것을 좋아했다. 편지가 든 몇백 개의 유리병이 떠 있는 바다를 상상한다. 색색의 유리병이 파란 파도에 흔들리고 있다. 자신은 그중 어느 것을 선택해도 되고, 어느 것도 선택하지 않고 바다에 떠내려가는 채로 두어도 된다.

끝없이 이어질 것 같은 스크롤도 끝에 가까워졌을 무렵, 그 메시지가 미즈키의 시선을 끌었다. 글씨 크기도 다른 메시지와 다르지 않은, 한 줄짜리 문장이었다.

> 저와 『로마의 휴일』을 하지 않겠습니까? 유키

그 영화라면 미즈키도 알고 있다. 1953년 미국에서 제작된 영화로 감독은 윌리엄 와일러. 오드리 헵번이 미국에서 첫 주연을 맡아 아카데미 여우주연상까지 받았다. 각본상과 의상상도 나란히 수상. 중학생 때 처음으로 텔레비전 명화극장에서 가슴 설레며 본 뒤, 미즈키는 헵번이 아니라 와일러 감독의 팬이 되어, 감독의 작품을 모두 보았다. 『우리 생애 최고의 해』『황혼』『벤허』『우정 어린 설득』『백만 달러의 사랑』 그 밖에도 많은 영화를. 그 시절에는 제목조차 어딘가 여유가 있었다.

외국영화 배급사에 지원했다가 3차 면접에서 떨어졌다. 열의는 있었지만, 아주 좁은 문이었다. 그것도 얼려 둔 채 평소에는 생각하지 않는 싹 중 하나다. 지금 미즈키는 주택업체에서 환경주택 기획영업을 하고 있다.

맥주로 목을 적시고 '답장 쓰기'를 클릭했다. 화면에 새하얀 편지지 창이 떴다. 유키라는 여성에게는 수십 통의 메일이 올 것이다. 새로운 수법의 인터넷 쇼핑이나 해외여행 권유일지도 모른다. 어차피 쓸데없는 짓이 되겠지만, 쓸데없는 것으로 말하자면 자신의 일요일만큼 쓸데없는 것도 없다. 미즈키는 잠시 하얀 창을 바라보다 한숨을 쉬고는, 키보드를 두드리기 시작했다.

> 안녕하세요.
> 『로마의 휴일』을 무척 좋아해서 저도 수십 번을 보았답
  니다.

> 같이 그 영화를 '하자'는 것은 어떤 뜻인지요?

> 당신이 오드리 헵번 역이고, 남자는 그레고리 펙이 연기한

> 신문기자 역이겠지만, 도쿄에 '진실의 입(영화에 나왔던 곳으로 로마의 코스메딘 산타마리아델라 교회 입구의 벽면에 있는 대리석 가면─옮긴이)'이 있을까요?

> 저는 스물여섯 살의 병아리 건축가, 키는 180센티미터.

> 그리 잘살진 않지만, 시간은 자유롭습니다.

> 그 영화 이야기와 당신의 연출 계획을 좀 더 들려주세요.

키는 실제로는 몇 센티미터 부족했고 직업은 거짓말이었다. 하지만 이 정도라면 인터넷에서 허용되는 정도의 허세일 것이다. 미즈키는 메일을 보낸 뒤 노트북을 닫고, 선반에서 『로마의 휴일』 DVD를 꺼냈다. 주방에서 캔 맥주를 새로 가져와, 소파베드에 편한 자세로 누워 보기 시작했다.

흑백 필름으로 보는 옛날 로마의 밤은 아주 깊고 부드러워 보였다.

다음 날, 미즈키는 주택전시장에서 돌아오자마자 넥타이도 풀

지 않고 노트북으로 향했다. 게시판을 열고 비밀번호를 쳤다. 모니터 구석에 메일 수신함 아이콘이 깜박거렸다. 미즈키의 가슴도 거기에 맞춰 쿵쿵 뛰었다. 어차피 답장 같은 건 오지 않을 거라고 포기하고 있었으면서, 그래도 응답을 기대하지 않을 수 없었다.

미즈키는 메일을 열고, 마음을 진정하며 천천히 읽기 시작했다.

> 메일 감사합니다.

> 다들 당장 만나고 싶다, 헵번을 닮았냐 등등

> 장난 메일뿐이어서 전혀 답장이 내키지 않았답니다.

> 그런데 당신의 메일에서만 진지함을 느꼈습니다.

> (인터넷에서 얼굴을 보고 말하는 것도 아닌데 진지하다고
  하니 이상하지만)

> 저는 사정이 있어서 바깥을 자유롭게 돌아다니지 못한
  답니다.

> 나간다고 해도 시간이 아주 한정되어 있죠.

> 늘 생각하지만, 창밖으로 보는 여름의 도쿄는

> 로마에 지지 않을 만큼 멋진 거리 같습니다.

> 그 거리를 누군가와 함께 걷고, 소프트아이스크림을
  먹고,

> 머리를 예쁘게 세팅하고 싶기도 합니다.

> (여유 있게 머리를 자를 시간도 없고, 스미다 강을 헤엄치는
  건 무리지만)

> 앞으로 몇 번 더 메일을 주고받으며 서로를 알아가지
  않겠습니까?

> 저는 스물한 살, 영문과 대학생, 이름은 아이미 유키.

> 오드리 헵번만큼 날씬하지도 않고, 별로 닮지 않았을지
  도 모릅니다.

> 그러나 자기가 오드리 헵번과 쏙 닮았다고 하는 여자와

> 메일 교환을 하는 것도 좀 웃기겠죠.

미즈키는 메일을 몇 번이나 읽고 또 읽었다. 말투가 성숙하다.
스물한 살보다 훨씬 연상의 여성 같았다. 책 읽고 글쓰기를 좋아
하는 스물한 살일지도 모른다. 어느 쪽이든 미즈키가 느낀 호의
에는 변함이 없었다.

 그날 밤은 두근두근 진정되지 않는 기분으로 저녁을 먹고, 평
소보다 꼼꼼하게 목욕을 한 뒤, 빨아 놓은 잠옷을 입고 책상 앞
에 앉았다. 미즈키는 한참 망설인 끝에 단어를 하나하나 확인하
듯이 입력해 나갔다.

> 메일 잘 받았습니다.

> 어떤 사정인지는 모르겠지만,

> 자신이 사는 도시를 자유롭게 다니지 못하는 것은 외로
운 일이죠.

> 저는 뜨거운 도쿄 하늘 아래를 매일 걸어 다니고 있습
니다.

> 건축은 힘든 육체노동입니다.

> 괜찮다면 친구에게 2인승 스쿠터를 빌려 놓겠습니다.

> 『로마의 휴일』에서와 같은 이탈리아제 베스파입니다.

> 영화처럼 헬멧을 쓰지 않는 건 무리겠지만,

> 바람을 맞으며 도쿄를 달릴 수 있을 겁니다.

> 왠지 언젠가 유키 씨를 만날 수 있다고 생각하는 것만
으로,

> 재미없는 일도 열심히 할 마음이 드는군요.

> 남자란 참 단순하죠.

> 그레고리 펙도 그랬으려나요(분명 그랬을 거로 생각함).

미즈키는 거기서 두 번째 메일을 마쳤다. 조금 부족한 기분이
들었다. 쓰고 싶은 것, 전하고 싶은 것이 많았지만, 초조해한다
고 될 일이 아니다. 미즈키도 자기 얘기만 하는 남자는 밉상 취

급한다는 걸 알 나이가 되었다.

그날 밤 메일을 보내고, 평소보다 일찌감치 잠자리에 들었다. 어둠 속에서 본 적 없는 유키를 상상하는 것이 즐거웠고, 그러면 다음 날이 빨리 올 것 같은 기분이 들었다. 미즈키는 어느샌가 새로운 아침을 기대하는 사람이 되었지만, 자신은 그 사실을 깨닫지 못했다. 연애를 하는 거라고도 생각하지 못했다.

나는 그저 무언가를 시작할 때 느끼는 설렘 속에 있을 뿐이다. 미즈키는 단순히 그렇게 생각했다. 새로운 사람을 만나고 본 적 없는 세계가 열린다. 영화의 오프닝 롤 같다. 가슴 설레는 이야기가 지금부터 시작되려 하고 있다. 물론 대책 없는 졸작일 가능성도 있다.

그래도 설렘은 역시 설렘으로, 사랑은 아니지만, 사랑에 아주 가까운 무언가였다.

그때부터 거의 매일, 밤마다 짧다고는 할 수 없는 메일을 주고받는 것이 미즈키의 일상이 되었다. 유키에게서는 다음 날이면 반드시 답장이 와 있었다. 서로의 핵심은 언급하지 않는 소소한 화제가 많았지만, 그래도 미즈키는 만족했다. 내용보다 미즈키를 소중하게 생각해 주는 유키의 마음 씀씀이가 느껴져서 기뻤다.

유키는 키가 165센티미터이고, 아무리 먹어도 살이 찌지 않는 체질이 오드리와 같아서 고민이라고 했다. 헤어스타일은 앞머리가 더 긴 쇼트 보브라고 했다. 미즈키는 무슨 말인지 잘 모르겠지만, 머리칼 끝을 가위로 미끄러지듯이 커트하여 활동하기 편하도록 한 단발이라고 한다. 대학에서 에밀리 브론테를 연구하고 있다. 《폭풍의 언덕》은 와일러 감독의 영화로도 보았다. 담당 교수는 돋보기로 들여다보듯이 단어 하나하나를 분석 검토하기 때문에 좀 지겨웠다. 소설이란 흐름을 타고 줄줄 읽는 것이지, 사법 해부와 다르지 않은가.

2주째에 들어가자 미즈키는 점점 오프라인에서 유키를 만나고 싶다는 희망을 암시하게 되었다. 유키는 처음에는 내켜하지 않았지만, 7월 말에 메일이 십여 통을 넘었을 무렵, 간신히 승낙해 주었다.

두 사람의 첫 데이트는 미즈키가 여름휴가에 들어가는 8월 첫째 주 금요일로 정했다. 장소는 긴자 미쓰코시 백화점의 사자상 앞. 도쿄에 트레비 호수는 없지만, 사자상의 대좌는 같은 대리석으로 만들었으니까, 하는 이유로 유키가 선택한 약속 장소였다. 그곳에서는 친구를 만나는 주부인 듯한 사람밖에 본 적이 없었지만, 미즈키는 유키의 말대로 했다. 그곳이라면 유키의 집에서도 가깝다고 했다. 쓰키지나 니혼바시에 살고 있다면, 어디 사업가 집안의 규수일지도 모르겠다.

미즈키는 낮 동안에 정력적으로 일했다. 유키와 메일을 시작한 뒤로 신기하게 영업 성적도 올라갔다. 일 때문에 여름휴가에 영향이 없도록 해야 한다는 일념으로 필사적으로 손님에게 어필한 것이 먹혔을지도 모른다. 결국, 일이나 사랑이나 그 사람의 전부를 거는 것은 마찬가지니, 기세가 넘칠 때는 굳이 구별해서 생각할 필요가 없는 것 같았다.

데이트 날, 늦잠을 자고 일어난 미즈키는 잠에서 깨자마자, 벌떡 일어나 바깥을 보았다. 맞은편 맨션의 타일 벽이 하얗게 빛났다. 따가운 햇빛이 조각을 하듯 그림자를 새겼다. 하늘은 8월의 진한 파란색이었다.

샤워를 하고 머리도 말리지 않은 채, 슬리퍼를 신고 근처 오픈 테라스 카페에 갔다. 점심 손님이 오기 전에 혼자서 천천히 평소보다 고급스러운 브런치를 먹었다. 러시아워의 지하철에서 흔들리며 매일 꿈꾸던 것을 실현했다. 일하지 않는 여름은 진심으로 멋진 계절이다.

집으로 돌아와서 왁스로 머리를 손질하고, 전날 정해둔 옷을 입었다. 카키색 면바지에 흰색 버튼다운 반소매 셔츠, 넥타이는 좁은 감색 니트 타이로 어딘지 모르게 그레고리 펙이 연기한 신문기자 분위기가 났다.

준비를 마치고 지하 주차장으로 내려갔다. 일본군이 자주 사용한 레몬옐로가 아닌, 진한 황금색 베스파가 미즈키의 주차구역 끝에 서 있었다. 오늘은 차가 아니라 스쿠터다. 선글라스를 끼고 헬멧을 쓰고 예스러운 디자인의 이탈리아제 이륜차를 탔다. 1기통 엔진의 고동을 느끼면서 가파른 콘크리트 언덕을 단숨에 올라간 뒤, 미즈키는 차가운 물속에 뛰어들듯이 8월의 햇빛 속으로 나아갔다.

뜨거운 바람이 이유도 없이 기분 좋았다. 도로에 넓은 폭의 줄무늬를 그리는 빌딩 그림자를 넘어, 평일의 긴자로 향했다. 큰 소리로 뭐라고 소리치고 싶은 기분이었다. 셔츠 등은 바람을 안고 돛대처럼 펄럭였다. 기분 좋은 지금 이 순간만이 진실이고, 영업 성적과 잔업과 월말 정산 같은, 그 밖의 모든 현실이 환상 같았다.

열흘이나 계속되는 여름휴가 첫날, 미즈키는 자유였다. 게다가 유키가 자신을 기다리고 있다. 액셀러레이터를 힘껏 당기며, 미즈키는 노란색 신호가 켜진 사거리를 그냥 달렸다.

약속 시각 정각에 긴자 4초메 모퉁이에 있는 백화점으로 향했다. 횡단보도를 건너면서 출입구를 엿보았다. 키가 큰 아가씨가 사자상에 기대듯이 혼자 서 있었다. 흰색 사브리나 바지에 목둘

레션이 넓은 오렌지색 니트. 야무지고 갸름한 얼굴이었지만, 뺨은 불만스러운 듯이 퉁퉁 부어 있다. 말을 거는 것조차 망설여지는 표정이었다. 흰색 샌들을 신은 발끝으로 뭔가에 화가 난 듯이 바닥을 차고 있었다. 이것이 그 다정한 메일을 십여 통이나 써준 유키란 말인가. 미즈키의 목소리는 저절로 낮아졌다.

" …… 아이미 유키 씨세요?"

그녀가 입술을 반쯤 벌린 채 놀란 표정으로 마주 보았다. 찬찬히 미즈키를 보다가, 잠시 후 "네, 제가 진짜 아이미 유키예요. 구로스 씨죠. 얘기는 들었어요. 오늘은 죄송해요."

그녀가 갑자기 머리를 숙였다. 진짜 유키? 그러면 어딘가에 가짜 유키도 있다는 건가. 지나가는 쇼핑객이 이상하다는 듯이 두 사람을 보고 있다. 미즈키는 당황하며 말했다.

"사과할 필요는 없지만 …… 어떤 사정이 있는지, 그것만 가르쳐 주지 않겠어요? 일단 어디 장소를 바꾸어서 ……."

유키는 마지못한 듯이 끄덕였다. 미즈키의 여름휴가는 첫날부터 파란이 이는 전개였다. 암울한 마음으로 앞장선 미즈키는 2층에 있는 커피숍으로 이동했다.

창밖으로 보이는 긴자 4초메 교차로에는 평일 낮이어서인지 외국인 관광객이 많이 눈에 띄었다. 편하게 반바지에 티셔츠 차림이 대부분이었다. 기구처럼 부푼 몸통에 이쑤시개로 네 번 찌른 거대한 물체가 둥둥 제브러 존을 건너왔다. 미즈키는 창밖으로 시선을 보내고 있는 유키에게 말을 걸었다. 메일을 교환했던 상대가 아니란 걸 알자, 맥이 풀려서 목소리에 힘도 들어가지 않았다.

"어, 그러니까, 당신이 진짜 유키 씨라면 내가 메일을 보냈던 상대는 누구인가요?"

유키는 눈을 치뜨고 말했다.

"화내지 않을 거예요?"

나는 이런 곳에서 뭘 하는 것일까. 미즈키는 말없이 끄덕였다. 유키는 레모네이드를 한 모금 마시고 말했다.

"노부 씨. 제 할머니예요."

미즈키는 자신도 모르게 묻고 있었다.

"몇 살인가요, 그 사람."

"일흔두 살. 이 근처 요양원에 있어요. 노부 할머니는 컴퓨터로 남자들하고 메일을 주고받는 게 취미예요. 이따금 내 이름으로 하기도 하고. 벌써 몇십 년 전에 할아버지가 돌아가셔서 그게 유일한 즐거움이래요."

아이미 노부(72세)라고 게시판에 걸려 있었더라면, 과연 자신은 메일을 보냈을까. 인터넷에서는 나이가 결정적인 벽이 될 때가 있다. 눈앞에 앉아 있는 스물한 살의 여성을 보았다. 탱탱한 목덜미와 쭉 뻗은 두 팔에 젊음 그 자체가 빛나는 것 같았다. 예쁘고 더할 나위 없는 아가씨였지만, 그녀에게는 미즈키의 메일 상대가 보여준 다정한 배려는 느낄 수 없다.

"노부 할머니가 그랬어요. 평소 같으면 만나자고 하면 거기서 메일을 끊었을 텐데, 이번에는 그러는 것이 아깝다고. 그래서 제가 대역 아르바이트를 부탁받은 거예요. 마지막까지 거짓말을 해도 됐겠지만, 구로스 씨가 좋은 사람 같아서 속이기 싫었어요."

"그랬군요 …… 당신이 영문과 학생인 건 진짜인가요?"

"네, 그건 진짜."

유키는 당당하게 말했다.

"에밀리 브론테 연구는?"

"그것도 진짜."

"그럼 그녀, 그러니까 노부 씨가 자유롭게 거리를 걸어 다니지 못하는 건 진짜인가요?"

유키는 눈썹을 찡그렸다. 미즈키는 여성의 눈썹 유행이 다시 굵게 바뀌었나 보다고 생각했다.

"평소에는 거의 침대에 누워 계세요. 휠체어로 외출할 때도 있지만, 한 시간만 지나면 피곤해지시는 것 같아요."

"그렇군요 ……."

여름의 도쿄는 로마에 지지 않을 만큼 멋있는 거리라고 하던 메일의 한 문장이 생각났다. 나는 대체 무엇을 기대하고 여기까지 온 걸까. 그것은 간단한 연애도 가벼운 섹스도 아니었을 것이다. 뭔가 지금까지의 자신이 모르는 이야기를 발견하러, 여름휴가 첫날을 쓰기로 한 게 아니었을까. 그녀는 이 시간에도 손녀딸과 자신의 메일 친구가 어떤 시간을 보내고 있을지, 침대에 누워서 궁금해하고 있을 터다. 유리창 너머에 펼쳐진 여름 거리를 상상하면서 혼자.

미즈키는 얼굴을 들고 앞에 앉은 상대를 바라보았다.

"저기, 유키 씨, 할머니가 계신 곳은 아무 때나 면회를 갈 수 있어요?"

유키는 의아해하는 표정을 지었다. 검지로 관자놀이의 머리칼 끝을 감고 있다. 곤란할 때 무심코 하는 습관 같았다.

"평일에는 오후 다섯 시까지 자유롭게 방문할 수 있지만 ……."

"미안하지만, 노부 씨 계신 곳까지 안내해 주지 않겠어요?"

유키의 목소리가 펄쩍 뛰었다.

"그건 곤란해요. 할머니가 뭐라고 할지."

"책임은 내가 질게요. 노부 씨가 기분 나빠하면 내가 사과할

게요."

미즈키는 계산서를 들고 일어나, 바로 계산대로 갔다. 유키는 화장품과 휴대전화를 컬러풀하게 집어넣은 투명한 비닐 백을 들고 쫓아 나왔다.

미즈키와 유키가 탄 스쿠터는 밀리는 도로의 자동차 사이를 물고기처럼 빠져나갔다. 아스팔트에 반사되는 빛은 거울 위를 달리는 것처럼 눈부시고 뜨거웠지만, 지나가는 바람이 바로 열을 앗아가 주었다. 미즈키의 허리에 팔을 두른 유키가 소리쳤다.

"노부 할머니를 만나서 어쩌려고요?"

미즈키도 바람에 지지 않도록 소리쳤다.

"제대로 얘기를 하려고요. 그리고 ……."

"그리고 뭐요?"

"앞으로도 메일 친구를 해달라고 말할 겁니다."

순간 등 뒤의 유키가 숨을 삼키고 몸이 굳어지는 걸 느꼈다. 신호를 기다리느라 스쿠터가 서자, 유키가 말했다.

"구로스 씨는 특이하네요. 그렇지만 노부 할머니가 놓치고 싶어 하지 않는 마음을 알겠어요."

노란 스쿠터는 가치도키바시 바로 앞 사거리에서 좌회전하여, 쓰쿠지 뒷골목으로 달렸다. 올려다보니 세로카 가든의 트윈타

워가 포개진 채 하늘을 가리키고 있었다. 그 앞의 키가 작은 쪽 건물에 노부가 있는 양로원이 있다고 했다. 전문 의료체계가 완벽하게 갖춰진 고급 시설 같았다. 미즈키는 작은 수로가 흐르는 보도 끝에 스쿠터를 세우고, 빌딩 뒤쪽에 있는 요양원 현관으로 향했다.

석재 홀에서 유키는 익숙한 모습으로 엘리베이터를 탔다. 한 개밖에 없는 버튼을 눌렀다. 소리는 나지 않지만, 아주 빠른 속도로 올라가고 있는 게 느껴졌다. 미즈키는 조용한 음악이 흐르는 상자 속에서 두 번 숨을 삼켰다.

문이 열리자 햇살이 넘치는 홀이 나왔다. 밝은 베이지색 카펫에 구두 바닥이 스며들었다. 멀리 시티호텔 같은 프런트가 있고, 제복 차림의 직원 두 사람이 나란히 등을 곧게 펴고 똑같은 미소를 짓고 있었다. 곳곳에 수입 응접세트가 놓여 있었다. 미즈키는 뒤를 돌아보았다. 유리 벽 너머로 느릿하게 흐르는 스미다 강과 많은 배가 정박해 있는 쓰쿠지 중앙도매시장의 갑판이 눈부시게 펼쳐져 있었다. 유키는 프런트에 한쪽 팔을 짚고 말했다.

"노부 할머니, 지금 깨어 계실까요?"

머리칼을 뒤로 단정하게 묶은 이십 대 후반의 담당자가 웃는 얼굴로 대답했다. 너무 바싹 당겨서 눈이 치켜 뜬 것처럼 보였다.

"어서 오세요, 유키 씨. 노부 할머니는 방에서 쉬고 계십니다.

이 시간에는 깨어 있으십니다만, 확인해 볼까요?"

머리를 바싹 묶은 프런트 직원이 전화에 손을 뻗치자 유키가 황급히 말렸다.

"아니에요. 할머니를 놀라게 하고 싶으니까, 그냥 불쑥 찾아가 볼게요."

알겠다는 미소를 지으며 담당자가 흘끗 미즈키를 보았다.

"이쪽 손님은?"

유키가 돌아보며 빙그레 웃었다.

"할머니 남자 친구."

"그러시군요. 방문을 마치신 뒤여도 괜찮으니, 입실표에 이름만 적어 주세요."

알겠다고 하고 유키는 홀 안쪽의 통로로 걸어갔다. 이번에는 미즈키가 부랴부랴 쫓아갈 차례였다.

음악이 낮게 흐르는 실내 복도를 잠시 걸어가다, 유키가 한 곳의 문을 노크했다. 왼쪽에는 같은 문이 십여 미터 앞까지 일정 간격으로 나란히 있었다.

"네, 누구세요."

인터폰으로 건조한 목소리가 돌아왔다. 유키의 촉촉한 목소리와는 대조적이어서 각오하고 있던 미즈키도 가벼운 충격을 받왔다.

"나, 유키. 저기, 구로스 씨랑 같이 왔어. 꼭 할머니를 만나서 얘길 하고 싶다고 해서."

"저런 …… 잠깐만 기다리렴."

스피커에서 천이 부스럭거리는 소리며 종이를 포개는 소리가 났다. 잠시 후에 아까의 목소리가 다시 들려 왔다.

"자, 들어오세요."

유키가 귓가에 속삭였다.

"난 로비에서 기다릴 테니 할머니 만나고 오세요."

유키가 버튼다운 셔츠를 입은 어깨를 가볍게 툭툭 쳤다.

"천천히 얘기하고 와도 돼요."

그렇게 말하고 돌아보지도 않고 복도를 되돌아 나갔다. 노부는 체형도 유키를 모델로 한 것 같았다. 쓴웃음을 지으면서 오드리처럼 살이 없는 등을 지켜보았다. 천천히 문을 밀고, 실내에 발을 들이밀었다. 미즈키는 정중히 인사를 하고 말했다.

"실례합니다."

어두컴컴한 방이었다. 방 한복판에 하얀 파이프 프레임의 환자용 침대가 있고, 그곳에 노부가 상반신을 일으키고 있었다. 일흔두 살이라는 나이보다 젊게 느껴졌지만, 그래도 미즈키보다 훨씬 연상이란 것은 틀림없었다. 침대 뒤에는 허리 높이의 창이 있었지만, 몇 센티미터를 남기고 롤 스크린을 쳐놓아서 햇빛이 가려졌다. 침대의 발치만 희미하게 밝고, 노부의 얼굴은 역광 속에 있었다. 옆에는 침대 프레임과 같은 제품인 사이드 테이블이 있고, 그 위에 노트북이 파란빛을 내고 있었다.

하얀 파자마 위에 카디건을 걸친 노부가 말했다.

"이런 할망구여서 미안해요. 앉아요."

침대 왼쪽 옆에는 나지막한 러브소파가 있었다. 미즈키는 살짝 걸터앉았다.

"아닙니다. 저야말로 무리하게 찾아와서 죄송합니다. 유키 씨를 야단치지 말아주세요. 노부 씨 이야기를 듣고는 만나 뵙고 싶어서."

"그렇지만 어째서 …… 유키는 내 손녀지만, 아주 귀여운 아이예요. 나 같은 할망구를 만나는 것보다 그 아이와 데이트하는 편이 훨씬 즐거울 텐데."

노부는 외면하듯이 침대 반대쪽을 보고 있었다.

"그 메일을 읽지 않았더라면 그랬을지도 모릅니다. 유키 씨는 저한테 아까울 정도이고. 그렇지만 노부 씨는 전혀 열등감을 느낄 필요 없습니다. 저도 거짓말을 했답니다."

노부가 처음으로 미즈키를 똑바로 보았다. 미즈키는 시선을 떨어뜨린 채 말을 이었다.

"키도 180이 채 안 되고, 유망한 건축가는커녕 시시한 주택업체 영업사원입니다. 제가 뛰어다니고 있는 현장은 제 작품이 아니라, 규격품으로 만들어진 조립주택이죠."

노부가 웃는 것 같았다.

"그렇군요. 그렇지만 나처럼 반세기 이상의 나이를 속인 것과는 질이 달라요. 미즈키 씨는 훌륭해요."

미즈키는 눈을 들어 노부를 자세히 보았다. 눈 주위에는 깊은 주름이 있지만, 눈동자는 세월의 영향을 벗어난 것 같았다. 생기 있고 촉촉하여 미즈키의 눈에 빛을 반사했다.

"그렇지만 우리의 거짓말은 그것으로 돈을 벌거나, 누군가를 조롱하려는 거짓말이 아니었습니다. 얼굴이 보이지 않는 인터넷 세계에서라면 허락할 수 있는 범위의 거짓말이 아닌가요? 유키 씨에게 들었을 때는 놀랐지만, 지금은 노부 씨를 만나길 잘했다고 생각합니다."

"고마워요. 오래 살다 보니 재미있는 일도 다 생기네요. 이런 장난감도 옛날 같으면 생각지도 못했던 것이고."

노부는 시선만으로 노트북을 가리키며 장난스럽게 웃었다. 미즈키도 편안하게 소파 등에 몸을 기댔다.

"노부 씨는 어디서 『로마의 휴일』을 처음 보셨어요?"

"그러게요, 패전한 뒤 팔 년인가 구 년인가 지나서 히비야의 영화관에, 지금은 세상을 떠난 바깥양반하고 보러 갔을걸요. 다른 남자였나."

미즈키는 소리 내어 웃었다.

"인기가 많으셨군요."

"그야 그렇죠. 스물너덧 살이면 사연이 많을 나이잖아요."

"그 스쿠터 이야기 기억하세요? 오늘은 노란색 베스파를 타고 왔는데, 괜찮으시면 나중에 같이 긴자를 한 바퀴 돌지 않으실래요?"

노부는 카디건 자락을 여미며, 생각에 잠긴 얼굴이 되었다.

"긴자도 많이 변했겠죠. 참 즐거울 것 같지만, 사양할게요. 나이를 먹으면요, 머릿속으로도 산책할 수 있게 돼요. 추억 속의 거리를 마음껏, 좋아하는 사람과 걸을 수 있어요. 내가 좋아한 긴자는 이제 없어져 버려서, 요즘 시대나 거리의 모습에 미련은 없답니다."

"그러시군요, 좀 아쉽네요 …… 저기, 앞으로도 메일 보내도 될까요?"

노부는 수줍은 표정을 지었다.

"네, 얼마든지. 나도 부탁이 있어요. 오늘 저녁, 내 마음속 추억의 긴자에서 미즈키 씨와 함께 산책해도 될까요?"

"그런 거라면 언제든지요. 얼마든지 같이 걸어 주세요. 노부 씨 머릿속의 긴자는 언제 때의 긴자일까요?"

"1940년대 중반부터 1950년대 중반 정도?"

"제가 태어나기 한참 전인 옛날이군요."

"그렇겠네요. 자신이 태어나기 전부터 세계가 계속되고 있었다니, 참 신기하죠. 죽음의 순간이 올 때까지 나는 살아 있겠지만, 내가 죽고 난 뒤에도 세계는 계속된다니 묘한 느낌이 들어요. 자, 미즈키 씨, 이제 유키한테 가 봐요."

노부의 안색이 피곤해 보였다. 미즈키는 소파에서 일어섰다.

"알겠습니다. 그럼 ……."

"잠깐만, 마지막으로 손 한 번 주지 않겠어요?"

미즈키는 소파에 다시 앉아, 오른손을 내밀었다.

"이렇게요?"

노부는 미즈키의 큰 손을 양쪽 손바닥으로 감싸듯이 잡았다. 잠시 눈을 감고 있다가, 미즈키를 보며 웃어 주었다.

"정말 고마워요. 내가 이 손을 추억 속의 긴자에서 어떤 식으로 사용할지 알면 분명 당신은 놀라겠죠."

미즈키는 자기도 모르게 웃었다.

"나쁜 건가요?"

"그러게요. 나쁘면서 좋은 것. 나이를 먹는다고 더 깨닫는 것도 없어요."

미즈키는 일어서서 어두컴컴한 방을 가로질렀다. 마지막에 문을 닫을 때, 침대에서 상반신을 일으키고 있는 그녀를 보았다. 어렴풋한 빛이 통과하는 롤 스크린을 등진 노부의 얼굴에는 아무런 감정도 서려 있지 않았다. 영화가 끝날 무렵, 기자회견 장면에서 오드리 헵번이 보여준 표정이 떠올랐다. 로마의 인상을 묻자, 주위 기자들이 눈치채지 못하도록, 잊을 수 없는 거리였다고 그레고리 펙에게 의연하게 대답하던 그 얼굴. 포기와 동경과 무언가 소중한 것을 얻었다고 하는 기쁨이 녹아서, 한마디 말로는 표현할 수 없는 묘한 여유가 있는 표정이었다.

그대로 조용히 문을 닫고 나와서 미즈키는 로비로 돌아갔다. 아직 여름휴가 첫날은 반밖에 지나지 않았지만, 파도 하나를 넘은 기분이 들었다. 소파에서 지루하게 다리를 꼬고 있던 유키가 크게 손을 흔들며 맞아 주었다.

"우리 할머니, 어땠어요?"

미즈키는 웃음을 건넸다.

"좋았어요."

"설마 이상한 짓 한 건 아니겠죠?"

"했을지도 모르고, 안 했을지도 모르죠. 자세한 건 노부 씨한테 물어봐요."

유키는 또 관자놀이의 머리칼 끝을 검지로 돌돌 말았다.

"흐음, 역시 구로스 씨는 독특한 사람."

"피곤하신 것 같던데, 가서 좀 봐 드리지 않겠어요? 난 그만 돌아갈 테니."

"알겠어요."

미즈키는 일어서서 창 너머로 빛나는 여름의 도쿄를 향해 넓은 로비를 걸어갔다.

그날 오후, 미즈키는 혼자 어슬렁어슬렁 긴자를 걸으며 시간을 보냈다. 5초메의 아사히야 서점에서 1950년대의 긴자 사진집을 사 들고는 아무도 없는 밝은 비어가든에서 사진집을 보며 생맥주 한 잔을 비웠다. 해가 지기에는 아직 시간이 좀 남은 오후 여섯 시가 지나서야, 노란 스쿠터를 타고 집으로 돌아왔다.

샤워로 땀을 씻어내자, 얇은 피부를 한 겹 벗겨낸 듯이 신선한 기분이 들었다. 오늘 오후에는 3일 연속으로 기온이 35도를 넘었다고 FM 라디오에서 전했다. 미즈키는 티셔츠 하나만 입고 책상에 앉아 노트북을 켰다.

수신함에 메일이 두 통 있다고 아이콘이 깜박거렸다. 미즈키는 첫 번째 메일을 열었다.

> 오늘은 정말 고마웠어요.

> 처음에는 깜짝 놀랐지만, 역시 만나서 무척 기뻤답니다.

> 이 나이(이제 나이를 숨길 필요가 없어졌군요)가 되면,

> 스쿠터 뒤에 태워주겠다는 제안 같은 건

> 받지 못하는데, 아주 귀한 경험이었습니다.

> 마지막으로 잡은 미즈키 씨의 손은,

> 내 생애 다섯 손가락에 드는 멋진 손이었어요.

> (나는 남자의 손을 좋아합니다. 손은 얼굴보다 더 남성의 본

  질을 이야기하죠.)

> 유키가 끈질기게 물었습니다만, 나는 웃음으로 얼버무

  렸습니다.

> 미즈키 씨도 비밀로 해 두세요.

> 그럼 또. 오늘 밤은 당신의 손을 생각하면서 자겠습니다.

노부에게서 온 메일이었다. 미즈키는 미소를 지으며 두 번째
메일을 열었다. 분명 노부의 추신일 것이다. 그러나 넓디넓은 창
에는 딱 한 줄짜리 글만 달랑 있었다.

> 나와 『프리티 우먼』을 하지 않겠습니까? 진짜 유키

미즈키는 혼자 있는 방에서 이번에는 소리 내어 웃었다. 생각해 보니 재미있는 손녀와 할머니다. 유키는 일흔두 살의 노부에게 경쟁심을 불태우는 걸까. 아니면 유키와 노부가 독특한 사람이고, 유키의 말대로 자신도 독특한 사람이어서 독특한 사람끼리 동족 의식에 서로 이끌린 것뿐일지도 모른다. 가만히 있을 수 없어서 벌떡 일어나 좁은 방을 몇 번이나 왔다 갔다 했다.

미즈키는 냉장고에서 캔 맥주를 한 개 꺼내 왔다. 답장을 쓰기 위해 액정 화면에 하얀 창을 띄웠다.

하트리스

'의학적으로는 건강한 커플 사이에 3개월 이상 성관계가 없는 상태를 섹스리스라고 한다.'

오노데라 레이코는 읽고 있던 여성지에서 눈을 들어 전철의 어두운 창에 비친 자신을 바라보았다. 나이는 스물여덟 살. 눈가에 잔주름이 도드라지는 것 같은 느낌이 들긴 해도 충분히 건강하고, 결혼은 하지 않았지만 같이 사는 애인도 있다. 흰빛이 도는 재색 스웨트 파카에 부츠컷 청바지 차림은 섹시한 편은 아니어도 170센티미터의 키와 긴 다리는 자랑스러웠다. 남들에게 말은 하지 않았지만, 날씬한 몸에 비해 큰 가슴도 점수가 높을 것이다. 이십 대 후반에도 싱싱한 탄력과 높이를 유지하며, 알파벳으로 네 번째 컵을 딱 맞게 유지하고 있다.

그런 자신이 섹스리스라니.

레이코는 동거남인 엔도 유타카의 얼굴을 떠올리며 속으로 달력을 넘겼다. 마지막에 유타카와 한 것은 둘이서 산켄차야의 클럽에 갔던 날이다. 그것은 아직 장마가 끝나기 전이었다. 돌아오는 길에 매미도 울지 않았다. 나는 스물여덟 번째의 여름을 아무 하고도 섹스하지 못하고 보내 버렸다. 요즘 통 섹스를 한 적이 없네, 라는 생각은 하고 있었지만, 막상 깨닫고 보니 충격이 컸다. 여름은 이미 옛날에 끝났다.

　레이코는 하마터면 요요기 역을 지나칠 뻔했다. 근무지는 신주쿠 역 남쪽 출구에 있는 거대한 스포츠용품 가게다. 집인 요요기까지 야마노테 선으로 겨우 한 역이다. 평소 같으면 창밖에 흘러가는 빌딩가를 멍하니 바라보다 내리지만, 그날은 여성지 기사에 푹 빠져 버렸다. 요요기 역 플랫폼에 내린 뒤에도 벤치에 앉아 계속 읽었다. 두 번째 전철이 지나간 뒤에야 레이코는 차가운 형광등 불빛 아래, 벌떡 일어났다.

　결정했다. 오늘 밤, 유타와 섹스를 하자. 누가 뭐라고 해도, 아니, 유타가 뭐라고 해도 절대로 하자. 그럴 마음이 없다고 하면, 내가 먼저 덮쳐 버리자. 레이코는 둥글게 만 잡지를 야만스러운 무기처럼 휘두르면서 개찰구로 이어지는 어두운 계단을 빠른 걸음으로 내려갔다.

　역에서 걸어서 육 분이면 도착하는 맨션은 레이코와 유타가 월세를 반씩 내고 얻은 투룸이었다. 지은 지 이십 년이 넘는 오래된 건물이어서 싱크대나 인터폰 같은 시설은 구식이었다. 그러나 그만큼 시세보다 월세가 싸고, 천장도 높고 주거 공간이 여유롭다. 조금씩 개조하는 것도 집주인이 너그럽게 봐주었다.

최근 몇 년, 요요기에 급증한 카페의 인테리어를 참고하여 실내는 흰색 바탕으로 통일했다. 곳곳에 빨간색과 초록색으로 포인트를 주었다. 둘이서 중고 가구점을 돌아다니며 임스, 야콥센, 베르토이아 등 디자인이 다른 의자를 한 개씩 사 모았다. 좋아하는 의자들이 제각각의 생김새로 묘한 조화를 이루며 거실에 나란히 있다.

한쪽 벽은 40센티미터짜리 하얀색 공간 박스로 메워져 있다. 유타의 일과 관련된 화집이나 취미인 앤티크 장난감, 레이코의 학생 시절 농구 트로피와 메달, 거기에 두 사람의 사진을 넣은 액자를 여유롭게 장식해 놓았다. 액자는 요즘 귀여운 디자인이 많아서 잡화점을 들여다볼 때마다 새로운 것을 사지 않을 수 없었다.

레이코는 냉동실에서 팩에 담아 얼려 둔 밥을 꺼내 전자레인지에 넣었다. 어젯밤 먹다 남은 베트남식 쌀국수 샐러드 랩을 벗겨서 단풍나무 재질의 식탁에 올렸다. 이 식탁은 레이코가 고른 것으로, 날씬한 북유럽풍 다리가 마음에 들었다. 유타도 레이코의 다리를 닮았다고 말해 주었다. 그날 저녁 식사 준비로 한 것이라곤 밀크 팬에 물을 받아 가스레인지에 올린 게 전부였다. 미네스트로네 즉석식품을 데우기 위해서였다.

유타가 아직 돌아오지 않았다는 것은 현관 열쇠를 여는 순간 알았다. 현관 공기가 고요하고 서늘했기 때문이다. 디자인업계는 잔업이 많고 일이 빡빡하다. 큰 광고회사는 물론 중소 제작 프로덕션은 월급도 많다고 할 수 없다. 겉은 화려하지만, 기본적으로는 현장 스태프의 무리한 고생으로 돌아가고 있는 낡은 업계다.

텔레비전은 켜지 않고 CD플레이어로 조용한 피아노 3중주를 틀어 놓고 저녁 식사를 했다. 유타는 재즈나 록 음반 모으는 것을 좋아해서 어쩌다 집에 있는 휴일에도 신주쿠나 오차노미즈의 중고 음반점에 가는 일이 많았다. 레이코는 기계치여서 아날로그 플레이어를 만질 엄두가 나지 않았다. 하지만 유타의 영향으로 레이코의 컬렉션에도 버드 파웰이나 빌 에번스 CD가 열 장 단위로 나란히 있다. 레이코는 다른 것으로는 그렇지 않은데, 음악만은 사귀는 남자에 따라 취향이 바뀌는 경향이 있다.

세련된 인테리어에 둘러싸여 세련된 음악을 들으면서 먹어도 밥은 밥이었다. 혼자 먹으면 맛에 점점 무관심해진다. 게다가 해동이 덜 돼서 밥그릇 아래쪽에는 여전히 차가운 채였다. 남은 미네스트로네를 부어서 억지로 긁어 먹었다.

한바탕 일을 치른 기분으로 레이코는 벽시계를 올려다보았다. 크리스털 시계의 작동 부품만 사다가 유타가 직접 그린 캔버스에 박아 만든 수제 벽걸이 시계였다. 모델은 레이코이고, 그림 터치는 앙리 마티스의 대중적인 누드화와 비슷했다. 처음 사귈 무렵에는 그렇게 정열적인 데도 있었다. 쌀쌀한 초봄의 일요일 오후, 유타는 간단한 디자인을 하는 동안 레이코를 두 번이나 원했다.

그런데 지금은 섹스리스라니.

유타는 보통 열한 시에서 열두 시 사이에 돌아올 때가 많았다. 아직 족히 두 시간은 남았다. 「My Foolish Heart」 한 곡이 흐를 시간에 얼른 뒷정리를 마치고, 레이코는 욕실로 이동했다. 평소 같으면 날씨가 따뜻한 날에는 샤워로 끝낼 때가 많지만, 그날 밤에는 욕조에 몸을 담그기로 했다.

세면대로 가서 입술이 말랐나 확인하고, 가슴을 젖히며 거울을 향해 미소 지었다. 나쁘지 않았다. 이래 봬도 도쿄에 막 상경했던 이십 대 초반에는 모델이 되지 않겠느냐는 제의도 곧잘 받았다. 실제로 아르바이트로 몇 번 프로 카메라맨과 촬영을 한 적도 있었다.

레이코는 거울이 붙은 선반 문을 열고 안을 확인했다. 향이 너무 강해서 그냥 넣어둔 보디숍의 비누가 있었다. 친구에게 받은 것인데 상당히 강한 머스크 향이었다. 레이코는 냄새를 한번 맡아 본 뒤 끄덕이고, 욕실 비눗갑의 늘 사용하는 무향료 비누 옆에 나란히 두었다.

욕조 물을 받을 동안 전동 칫솔로 꼼꼼하게 칫솔질을 했다. 평소라면 사용하지 않을 가글액으로 마무리 헹굼까지 했다. 욕조에서는 몸 세세한 부분을 일일이 확인하면서 손가락등과 손바닥을 사용하여 하루의 지저분함을 씻어냈다. 얇은 껍질을 부드럽게 녹여서 아기 피부처럼 만드는 것이다.

머리는 거품을 내어 꼼꼼하게 두 번 감고, 트리트먼트를 듬뿍 사용했다. 마지막에 욕조에 들어갈 때는 에센스 팩을 얼굴에 올려 보았다. 땀도 흘리고 있으니, 촉촉함과 얼굴을 작게 만드는 효과 둘 다 기대할 수 있을지도 모른다.

욕실에서 나와 평소처럼 스킨케어를 마칠 때까지는 좋았다. 괜히 즐거워서 혼자 들떠 있었다. 하지만 무엇을 입고 유타를 기다릴지 생각하는 단계가 되자, 레이코는 당황스러웠다. 세상의 남자들은 어떤 차림을 좋아할까. 어떤 옷으로 연인을 맞아 주면 기뻐할까. 게다가 오늘 밤은 귀엽기만 해서는 안 된다. 가능하면 처음 사귈 무렵처럼 숨을 삼키며 이제는 참을 수 없다는 듯이 눈을 뜨게 만들어야 한다.

레이코의 머리에 제일 먼저 떠오른 것은 유감스럽지만 세일러복이나 검은 가죽의 본디지 패션이었다. 잡지 같은 데서 수없이 보아온 이미지는 강력했다. 둘 다 레이코의 옷장에는 존재하지 않는 의상이다. 애초에 평범한 여자가 그런 걸 갖고 있을 리 없다.

한참 고민하던 레이코가 내린 결론은 평범한 것이었다. 누구나 학습하는 것은 과거의 성공 사례다. 레이코의 경우, 그것은 작년 크리스마스이브였다. 보너스가 예상보다 괜찮았던 탓도 있어서 아오야마의 수입 란제리 가게에서 빨간 레이스 속옷을 위아래 세트로 샀다. 레이스 부분은 조젯처럼 얇고, 미니 장미 무늬가 유두 부분을 가렸다. 팬티는 음모를 과시하기라도 하듯이 거의 전면이 레이스이고, 가랑이 부분이 좁았다. 유럽 여성은 감추면서 보여주는 걸 잘하는구나, 하고 여자인 레이코가 감탄할 정도의 란제리였다.

여직원에게 다리가 길다는 칭찬을 들은 레이코는 우쭐해져서 같은 브랜드의 가터벨트와 장미 무늬 스타킹을 샀다. 결과는 대성공. 이브 날 유타는 몹시 기뻐했다. 팬티만 벗고, 나머지 속옷을 입은 채 한 것은 그때가 처음이었다. 아주 멋진 이브였다.

레이코는 깨지는 물건이라도 다루듯이 신중하게 브래지어와 팬티를 입었다. 발톱이 길지 않았는지 확인한 뒤, 발레리나처럼 발끝을 쭉 펴고 얼른 스타킹을 신었다. 조금 설레면서 거실의 전신 거울 앞에 속옷 차림으로 서 보았다. 조명은 방구석에 있는 고풍스러운 목제 스탠드만 켜 두었다. 허리에 손을 대고 입술을 뾰족 내밀어 보았다. 허리뼈가 좀 덜 튀어나왔으면 좋았을 텐데. 방긋이 웃는 연습을 하다, 무언가 부족한 기분이 들어서 침실 화장대에서 루주를 갖고 왔다.

파운데이션이나 눈 화장은 귀찮지만, 입술만이라면 괜찮다. 윗입술도 아랫입술도 평소보다 1.5밀리미터 정도 더 크게 칠해 보았다. 머리칼을 쓸어 올리고, 거울을 보았다. 여기에 실크 가운이라도 있으면 완벽하겠지만, 그것은 다음 보너스 때 사도록 하자. 레이코는 전투 준비에 완전히 만족하고, 평소 입는 면 목욕 가운을 입었다. 모자가 달린 아무것도 없는 베이지색 가운인데, 좀 낡긴 했지만 피부에 닿는 느낌은 최고여서 좋아하는 옷이다.

가을밤의 기나긴 대기 시간이 시작되었다. 하는 수 없이 텔레비전을 켜고, 지겨울 정도로 리모컨을 눌러댔다. 드라마도 예능 프로그램도 왜 이렇게 보는 사람의 수준을 낮게 잡아서 만드는 걸까. 아주 긴 시간이 지난 기분이 들어 시계를 보니 아직 이십 분밖에 지나지 않았다. 움직임이 느린 긴 바늘 옆에는 레이코를 닮은 날씬한 허리의 여자가 누워 있었다. 처음에는 애가 탔던 레이코였지만, 자정이 지나자 뭔가 슬퍼졌다. 참을 수가 없어서 드디어 유타의 휴대전화 단축번호를 눌렀다. 사실은 평소처럼 자연스럽게 맞이하며 깜짝 놀라게 하고 싶었는데. 전화 너머에 들리는 유타의 목소리는 어두웠다.

"잠깐만, 나가서 받을게."

유타는 전화를 들고 발코니로 나가는 것 같았다. 도로에서 나는 소리가 배경으로 깔렸다.

"미치겠어. 어제 프레젠테이션 결과가 나왔는데 전면 수정해야 해. 회의를 시작한 게 밤 열한 시였어."

그 일 이야기라면 들어서 알고 있다. 가정용 세제 광고 작업으로, 샤워 후 옷만 갈아입고 나가는 아침 귀가가 사흘째 계속되고 있었다. 평소 같으면 프레젠테이션이 끝난 뒤에는 일찍 돌아올 때가 많은데. 레이코의 목소리까지 가라앉았다.

"그럼 오늘은 못 오겠네?"

"응, 미안. 오늘 밤에 무슨 일 있어?"

레이코는 크게 숨을 들이마셨다가 천천히 토했다.

"아무 일도 없어. 그럼, 열심히 해."

전화를 끊었다. 느릿느릿 루주를 지운 뒤, 란제리를 벗었다. 늘 입던 티셔츠와 반바지로 돌아갔다. 자신이 불쌍해서 울고 싶은 기분이었지만, 화가 나서 냉장고에서 베이글을 꺼내 탄 색이 날

때까지 바싹 구웠다. 크림치즈와 라즈베리 잼을 손가락 끝에 묻을 정도로 잔뜩 발라서 먹었다. 금지된 간식의 맛은 최고였다. 평소 같으면 레이코는 저녁 식사 후에 무언가를 먹는 일이 없다. 전문 분야인 체육학으로 말하자면, 이십 대 후반에는 기초대사가 상당히 떨어진다. 슬슬 다이어트가 진지한 문제로 부각되는 나이다.

그런데 아무도 안아 주지 않는 몸에 무슨 의미가 있겠는가. 자포자기한 레이코는 하겐다즈 럼 레이즌을 꺼내 와서 침대에 누운 채 심야 방송을 보면서 먹었다. 텔레비전에서 흘러나오는 웃음소리만이 혼자 누운 침대에 울렸다. 이렇게 된 바에는 푸둥푸둥 살도 찌고 당뇨병과 충치와 치주염에 걸려 버리겠어. 레이코는 양치질도 하지 않고 그대로 토라져서 자 버렸다.

다음 날은 최악이었다. 유타는 결국 아침에도 돌아오지 않았고, 레이코는 오랜만에 지병인 요통이 도져 버렸다. 레이코의 직장은 역 앞 복합형 비즈니스 빌딩에 있었다. 아래층은 쇼핑몰이지만, 위쪽은 사무실 동이었다. 9월 말이 되어도 슈트를 입은 남자들에 맞춰서 에어컨을 틀고 있는지 냉방이 심해서, 슈퍼의 정육 코너처럼 추웠다. 스포츠 어드바이저 복장에도 세세한 규정이 있어서 아직 하복을 입어야 했다. 여성 스태프는 자신을 보호

하기 위해 모두 얇은 카디건 등을 걸치고 있지만, 레이코는 그것을 좋아하지 않았다. 스포츠 매장인데 스포티한 인상이 들지 않기 때문이었다. 언제나 두꺼운 티셔츠에 제복인 버튼다운 반소매 셔츠를 겹쳐 입었다. 요통은 차가워진 몸이 뻣뻣해졌을 때, 상자를 들어 올린 탓이다. 고작 테니스화 몇 켤레 들어 있는 상자였다. 그런데 온몸에 전기가 달려 매장 구석에 엉거주춤한 채, 레이코는 이십 분 정도 움직이지 못했다.

이 가게는 스태프가 모두 전직 운동선수라는 것이 특징이었다. 매장 주임은 멀리뛰기로 올림픽 선수 후보까지 됐던 사람이지만, 도움닫기를 하는 다리인 오른쪽 무릎을 다쳐서 은퇴했다. 지금도 장마 때는 쑤신다고 한다. 그런 주임이다 보니 레이코의 요통 재발을 바로 이해하고, 조퇴를 허락해 주었다.

레이코가 택시를 타고 집에 돌아온 것은 오후 두 시가 지나서였다. 뜨거운 샤워로 허리를 마사지한 뒤, 침대에 누웠다. 아이스크림 용기를 던진 쓰레기통에서 바닐라 냄새가 났다. 엎드려서 졸고 있는데, 현관에서 문 여는 소리가 났다.

"어, 레이코, 왔어?"

유타의 목소리가 짧은 복도에서 울려왔다. 침실 문이 열리고, 문에 꽉 차는 유타의 커다란 몸이 방 안을 들여다보았다. 레이코가 사람 이외에 유타를 예로 들 때는 반드시 '곰돌이 푸' 인형을 들었다. 유타의 눈 밑에는 밤샘한 탓에 다크서클이 내려앉아 있다. 유타는 몹시 피곤한 목소리로 레이코에게 말했다.

"어떻게 된 거야, 이 시간에?"

"운이 없었어. 또 허리를 삐끗했어."

유타와 사귀기 시작했던 일 년 반쯤 전에 레이코는 허리가 아팠던 적이 있었다. 그때 유타는 직접 요통 마사지를 배우러 다녔다.

"괜찮아? 잠깐 기다려. 샤워하고 허리 주물러 줄게."

"아냐. 밤샘하고 왔잖아."

"그렇긴 하지만, 기다려 봐."

십 분 뒤 유타가 티셔츠 차림으로 돌아왔다. 목에 수건을 감고 있었다. 마사지는 중노동이다. 유타는 레이코를 옆으로 눕히고 한쪽 허벅지를 가슴에 바짝 붙이고 체중을 실어 허리를 주무르기 시작했다. 눈물이 날 만큼 아팠지만, 레이코는 죽을힘을 다해 소리를 참았다. 이것만 참으면 훨씬 편해지고, 내일 아침에는 더욱 가벼워진다. 유타의 실력은 확실했다. 이십 분쯤 허리 마사지를 계속하더니, 유타는 장난스럽게 엎드려 있는 레이코의 가슴에 손을 넣었다.

"안 돼, 오늘은 허리가 최악이야."

유타는 착하게 바로 손을 뺐다. 그리고 십 분 더 정성껏 마사지했다. 유타는 수건으로 흐르는 땀을 닦고, 레이코 옆에 누웠다. 레이코는 유타의 다정함에 감사했다. 요즘 줄곧 수면 부족인데다 어젯밤은 꼬박 새웠다. 지칠 대로 지쳐 있을 게 분명하다. 그런데 내 몸을 먼저 걱정해 주었다. 설령 섹스리스라 해도 유타에게는 좋은 점이 엄청나게 많다. 레이코는 엎드린 채, 과감하게 하얀 벽을 향해 말했다.

"유타, 고마워. 있지, 나, 어젯밤에 유타 기다렸어. 말하기 좀 그렇지만, 크리스마스이브 때하고 같은 차림으로, 그래서, 저기, 좀 힘써 볼까 했지. 듣고 있어?"

레이코는 몸의 위치를 바꾸어 유타 쪽으로 얼굴을 돌렸다. 조용한 숨소리가 들렸다. 유타는 입을 반쯤 벌리고 곯아떨어져 있었다.

"하아."

생각했던 것보다 큰 한숨 소리가 나왔다. 그런데 어쩔 수 없을 것이다. 유타는 녹초가 되어 있었다. 레이코는 유타에게 이불을 덮어주고, 자기도 누웠다. 같이 자려고 애써 보았다. 하지만 상대가 먼저 잠들어 버리니, 되레 눈이 말똥해졌다. 용기를 내어 고백한 탓에 신경이 곤두섰는지도 모른다.

레이코는 침대에서 기듯이 내려와, 포복으로 거실까지 갔다.

멋스러운 중세풍 모던 의자는 요통이 있는 사람에게는 고역이었다. 무선 전화기를 들고 레이코는 바닥의 러그에 누워, 친구인 이나미 사치의 단축번호를 눌렀다. 레이코의 친구들은 거의 결혼을 하지 않았다. 다들 사무실에서 일하고 있을 시간이다. 사치는 몇 안 되는 전업주부 친구로, 벌써 세 살 난 아들이 하나 있다. 그리고 사치를 선택한 이유가 하나 더 있다. 여자끼리도 야한 이야기를 상담할 수 있는 상대는 한정되어 있다. 물론 사이가 좋고 나쁨이 아니라 궁합의 문제지만, 레이코는 사치에게라면 마음 놓고 비밀을 털어놓을 수 있었다.

"네, 사치입니다."

"사치, 나야. 지금 잠깐, 아들 괜찮아?"

세 살짜리 아이의 육아는 전쟁이다. 먼저 아이의 상태를 확인해둘 필요가 있다.

"방금 겨우 낮잠 들었어. 앞으로 두 시간 동안은 폰섹스를 해도 괜찮아."

과연 사치는 시원스러웠다. 결혼하고 오 년, 레이코는 사치가 바람피운 상대를 두 명 알고 있다. 그중 한 명에게는 브런치를 얻어먹은 적도 있다.

"저기, 사치는 최근 섹스 잘하고 있어?"

"대낮부터 무슨 소릴 하는 거야. 잘하고 있어."

"제일 최근에 한 게 언제야?"

"레이코, 진짜 무슨 소리 하는 거야? 그거, 중요한 문제인 거야? 자궁암 문진 받는 것 같네."

사치는 웃고 있었다. 여유로운 웃음소리로 보아, 레이코처럼 채워지지 못한 상태는 아닌 것 같았다. 진지하게 되물었다.

"나한테는 아주 중요한 일이야."

사치의 목소리가 진지해졌다.

"남편하고 어젯밤에 했어. 슬슬 둘째가 생겨도 좋지 않을까 하는 얘기가 나와서."

대답은 무언의 한숨이 돼 버렸다. 사치가 걱정스럽게 말했다.

"유타 씨하고 잘 안 되는 거야?"

"그런 건 아니지만 ······."

사치의 감은 예리했다.

"넌 마지막으로 한 게 언제야?"

레이코는 잠시 망설이다 말했다.

"6월 말."

"뭐어, 그럼 벌써 석 달이나 안 한 거잖아. 잘도 버티네. 설마 유타 씨, 다른 여자 생긴 건 아니지?"

"그런 건 아니야."

레이코는 봇물 터진 듯이 올여름 생활을 이야기했다. 즐겁게 보냈지만, 새삼 생각해 보니 그렇지도 않았다는 것. 여성지의 섹스리스 기사를 보고, 어젯밤에 결사의 준비를 했지만, 그게 완전히 공염불로 끝났다는 것도. 사치는 처음에는 웃으며 들었지만, 마지막에는 숙연한 목소리가 되었다.

"그러니. 그건 좀 심각하네."

"사치, 나 어떻게 하면 좋을까?"

"그거야 어떻게 해서든 하는 수밖에 없지."

레이코는 사치의 얼굴을 떠올렸다. 옛날 청순파 아이돌 같은 굵은 눈썹과 무언가를 호소하는 듯한 커다란 눈, 거기에 앞니가 답답할 것 같은 뾰족한 턱. 레이코와는 대조적으로 귀여운 스타일이다. 남자들 대부분은 사치의 외모에 홀딱 넘어갔다. 깜짝 놀라는 것은 침대에 들어간 뒤부터다. 사치 말로는 그 차이가 남자를 함락하는 결정타라고 한다. 정복하게 해 놓고, 도로 정복하기. 뭔가 어디 식민지 독립운동 같은 이야기였다. 레이코는 마음을 진정하고 말했다.

"그런데 어떻게 해야 좋을지 모르겠어."

"내숭 떠는 건 안 돼. 여자는 결판을 내야 할 때가 있잖아. 누구라도 무기는 마찬가지야. 용기를 내야지."

"용기라면 있어. 구체적인 방법을 모를 뿐."

레이코는 대차게 말했다. 농구를 하던 시절부터 일방적으로 코치에게 지도받는 것을 싫어했다.

"내가 생각하기에는 말이지, 다들 이런 일에는 자신만의 성공 기술을 몇 번씩이고 시도할 수밖에 없어. 아무도 가르쳐 주지 않고, 책에도 안 나와 있으니. 그러니까 레이코의 경우는 잘될 때까지 몇 번이고 예의 란제리 작전을 써먹는 수밖에 없지 않을까. 그래도 한 번은 성공했잖아."

그건 확실히 그랬다. 사치는 어이없다는 듯이 덧붙였다.

"그런데 레이코, 어째서 그 란제리를 종종 입지 않은 거야? 아깝잖아. 그런 것 언제까지고 입을 수 있는 게 아냐. 우리 곧 서른이라고."

듣고 보니 정말 그랬다. 유타에게는 먹혔지만, 왠지 레이코 자신이 쑥스러워서 옷장 속 깊숙이 넣어 버렸다.

"지금은 허리가 안 좋으니까 무리일지도 모르지만, 다시 건강해지면 한번 해 봐. 레이코라면 잘할 거야. 내가 남자라면 무조건 사귀고 싶었을걸. 잘되면 또 전화해."

그것은 키가 크고 사내 같은 레이코가 여자아이들에게 자주 듣던 말이었다. 남성에게서는 별로 들은 적이 없었지만. 친구의 고마움을 절감하며 레이코는 따스해진 마음으로 전화를 끊었다. 가슴 위에 올려둔 무선 전화기를 양손으로 잡고, 자신들의 손으로 다시 칠한 천장을 올려다보았다. 괜찮아, 분명 유타도 쓸쓸하게 느끼고 있을 거야. 뭣하다면 또 그 가게에서 이번에는 색깔이 다른 세트를 사는 것도 괜찮겠다. 크리스마스 색을 콘셉트로 해서, 북국의 비탈에서 유유히 자란 전나무 같은 진한 녹색으로.

레이코는 그대로 딱딱한 바닥에서 잠이 들었다.

주말까지는 그럭저럭 상황이 개선되었다. 레이코의 요통은 잠잠해졌고, 유타의 일도 평소대로 돌아갔다. 그래도 주말 동안에는 시간차 생활이 이어져서 섹스리스 해소는 불가능했다. 동거 생활도 머잖아 일 년이 되어 간다. 누군가와 같이 사는 것의 신선함, 즐거움이 어찌나 빨리 닳아 없어지는지 놀라울 정도였다. 넉넉했던 샘이 마르고, 사막 같은 날들이 이어졌다. 유타는 이제 자신을 단순히 이성 동거인으로밖에 보지 않는 걸까.

레이코는 금요일 밤 집에 돌아와서, 디자인 사무실에서 잔업 중인 유타에게 전화를 걸었다.

"저기, 내일 할 일 있어?"

전화 너머는 건성이었다.

"엉, 뭐야, 뜬금없이. 가능하면 밝을 때 아키하바라에 매킨토시 주변 기기를 보러 갈까 하는데. 레이코는 전자상가에 같이 가는 것 싫지? 혼자 다녀올게."

레이코의 직장에서는 주말 중 하루밖에 쉴 수 없다. 이번 주에는 그것이 토요일이다. 이날을 놓칠 수는 없었다.

"괜찮아, 나도 갈게. 그러니까 저녁에는 시부야의 이탈리안 레스토랑에라도 가지 않을래? 전에 갔던 꽤 분위기 좋았던 가게, 기억하지?"

같은 매장의 놀기 좋아하는 아가씨에게 소개받은 레스토랑이었다. 유타는 의아하다는 목소리였다.

"좋긴 하지만."

전화를 끊은 뒤 레이코는 그날 밤처럼 꼼꼼하게 목욕을 하기로 했다. 한 번 더 공격 태세를 갖출 심산이었다. 내일 오후에 외출하면서 샤워를 하는 것은 어색할 것이다. 만약 유타가 옛날처럼 원한다면 씻으러 들어갈 시간조차 없을지도 모른다. 유타의 땀 냄새와 몸의 무게가 갑자기 떠올랐다. 그것은 절대 싫은 냄새이거나 감각이 아니다. 이러다가 혼자 두근두근 설레면서 몸을 구석구석 씻는 것이 버릇이 될 것 같았다.

토요일 아침은 쾌청했다. 먼저 일어난 레이코는 거실 발코니로 나가 요요기 공원의 신록과 도쿄치고는 넓은 하늘을 보았다. 쨍한 가을 햇살이 나무들을 화사하게 비추었다. 유타가 어젯밤, 난항했던 프레젠테이션 뒤풀이를 마치고 택시로 귀가한 것은 새벽 두 시가 지나서였다. 한동안은 일어나지 않을 것이다.

레이코는 토스트와 카페오레로 간단한 아침을 마치고, 빨래와 청소를 시작했다. 둘 다 일주일에 한 번밖에 할 기회가 없다. 같이 살기 시작한 초기에는 유타도 비교적 집안일을 분담해 주었지만, 최근에는 일이 바쁜 탓도 있어서 자연스럽게 레이코가 할 때가 많아졌다.

세탁기와 청소기를 돌리고, 좋아하는 인테리어만 조심스럽게 손걸레질을 했다. 레이코는 침실에 가서 유타가 아직 자고 있는 것을 확인하고, 재빨리 샤워를 했다. 오늘은 운이 좋을지도 모른다. 세면실에 준비해 둔 빨간색 란제리를 입었다. 비밀스러운 연인과 데이트라도 하는 것 같지만, 정작 당사자는 보드카인지 럼인지의 냄새를 펑펑 풍기며 아직 꿈나라에 있다. 좀 바보 같은 기분도 들었지만, 오늘을 놓치면 다음 기회는 또 한 주뒤가 될 것 같았다.

레이코는 좋아하는 목욕 가운을 걸치고, 유타를 깨우러 침실로 갔다. 흐트러진 침대에는 곰처럼 두꺼운 등이 엎어져 있었다.

"굿모닝. 날씨가 좋네. 오늘 나갈 거지?"

유타는 술로 부은 얼굴을 들었다. 시계를 흘끗 본다.

"아, 벌써 열한 시야."

까치집을 지은 머리를 풀썩 매트에 떨어뜨렸다.

"또 자는 거 아니지? 난 준비 다 했어."

유타가 침대에서 빨리 가라는 듯이 한 손을 저었다. 이런 무례한 인간. 이쪽은 이미 집안일까지 다 마쳤는데. 게다가 란제리는 유타에게는 아까울 정도로 섬세하고 우아한 고급품이다. 레이코는 입을 삐죽거리며 화장대로 향했다.

어쨌거나 마무리는 면밀하게 해야 한다.

두 사람이 요요기 역으로 향한 것은 오후 한 시가 지나서였다. 평소 같으면 외출 준비에 시간이 걸리는 건 레이코 쪽이지만, 그날은 달랐다. 유타가 컴퓨터 잡지에서 스크랩한 제품 기사를 발견하지 못해, 한참이나 집 안을 찾아다닌 것이다.

그동안 레이코는 임스 의자에 앉아 텔레비전을 보고 있었다. 프로그램은 재미없었지만, 검은색 외출용 바지 정장을 입고 유타와 같이 쭈그리고 앉아 책장 아래를 뒤지고, 먼지투성이인 책상을 건드리고 싶지 않았다. 레이코는 청소할 때도 그 책상만은 무시했다. 전에 컴퓨터를 닦다가 할리우드의 SF 영화 피규어를 망가뜨려서 싸운 적이 있었다.

역으로 가는 도중에 패밀리 레스토랑의 유리창에 비친 자신들의 모습을 찬찬히 보았다. 유타의 키는 180에서 몇 센티미터 넘는다. 조금 살이 찌기 시작했지만, 레이코는 남자 체중은 별로 신경 쓰지 않았다. 닭날개처럼 마른 것보다 다부지게 살집 있는 편이 좋았다.

그 유타는 빈티지 청바지를 골반에 걸치고, 단을 접어 올렸다. 신발은 검은색 가죽 엔지니어 부츠였다. 즐겨 입는 보세 티셔츠는 세탁을 거듭해서 또 다른 피부처럼 얇아졌다. 남자는 어째서 언제나 덥다, 덥다 하는 걸까. 레이코는 티셔츠 바람으로 나가려는 유타에게, 저녁 식사는 레스토랑에서 할 거니까, 하고 재킷을 들려 주었다.

요요기에서 아키하바라까지는 소부 선으로 십오 분 정도 걸렸다. 개찰구를 나오자 홍콩 시장처럼 작은 전자 가게가 밀집해 있었다. 걸어가는 여성은 몇 없고, 대부분은 패션이라는 단어 자체를 모르는 듯한 차림새의 나이를 알 수 없는 남성들이었다. 가슴에 커다랗게 애니메이션 미소녀 프린트를 한 티셔츠를 입고 무리 지어 걸어가는 성인 남성들을 레이코는 처음 보았다. 혼자서는 절대로 발을 들이지 않을 곳이었다.

유타는 이내 북적거리는 큰길에서 벗어나 부품 가게가 늘어선 뒷골목으로 들어갔다. 간판 글씨는 일본어와 영어와 중국어가 사이좋게 삼 분의 일씩이었다. 레이코는 한 집 한 집 가게를 도는 유타 뒤를 말없이 따라다녔다. 아키하바라의 남자들은 레이코의 큰 키와 빈틈없는 화장에 기가 눌렸는지, 모두 시선을 피하며 지나갔다.

유타의 쇼핑은 두 시간쯤밖에 걸리지 않았다. 무선 어댑터와 대용량 MO, 그리고 증설분 메모리라고 하는데, 레이코는 무슨 소린지 통 알 수 없었다. 그런 실리콘 덩어리나 밋밋한 플라스틱 상자를 감사해하다니, 남자들의 욕망은 이해의 범위를 넘는다.

두 사람이 시부야 고엔도리 끝에 있는 이탈리안 레스토랑에 들어갔을 때, 주위는 완전히 해가 저물었다. 도중에 잠시 쉬긴 했지만, 레이코는 이미 녹초가 되어 있었다. 어두컴컴한 플로어에 일정한 거리를 두고 늘어놓은 테이블에는 작은 불빛의 앤티크 촛불과 홍백의 코스모스가 아무렇게나 꽂힌 꽃병이 있었다. 테이블의 칠 할은 젊은 커플이었다. 레이코는 불꽃에 뺨을 가까이 갖다 대고 메뉴를 펼쳤다. 유타도 함께 들여다봐 주면 좋을 텐데. 주문은 거의 레이코가 정했다. 피곤하고 배가 고픈 탓에 주문하는 가짓수도 늘어났다. 전채 모듬으로 파스타. 봉골레 리조토와 두께가 3센티미터 정도 되는 뼈가 있는 로스트 포크. 주방장 추천 샐러드로는 상큼하면서 쓴맛이 도는 치커리가 듬뿍 들어 있었다.

유타는 바로 요리를 먹어치우고 한시라도 빨리 집으로 돌아가 오늘의 전리품을 확인하고 싶은 것 같았다. 레이코는 그걸 무시하고 자기가 내겠다고 하고 가볍게 부르고뉴를 한 병 땄다. 유타는 몸이 큰 탓인지 알코올에도 세서 비싼 레드와인을 스포츠음료 마시듯 벌컥벌컥 마셨다.

오랜만에 하는 두 사람의 데이트였다. 흥분되는 듯한 와인의 취기로 점점 대화에 탄력이 생겼다. 일 이야기, 공통된 친구 이야기, 가족과 장래 이야기. 직접 만든 바닐라 아이스크림에 에스프레소를 뿌린, 이 가게의 자랑인 디저트를 다 먹을 때까지 족히 두 시간 가까이 지났다.

두 사람은 가볍게 취해서 가게를 나왔다. 시부야 거리가 내려다보이는 유리 벽의 엘리베이터 홀 앞에 서서 내려가는 버튼을 눌렀다. 주위에 사람은 없었다. 엘리베이터는 한동안 내려오지 않을 것 같았고, 유타와 자신은 눈부신 밤거리를 등지고 하늘 높이 떠 있는 것 같았다. 레이코의 목소리가 잠겼다.

"우리 여기서 키스할까?"

유타는 두 손에 컴퓨터 가게의 종이 가방을 들고 창 너머를 멍하니 보고 있었다. 레이코에게 시선도 주지 않고 말했다.

"됐어. 징그럽게."

그 한 마디에 레이코의 쌓이고 쌓인 불만이 터져 버렸다.

"뭐야, 그거. 내가 너한테 뭐야? 난 같이 사는 가정부가 아니라고. 만날 혼자 버려두고, 무엇보다 말이지 ……."

엘리베이터 문이 눈앞에서 열렸다. 만원에 가까운 손님이 놀라운 표정으로 두 사람을 바라보았다. 그래도 레이코의 분노는 멈추지 않았다.

"너는 지난 석 달 동안, 나한테 손가락 하나 대지 않았어. 나는 아직 젊은데 석 달이나 섹스하지 않았다고. 올여름은 아주 훌륭하게 처녀였지."

한 남성이 민망해하며 엘리베이터에서 눈인사로 가볍게 양해를 구한 뒤, 닫힘 버튼을 눌렀다. 천천히 문이 다 닫힐 때까지 엘리베이터 안의 시선은 레이코와 유타에게 쏟아졌다.

"그런데 징그럽다니. 내가 무엇 때문에 이런 걸 입고 왔는데!"

레이코는 재킷의 앞섶을 활짝 젖혔다. 새빨간 레이스가 와인으로 달아오른 가슴을 가리고 있었다. 가슴에 핀 가련한 미니 장미가 처량했다.

"너는 섹스리스가 아니라 이제 나한테 마음이 없어. 마음이 없는 하트리스야."

온몸이 떨릴 정도의 분노로 시작한 말은 굵은 눈물로 끝났다. 레이코는 엘리베이터 옆에 있는 비상계단을 뛰어 내려갔다. 농구로 단련된 다리가 두 칸씩 성큼성큼 움직였다. 유타가 타다닥 레이코를 쫓아왔다. 레이코가 속도를 늦추고 멈춰 선 것은 2층과 3층 사이의 층계참이었다. 이 얼굴로 시부야 시내를 달릴 수는 없었다. 숨을 헉헉거리며 맨손의 유타가 다가왔다. 레이코가 우는 얼굴로 말했다.

"오늘 산 것, 어쨌어?"

유타의 안색은 크레이프지로 만든 종이냅킨처럼 하얗다.

"됐어, 그런 건. 레이코, 미안."

유타는 자신의 발끝을 보며 말했다.

"나도 하고 싶을 때는 있었어. 요전에 레이코가 허리 아파서 마사지할 때도, 밤샘 탓인지 그런 기분이 들었어. 그렇지만 여태 안 하다가 말을 꺼내는 것이 왠지 무서워서. 레이코는 그런 기분이 아니지 않을까 하고."

레이코는 고개를 가로저었다.

"그런 것 없어. 난 언제든 하고 싶어."

"미안. 내가 나빴어."

어두컴컴한 층계참 구석에서 큰 몸을 구부리는 유타가 레이코는 갑자기 귀여워졌다. 괜히 상대에게 쑥스러워서 말을 꺼내질 못했다. 그런 일이라면 레이코 자신도 셀 수 없이 많았다. 인간은 자신의 욕망은 보이는데 어째서 타인의 욕망은 보이지 않는 걸까. 그것도 매일 같이 살고 있는 더없이 친밀한 상대에게조차.

레이코는 유타 앞에 섰다. 허리띠에 양손의 엄지를 걸었다. 아래에서 올려다보았다. 유타의 눈이 아주 조금 젖어 있었다. 레이코가 웃자, 유타도 웃었다. 레이코가 말했다.

"아까 엘리베이터 안에서 우리를 보던 사람 얼굴 생각나?"

유타가 끄덕이고 빙그레 웃었다.

"석 달이나 섹스하지 않았다고 소리치면 엘리베이터는 패닉이 되지. 레이코, 내가 두 가지 제안을 할게. 하나는 이대로 옛날처럼 근처 호텔에 가기. 그곳에서 섹스하기. 또 하나는 집으로 돌아가서 같이 목욕하기. 그리고 섹스하기. 오랜만이어서 잘될지 모르겠지만, 나도 최선을 다할게. 레이코는 어느 쪽이 좋아?"

레이코는 바로 대답하지 못하고, 어느 쪽이 근사할지 생각해 보기 위해 유타의 손을 잡고 천천히 계단을 내려갔다.

선(線)이 주는 기쁨

"사쓰키 선배는 특이하다니까요."

세 살 연하의 홋타 나나가 창밖을 보면서 그렇게 말했다. 세키네 도루가 오지 않을까 봐 신경이 쓰여서 어쩔 줄 모르는 눈치였다. 바깥 정원에는 키 작은 상록수들이 있고, 떨어져 있는 하얀 철제 테이블에는 외국인과 젊은 커플이 있었다. 모두 가게에서 빌린 담요를 무릎에 덮고, 작은 등유 난로를 발밑에 두었다. 연인들은 자신들이 뿜는 열기만으로는 충분하지 않은 것 같았다. 사쓰키는 아무리 겨울이라고는 하지만 사치스럽다고 생각했다.

그곳은 진구마에 뒷골목에 있는 카페로 단독주택을 개장한 곳이었다. 앤티크한 인테리어는 과하게 존재를 주장하지 않고, 억지로 세련된 감각을 연출하지 않았다. 허리 높이의 나무 창틀 아래에는 빙 둘러가며 책장이 있고, 사쓰키가 좋아하는 큰 판형의

미술 서적이 잔뜩 꽂혀 있었다. 좋아하는 카페다. 사쓰키는 일찌
감치 후회하기 시작했다. 아무리 친하다고는 하지만, 친구의 불
륜 약속 장소에 오는 건 아니었다. 귀여운 후배는 세키네가 오지
않는 것을 확인한 뒤, 정면으로 고쳐 앉으며 말했다.

"사쓰키 선배는 잘생기고 돈도 좀 있고, 키도 크고 자상한 것
만으로는 안 되는 거죠?"

"응."

"판매촉진부에서 제일 인기 많은 호소야의 데이트 신청도 걸
어차 버리고."

언제나 폴 스미스 슈트를 입는 사람 좋은 남자였다. 남자 연예
인 중에 후쿠야마 마사하루를 닮았다고 난리인 여직원들도 있
다. 사쓰키는 배우 누구를 닮았다는 이유만으로 대부분 여성이
쉽게 사랑에 빠지는 것이 오히려 이상했다. 그 남성이 지금 가진
것만 보고, 백 퍼센트 사랑하는 마음이 생길 수 있을까. 사쓰키
는 관심 없다는 듯이 말했다.

"그렇지만 그 사람, 재능이 없어 보이는걸."

사쓰키에게는 아직 아무도 깨닫지 못한, 자신만이 발견할 수
있는 무언가가 중요했다. 그 남성이 가진 미래의 가능성, 혹은
단순하게 '재능'이라고 해도 좋다. 그 사람만 갖고 있어서 다른
사람이 대신할 수 없는 재능, 그걸 자신이 발견하여 갈고닦는 것

을 무엇보다 좋아했다. 사쓰키는 반짝거림을 느낄 수 없는 남자는 아무리 젊고 재력 있고 잘생겼어도 마음이 움직이지 않았다. 적어도 삼십 년 살아온 세월의 후반 십오 년은 그랬다.

"아아, 또 그 단골 대사. 사쓰키 씨는 재능 성애자라니까요. 그렇게 말하자면 우리 회사 사람은 다 꽝이잖아요."

사쓰키는 끄덕였다. 사쓰키와 나나가 근무하는 곳은 사무기기 수입과 제조·판매를 주요 업무로 하는 회사였다. 확실히 재능이 풍부한 남성이 넘쳐나는 곳은 아니었다. 잠자코 있으니, 나나가 털이 긴 페이크 퍼를 고치면서 말했다. 목덜미를 더 드러내고 싶은 것 같았다.

"그렇게 사치스러운 소리만 하니 일 년 반이나 남자 친구가 안 생기는 거예요."

너처럼 열두 살 이상 연상인 유부남한테 끌리는 것보다 훨씬 낫다고 생각했지만, 사쓰키는 아무 말도 하지 않았다. 세키네는 일과 관련된 지인 중에 몇 안 되는 사쓰키의 이해자로, 사쓰키네 회사에서 발행하는 홍보지 아트디렉션을 맡고 있는 '트랜스 페어런트'라는 디자인 회사 대표였다.

"그렇지만 지난 십이 년 동안 그런 사람이 네 명 있었어."

"벌써 몇 번째 들었어요. 화가 두 명, 유리공예가와 도예가 한 명이죠. 그런데 기껏 재능을 발견하고 함께 애써 놓고, 어째서 성공하면 헤어져요? 프러포즈도 거절하고."

그것은 사쓰키도 잘 모른다. 하지만 상대가 명성을 얻는 순간, 왠지 마음이 식어 버린다. 자신도 이해할 수 없는 신기한 마음의 움직임이었다. 화가 중 한 명인 나오키는 울면서 헤어지지 말아 달라고 매달렸지만, 상대를 자를 때의 사쓰키는 여느 여자들보다 차가웠다.

창밖에서 검은 가죽 코트를 입은 세키네가 손을 흔들며 지나 갔다. 순간 나나는 등을 펴고 가슴을 젖혔다. 흰색 앙골라 스웨터 앞부분이 튀어나왔다. 나나의 가슴은 그렇게 크지 않지만, 기능성 브래지어라도 한 것이리라. 뾰족한 끝이 위를 향하고 있었다. 나나는 몇 살까지 민소매를 입을 생각일까. 사쓰키는 생햄처럼 얇고 긴 소매의 캐시미어 스웨터 차림이었다. 이제 옷 중에 민소매는 하나도 없다.

"기다렸지, 미안. 나도 하우스 와인 화이트로 한 잔."

세키네가 자리에 앉으면서 웨이터에게 말했다. 좀 전까지 나나가 아이돌 누구를 닮았다고 좋아했다. 천진난만한 여자들은 모두 천진난만한 척하는 연예인을 좋아한다. 웨이터는 아마 근처 대학 학생일 것이다. 하얀 앞치마를 허리에 바짝 매고 있었다.

"나나, 미안하지만 일 얘기 좀 할게. 사쓰키 씨. 이번 시즌 표지 일러스트레이터 말인데, 슬슬 후보를 추려야 하거든. 우리도 몇 명 자료를 모았지만, 사쓰키 씨 쪽은 누구 추천할 사람 없어?"

"음, 요즘 일러스트 세계는 다 거기서 거기라 이렇다 할 사람이 없는 것 같아."

세키네는 유감스러운 것 같았다.

"그런가. 실은 우리도 헤매고 있어서 말이지. 사쓰키 씨가 누구 추천해 주면 그 선에서 몇 명 작가를 찾아보려고 했지. 나이 탓인가, 요즘 딱 감이 오는 신인도 보이지 않더라고."

홍보지 편집 작업은 출세 코스의 엘리트 남성이 할 일이 아니었다. 예산도 박하다. 덕분에 사쓰키는 자유롭게 실력을 발휘할 수 있었다. 보통 아티스트 인터뷰 등은 편집 프로덕션이나 미술 전문 프리랜서에게 외주로 맡기는 일이지만, 사쓰키는 경비 삭감을 핑계로 직접 약속을 잡고, 속마음을 뻔히 아는 사진 기자와 희희낙락하며 취재하러 다닌다. 표지 일러스트도 결정권은 거의 사쓰키에게 있었다. 직속 상사는 있지만, 아트 세계에는 어두워서 사쓰키의 제안에 끄덕거리기만 할 뿐이다.

사쓰키는 세키네를 보았다. 코트 아래는 겨자색 셔츠와 황록색 코듀로이 바지를 입었다. 목에는 밝은 초록색 스카프가 아주 살짝 보였다. 사십 대 중반이지만, 직업상 멋 내기를 소홀히 하지 않는다. 나나는 사쓰키에게는 눈도 주지 않고, 세키네에게 몸을 기대고 있었다. 분명 튀어나온 가슴 끝으로 조준을 하고 있을 것이다. 오늘 밤의 사냥물은 아오야마의 아트디렉터인가. 어이가 없어서 사쓰키는 옛날에 사귀었던, 재능은 있지만 돈이 없던 남자들을 떠올렸다.

다들 패션과는 무관한 남자들이었다. 청바지에 흰색이나 검은색 셔츠, 혹은 미군 방출품인 야전 점퍼나 코트. 어설프게 멋 내지 않고 유채 물감이나 유약으로 지저분해져도 괜찮은 싸고 기능적인 옷을 입었다. 눈도 세키네처럼 부드럽지 않았다. 껴안고 있는 사쓰키를 넘어, 자기 자신조차 떠나 어딘가 아득히 먼 곳을 보는 듯한 눈이었다. 사쓰키는 그 아득한 눈을 보는 것이 좋아서 몸 한복판을 지나가는 선이 뒤틀리는 듯 애가 탔고, 그 시선의 끝이라면 어디든 함께 가고 싶다고 생각했다.

면도칼처럼 날카롭고, 제멋대로이면서 어딘가 유치한 햇병아리 예술가에게 사쓰키는 엄마 새처럼 둥지를 제공하고, 먹이를 갖다 주고, 최대한의 금전적 지원을 아끼지 않았다. 하지만 운명적 사랑은 언제나 한순간에 식어 버렸다. 남자들이 공모전에 입상하거나 개인전이 화제가 되어, 갑자기 바빠지고 차림새가 화려해지면 사쓰키의 마음은 급속히 멀어졌다.

때로 사쓰키는 자신의 독점욕이 너무 강하다고 반성할 때도 있었다. 하지만 아무리 반성한다 해도 누군가를 생각하는 마음이 되살아나지 않는다. 사랑하는 힘은 반성으로 생기는 것이 아니다. 교제의 마지막은 언제나 이렇게 상대의 멋진 재능을 세상에 널리 알리고 싶은 마음과, 자신만의 비밀로 가까이에 두고 싶은 마음으로 갈렸다.

그것이 사쓰키의 연애 형태였다. 아무리 기묘하다 해도 한 사람이 다양한 연애 방식을 구사하는 사치는 허락되지 않는다. 몇 번을 실패해도 누구나 같은 방식을 반복한다. 그래서 사쓰키는 새로운 반짝거림을 찾아 남자 그림자도 없는 여섯 번의 계절을 보냈다.

"저기 사쓰키 씨, 올해 크리스마스이브는 어쩔 거야?"

멍하니 있는 사쓰키에게 세키네가 말을 걸어왔다. 황급히 시선을 들었다.

"별 예정은 없는데."

"그럼 아는 갤러리에서 파티가 있는데 괜찮으면 우리하고 같이 가지 않을래? 초대장 보낼게. 일러스트 작가 지망생도 많이 모이는 것 같아."

세키네는 사쓰키가 좋아하는 남자 스타일을 알고 있었고, 사쓰키가 일러스트를 간파하는 안목을 신용하기도 했다. 나나가 세키네에게 몸을 맡기며 말했다.

"저렇게 재능을 보는 안목이 있으니, 직접 화상이 되면 성공할 텐데."

사쓰키는 어이없어하며 나나에게 말했다.

"있지, 난 돈벌이 목적으로 재능을 발굴하는 게 아냐. 누군가를 좋아하기 때문에 그 사람을 빛내 주고 싶어 하는 거지."

세키네가 끄덕였다.

"맞아. 나도 몇 점 샀지만, 사쓰키 씨는 나카니시 유타나 기시노 류의 초기 작품을 많이 갖고 있어. 아무한테도 팔진 않지만."

부모와 함께 사는 집의 방 칸은 사귀었던 남자들 작품으로 채워져 있다. 그중에는 선술집에서 생맥주와 저녁을 사고 손에 넣은 걸작도 있다. 사쓰키는 와인 잔을 비우고 말했다.

"파티 기대되네. 세키네 씨, 초대장 보내 줘. 그럼 오늘 밤은 두 사람 행복하세요."

사쓰키는 코트를 걸치고 카페를 나갔다. 취기도 깨울 겸 환승역인 아카사카미쓰케까지 걸어 가기로 했다. 차도에서는 택시가 맹렬한 속도로 달려갔지만, 폭이 넓은 보도에는 아무도 걸어가는 사람이 없었다. 미나토 구, 이 동네에서 자기 다리로 걷는것은 철 지난 유행일 것이다. 사쓰키는 하얀 입김을 보고, 부츠가 돌 바닥에서 내는 소리를 들었다. 이런 식으로 겨울밤 거리를혼자 걷는 것이 싫지 않았다.

아카사카미쓰케 모퉁이에 있는 계단을 내려갔다. 에이단 지하철 긴자 선 개찰구를 통해 역 구내에 들어갔다. 세밑을 앞둔 지하철은 취객 동물원이었다. 어떤 이는 큰 소리로 웃고, 어떤 이는 노래를 부르고, 또 다른 이는 벽에 기대어 졸고 있었다. 긴자 선에서 사쓰키가 이용하는 한조몬 선 나가타초 역까지는 지하 연결 통로를 500미터 이상이나 걸어야 했다.

사쓰키는 몇 번이나 에스컬레이터를 타고 계단을 걸으며 점점 심도를 더해가는 지하 통로를 빠른 걸음으로 걸어갔다. 한조몬 선은 긴자 선보다 훨씬 새 것으로, 통로도 밝고 청결했다. 조명이 푸르딩딩한 형광등인 것이 분위기를 깼지만, 어딘가 무기질적이어서 모던 아트 전시장 같기도 했다.

하얀 대리석 모퉁이를 돌았을 때, 느닷없이 그 그림이 눈에 확 들어왔다. 지하철 게시판이라는 작은 팻말이 걸린 광고용 공간에 B2 사이즈 포스터가 두 장 나란히 붙어 있었다. 한 장은 젊은 아가씨가 떠나가는 전철을 쫓아가는 그림. 중간 굵기 유성 마카를 사용하여 거칠게 그린 소박한 일러스트였다. 하지만 선에는 맛이 있고, 쓸쓸함과 유머, 거기에 살짝 날카로운 개성까지 있었다. 선은 언제나 그린 사람을 이야기한다. 여자와 차량은 황금색이고, 배경은 연보라색으로 윤곽선을 삐져나오도록 거칠게 칠했다. 분명 수채 물감일 것이다.

포스터에 가까이 가서 다른 그림을 보았다. 이쪽도 선이 좋기는 마찬가지였다. 커다랗고 비스듬하게 그린 휴대전화에 폭신한 이불이 덮여 있다. 배경은 겨울의 이른 아침 하늘처럼 투명한 파란색이었다. 휴대전화는 은색이고, 이불은 부드러워 보이는 오프화이트였다.

사쓰키는 아주 재치 있다고 생각했다. 어느 광고사에서 만든 포스터일까. 분명 사쓰키가 모르는 일러스트 작가였다. 사비니아크처럼 프랑스인일지도 모른다. 어딘가에 인쇄되어 있을 회사 로고를 찾았다. 그러나 어디에도 광고주 이름은 보이지 않았다. 카피도 일러스트와 같은 마카로, 화면 구석에 조그맣게 들어가 있을 뿐이었다.

'전철은 쫓아갈 수 없습니다'

'휴대전화에게 잘 자라고 인사를'

억지스럽지 않은 단순한 카피도 호감이었다. 사쓰키는 한 걸음 더 벽 쪽으로 다가가다가, 숨을 삼켰다. 포스터는 인쇄가 아니었다. 눈앞에 있는 것은 손으로 그린 것이었다. 한 점뿐인 실제 작품이었다. 분명히 이 역 직원이 그린 것이리라. '뛰어들기 승차 금지'라고 글로 경고하는 것이 아니라, 지하철 예절을 일러스트로 부드럽게 표현한 것이다. 사쓰키는 신기했다. 오늘 아침 이곳을 지나칠 때는 이 포스터가 붙어 있지 않았다. 출근하기 바빠서 미처 못 본 것일까. 가까운 곳에 이런 화가가 있었다니.

사쓰키는 전철을 두 차례나 그냥 보내며 포스터를 더욱 찬찬히 보았다. 자기가 취한 탓에 실제 이상으로 좋게 보일지도 모른다. 아니면 18개월의 금욕 생활 탓에 번쩍이는 재능을 보는 안목이 흐려졌을지도 모른다.

그날 밤 사쓰키가 내린 결론은 이러했다. 다음 날, 약속을 잡고 일단 이 포스터 작가를 만나 본다. 앞으로도 그릴 생각이 있는 사람이라면 홍보지 표지 후보 중 한 사람으로 추천한다. 사쓰키는 아직 보지 못한 화가가 독신에다 삼십 대보다 젊기를 기도하며, 마지막 전철 두 번째 전의 지하철에 올라탔다.

다음 날 오전, 사쓰키는 전화번호부에서 아카사카미쓰케 역을 찾아 자기 자리에서 번호를 눌렀다.

"에이단 아카사카미쓰케 역입니다."

수화기 너머의 목소리는 차내 안내 방송과 비슷하게 리듬이 있는 억양이었다.

"좀 여쭙고 싶은 게 있습니다만."

그리고 사쓰키는 자신이 근무하는 회사와 제작하는 홍보지 이름을 말했다.

"공공광고 특집을 기획하고 있습니다만, 그 역에서 아주 의욕

적으로 하고 계시더군요."

상대는 그리 싫지 않은 듯이 말했다.

"네, 직원 일동이 한마음이 되어 하고 있습니다."

"실례입니다만, 역장님이십니까?"

"네."

한껏 부푼 콧구멍이 보이는 것 같았다. 사쓰키는 그 포스터를
칭찬하며 취재를 하고 싶다고 말했다.

"어떤 분이 그걸 그리셨는지요?"

"젊은 직원인데, 야마구치 고사쿠라는 친구가 그렸습니다. 아
마 아직 스물세 살 정도일걸요. 취재는 언제 오시겠습니까? 잠
시 기다려 보세요."

부스럭부스럭 종이를 넘기는 소리가 났다. 사람 좋을 것 같은
역장이 말했다.

"야마구치라면, 오늘은 오전 근무여서 오후 세 시에는 끝나는
군요."

사쓰키는 운이 좋았다고 생각했다. 그림 그린 사람이 자신보
다 일곱 살이나 젊었고, 그날 오후 사쓰키에게 중요한 약속은 없
었다.

"알겠습니다. 세 시에 찾아뵙겠습니다."

전화를 끊은 사쓰키는 약속 시각까지 마치려고 맹렬히 작업에

돌입했다.

선물로 쿠키 상자를 들고 역 사무실을 찾은 것은 정확하게 세 시 정각이었다. 역원은 직업상 시간에 엄격할 것으로 생각해서, 일찌감치 회사를 나와 그 포스터를 한 번 더 천천히 감상한 뒤 들어갔다.

금속제 문을 열자 나타난 것은 살풍경한 재색 사무실이었다. 책상도 의자도 바닥도 튼튼하기만 하면 된다는 듯이 모두 눈에 띄지 않는 단조로운 색이었다. 녹갈색 상의에 검은색 바지의 놀이공원 안내원 같은 제복을 입은 남자들이 일제히 낯선 사쓰키를 보았다. 가까이 있는 직원에게 말했다.

"세 시에 역장님과 약속을 했는데요."

젊은 직원은 자랑스러운 듯이 사무실 안쪽으로 안내해 주었다. 사쓰키는 롱부츠 발소리를 죽이며 역장의 책상으로 걸어갔다.

"에이단 아카사카미쓰케 역에 오신 걸 환영합니다."

오십 대 초반에 중키의 직원이 모자를 벗고 노래하듯이 말했다. 홍조를 띤 뺨이 인상적이었다. 비닐 소파로 안내를 받고, 명함 교환을 마쳤다. 역장이 직원에게 말했다.

"차 석 잔 내오고, 야마구치 군 좀 불러와 주게."

차가 나오기 전에 키가 큰 청년이 소파 옆에 섰다. 제복 소매가 짧은지 손목이 많이 나와 있었다. 사쓰키는 포스터를 그린 사람의 얼굴을 보기 전에 먼저 날카롭고 섬세해 보이는 손가락 끝을 눈에 새겼다. 이 손이 그 선을 그렸구나.

"야마구치 고사쿠라고 합니다. 잘 부탁합니다."

청년의 목소리는 모래를 씹은 것처럼 까칠한 울림이 있었다. 뺨은 홀쭉하고, 귀에서 턱으로 이어지는 선이 다부졌다. 하지만 눈에는 겁쟁이 같은 빛이 서려 있었다. 역장이 말했다.

"앉게."

예에, 하고 끄덕이고 청년이 소파에 얇게 걸터앉았다. 옆에 검은색 대형 파일을 감추듯이 내려놓았다. 사쓰키는 금방이라도 펼쳐 보고 싶었지만, 공교롭게 그때 역장이 연설을 시작했다. 이십 분 가까이 대중교통의 중요성과 지하철 예절을 한탄하는 이야기가 길게 이어졌다. 청년은 난감한 듯이 역장과 사쓰키를 번갈아 바라보았다.

"역장님, 전화 왔습니다."

직원의 목소리에 역장이 소파에서 떠난 틈을 타, 사쓰키가 속삭였다.

"역장님, 항상 이렇게 말씀이 길어요?"

젊은 직원은 턱 끝으로만 끄덕였다. 사쓰키는 공범자의 미소를 보였다.

"오늘은 사실 야마구치 씨의 일러스트를 보러 왔어요. 여기서는 어려울 것 같으니 돌아가는 길에 커피숍이나 어디서 시간 좀 내줄 수 있을까요?"

의아한 표정으로 병아리 일러스트레이터는 말했다.

"네, 괜찮습니다만, 저는 프로가 아닌데요."

"그걸 정하는 건 주위 사람이지, 아마 본인이 아닐걸요. 개찰구 옆 상행 에스컬레이터 끝에서 기다릴게요."

청년은 끄덕이고, 역장이 돌아오기를 기다렸다. 그 일러스트 주인을 만나게 해 주었으니, 삼십 분 더 역장 연설을 들어 주어도 괜찮다. 사쓰키는 그렇게 각오하고, 내용이 아니라 억양에만 귀를 기울이기로 했다.

한 시간 뒤 불안하게 에스컬레이터를 올라오는 야마구치와 합류했다. 캐주얼 바지에 감색 코트, 목에는 하얀 터틀넥이 보였다. 소박하지만 마른 몸에 잘 어울리는 사복이었다. 두 사람은 별로 말수 없이 횡단보도를 건너, 아카사카 도큐 호텔 라운지에 들어갔다. 자리에 앉자 사쓰키는 자신이 편집한 홍보지 최신 호를 건네며 말했다.

"파일을 좀 봐도 될까요?"

야마구치는 내키지 않는 모습으로 검은 파일을 테이블 위에 올렸다.

"저는 정말로 취미로만 그려서 작품이라고 할 정도는 아니고 ...."

변명의 말은 사쓰키가 페이지를 넘기는 기세에 막혀 버렸다. 야마구치는 여러 가지 기법을 구사하는 타입이 아닌 것 같다. 모티프는 다채롭지만, 어느 일러스트나 지하철 포스터와 같은 마무리였다. 의외성은 없지만 안정되었고, 이런 작가가 일을 맡기기에 좋을 수도 있다.

"야마구치 씨는 미술 계통 학교를 나왔어요?"

"디자인 전문 학교에 다녔지만, 일러스트로는 벌어먹지 못할 것 같아서 에이단 시험을 쳤습니다."

사쓰키는 새 페이지를 펼쳤다. '48 HOURS AFTER Xmas'라 는 제목으로 A5 크기의 작은 작품이 넓은 여백 복판에 덩그러니 있었다. 창고 구석에서 뽀얗게 먼지를 쓴 크리스마스트리를 예 의 쓸쓸해 보이는 선으로 그린 일러스트였다. 화면 대부분은 짙 은 감색의 어둠으로, 문틈에서 새어 나온 빛이 트리 꼭대기에 달 린 은색 별에 조명처럼 닿고 있었다. 사쓰키는 크리스마스 일러 스트는 수없이 많지만, 그 이틀 후를 이런 식으로 그린 것은 본 적이 없었다.

"이거 따뜻하고 좋네요."

사쓰키는 솔직하게 말했다. 야마구치는 말문이 막히는 것 같았다.

"연하장이나 지인의 가게 전단, 그 정도밖에 보여줄 곳이 없어서 …… 일러스트를 칭찬 받은 적이 없어서 …… 뭐랄까, 굉장히 기쁘네요."

진심으로 하는 칭찬은 상대를 움직인다. 사쓰키는 몇 명의 병아리 아티스트와 사귀며 그 사실을 깨달았다. 얼굴을 마주 보고 남자를 칭찬하는 것은 좀 난감하지만, 작품을 칭찬하는 것은 들이마신 공기를 토하는 것처럼 간단했다. 실제로 그렇게 느꼈을 때 아낌없이 표현하면 된다.

사쓰키는 천천히 보고 나서 살짝 상기된 야마구치에게 파일을 돌려주었다.

"장래에 대해 뭐라고 말할 순 없지만, 난 야마구치 씨의 일러스트가 아주 훌륭하다고 생각해요. 같이 일하는 아트디렉터가 있는데, 다음에 이 파일 좀 빌려줄래요? 야마구치 씨는 앞으로도 계속 일러스트를 그릴 생각이죠?"

야마구치는 역 사무실에 있을 때와는 달리 눈을 반짝거렸다.

"네. 에이단은 안정된 생활을 위해서는 좋지만, 저한테는 꿈을 꿀 수 있는 직장이 아닙니다. 저 같은 사람은 그림을 그리지 않으면 분명 이상해질 거예요. 일러스트가 도피처거든요. 매일 오분 간격으로 전철을 지켜보기 위한."

도피를 위한 아트. 한 장의 그림은 어떤 이유로든 그려질 것이다. 사쓰키는 활짝 웃어 보였다. 눈초리에 잔주름이 두드러지진 않았을까.

"그렇군요. 역장님의 긴 훈시를 견디기 위해서도 창작은 필요하겠죠."

두 사람은 소리 모아 웃었다. 처음 만난 날 소리 모아 웃을 수 있다니, 어쩌면 우리는 잘될지도 모르겠다는 행복한 예감이 들어, 사쓰키는 커피 리필을 주문했다.

새로운 재능을 발견한 사쓰키의 행동은 적극적이었다. 야마구치와 만난 날 서로 개인 연락처를 교환하고, 다음 날에는 세키네에게 좋은 신인 일러스트레이터가 있다고 전화를 했다. 사쓰키는 당장에라도 두 사람을 만나게 하고 싶었지만, 세키네가 연말이라 너무 바빠서 야마구치와의 첫 대면은 크리스마스이브까지 미뤄졌다.

경영이 순조로운 디자인 회사는 하루 스물네 시간 내내 조업하는 공장과 비슷했다. 긴 연휴를 앞두고 문자 그대로 살인적인 잔업 시간을 기록했다. 한 주에 사흘을 밤새우고 나머지 사흘은 마지막 전철 시간까지 잔업, 남은 하루는 자료 찾기와 회의로 날이 저물었다.

사쓰키는 발주하는 클라이언트 쪽이었지만, 나름대로 연말의 바쁨에 쫓기고 있었다. 야마구치와는 짧은 전화와 메일을 주고받는 정도로 12월의 한 주가 지나갔다.

크리스마스이브 밤, 사쓰키는 야마구치와 아카사카미쓰케 사거리에서 만났다. 히토쓰기도리에는 전봇대마다 크리스마스 장식이 걸려 있고, 길모퉁이 스피커에서 끊임없이 크리스마스 캐럴이 흘러나왔다. 추위도 누그러지고 거리는 들뜬 분위기였다.

사쓰키가 약속 장소에 도착했을 때, 야마구치가 먼저 와서 파일을 들고 기다리고 있었다. 언젠가와 같은 코트를 입었다. 이런 날에 젊은 남자가 기다려 주다니, 아직 사귀게 될지 어떨지 모르지만 충분히 사치스러운 기분이었다. 사쓰키는 마지막 몇 미터를 총총걸음으로 달려갔다.

"많이 기다렸어요? 이브에 야마구치 씨 시간을 뺏다니, 여자 친구한테 미안한걸요."

야마구치가 담담히 말했다.

"여자 친구 같은 것 없어요. 약속도 없었고요. 저는 크리스마스가 하나도 재미없어요."

사쓰키는 가슴속에서 심장이 크게 한 번 뛰는 것을 느꼈지만, 안색을 바꾸지 않고 차도에 내려서서 지나가는 택시에 손을 들었다. 이른 저녁 시간이어서 아오야마도리에서도 얼마든지 빈 택시를 잡을 수 있었다.

자, 하고 먼저 야마구치를 태우고, 사쓰키는 뒷자리에 타이트한 바지를 입고 미끄러지듯 탔다.

택시가 선 곳은 미나미아오야마 뒷골목이었다. 1층에 벨기에의 신예 디자이너 부티크가 있는 새하얀 신축 빌딩이었다. 옆에는 폭 3미터 정도의 흰색 계단이 설치되어 있고, 계단 여기저기에서 파티 손님들이 선 채로 인사를 나누고 있었다. 계단을 내려가는 도중부터 하얀 상자처럼 아무것도 없는 지하 갤러리가 열렸다. 청바지에 티셔츠라는 캐주얼 차림의 병아리 아티스트들이 손에 투명한 플라스틱 컵을 들고 서서 얘기를 나누고 있었다.

분위기에 주눅이 들었는지 야마구치는 입을 꼭 다물고 사쓰키 뒤를 따라왔다. 입구 옆 접수대에서 헤어스타일이 예쁜 아가씨가 방글방글 웃으면서 말했다.

"방명록 부탁합니다. 상의는 여기서 맡아 드리겠습니다."

사쓰키는 초대장을 보여주고 노트에 회사명과 이름을 적었다.

야마구치는 잠시 망설인 뒤 소속란에 철도원이라고 썼다. 천장에 가려진 블랙 라이트에 야마구치의 터틀넥은 푸르스름한 인광을 발했다. 사쓰키의 검은 벨벳은 먼지만 점점이 반짝거렸다. 어깨를 으쓱하고 말했다.

"이런 조명인 줄 알았으면 다른 슈트를 입고 올 걸 그랬네."

안에 있는 카운터에서 레드와인이 든 컵을 받아 들고, 두 사람은 거대한 신발장에서 길을 잃은 난쟁이처럼 회장을 두리번두리번 걸었다. 야마구치가 작은 목소리로 말했다.

"늘 지하철 플랫폼만 보다가 여기 오니 현기증이 날 것 같네요. 이런 곳은 처음이라서."

사쓰키가 끄덕여 주었다.

"야마구치 씨도 곧 익숙해질 거예요. 어때요, 다들 재능 있어 보이죠?"

야마구치는 두 번, 세 번 고개를 끄덕였다. 사쓰키는 그 동작이 귀여웠다.

"전혀 걱정할 것 없어요. 대부분 사람은 겉보기뿐. 아, 이 자리에 있는 아티스트 90퍼센트보다 야마구치 씨가 훨씬 감각이 있다고 생각해요."

야마구치는 의심스러운 듯이 자신의 무릎 나온 면바지와 끝이 더러운 워크 부츠를 내려다보았다. 천장에 달린 프로젝터에서 하얀 벽면에 「노란 잠수함(Yellow Submarine)」 뮤직비디오를 소리 없이 비추었다. 흐느적흐느적 춤을 추는 스웨이드 홀터 톱과 골 반바지 차림의 여자들 등에도 존 레넌의 애니메이션이 비쳤다.

"뭔가 굉장하네요."

"그런가요, 내년 이맘때쯤에는 이런 것 지겹게 보게 될지도 몰라요. 그보다 우리는 일을 하죠. 제대로 비즈니스 이야기."

유리 너머로 계단을 올라오는 세키네와 나나가 보였다. 들떠보이는 나나가 크게 손을 흔들었다. 나나의 웃는 얼굴은 파티에서 항상 최대의 각도로 고정되었다. 아무리 웃어도 지치지 않는다니, 얼굴 근육이 어떻게 된 게 아닐까 하고, 사쓰키는 가끔 신기하게 생각할 때가 있었다.

세키네가 아는 사람에게 인사를 마치길 기다렸다가, 사쓰키는 야마구치를 소개했다. 세키네는 상냥하게 말했다.

"오, 자네가 이번에 사쓰키 씨 눈에 든 행운의 일러스트레이터 인가?"

야마구치는 무슨 소린지 모르겠다는 모습으로 모호하게 끄덕였다. 나나가 옆에서 말을 거들었다.

"사쓰키 선배는 묻혀 있는 재능을 간파하는 안목이 있어요. 그동안 유명한 아티스트를 여러 명 키웠죠."

그 전부와 연애를 하고 결국은 헤어졌다는 쓸데없는 소리는 하지 않도록, 사쓰키는 입술에 손가락을 대며 나나를 조용히 시켰다. 세키네가 웃으면서 말했다.

"얼른 파일이나 볼까. 여기는 시끄럽고 사람도 많으니, 좀 춥지만 계단에 앉을까."

네 사람은 손에 와인 컵을 들고 갤러리 밖으로 나왔다. 한 권의 대형 파일을 중심으로 각자 계단에 앉았다. 세키네는 천천히 페이지를 넘겼다. 음음, 하고 끄덕이며 그리 나쁘지 않다고 말했다. 계단에서 선 채 얘기를 나누던 모르는 커플이 두 칸 위에서 들여다보았다. '귀여워라~' 하고 여자가 속삭이는 소리가 들렸다. 세키네는 파일을 덮고 야마구치에게 말했다.

"마음에 드는군. 우리나라에서는 가볍고 귀여운 것을 좀처럼 아트로 평가하지 않는 분위기가 있어. 그렇지만 나는 귀여운 것도 예술의 한 분야라고 생각해. 야마구치 군의 일러스트, 아주 좋아. 내년에 표지를 그릴 일러스트레이터 후보에 넣어도 될까? 그러려면 봄부터 일 년 동안, 매달 한 장씩 새 작품을 그려야 하는데, 할 수 있겠나?"

야마구치는 감격한 것 같았다. 하얀 입김을 토하며 시원스럽게 말했다.

"열심히 하겠습니다. 꼭 시켜 주십시오."

세키네는 사쓰키를 보며 웃었다.

"후보에 넣는 것뿐이야. 결정권은 나한테 없어. 여기 사쓰키 씨네 회사가 스폰서야. 부탁하려면 내가 아니라 사쓰키 씨한테 해야지."

새삼스럽게 야마구치는 다시 봤다는 듯이 사쓰키를 보았다. 눈에 힘을 주어 사쓰키를 보며 잘 부탁합니다, 하고 가볍게 머리를 숙였다. 세키네는 딱딱해진 분위기를 풀듯이 말했다.

"저기, 나나, 건배용으로 새 와인 네 잔 좀. 그리고 여기 갤러리 대표인 구로다 씨를 좀 불러다 주지 않겠어? 야마구치 군하고 사쓰키 씨를 소개하고 싶네."

사쓰키는 새 와인이 오기 전에 나머지를 다 비웠다. 눈을 들자 환한 도쿄의 밤하늘에 별이 세 개만 보였다. 야마구치는 행복한 얼굴로 유리 벽 너머의 왁자지껄한 파티를 보고 있었다.

"사쓰키 씨 ……."

처음으로 성이 아니라 이름을 불려, 사쓰키는 놀라서 야마구치를 보았다. 갤러리를 꿈처럼 바라보는 야마구치의 시선은 움직이지 않았다.

"사쓰키 씨의 말대로 내년 이맘때쯤 이런 풍경에 익숙해진다고 해도, 저는 오늘 밤을 절대 잊을 수 없을 것 같습니다. 정말 고마워요. 왜 이렇게 저한테 잘해 주시는지 이유는 전혀 모르겠지만, 감사합니다."

세키네가 한 칸 아래 계단에서 사쓰키를 올려다보며 윙크했다. 사쓰키는 말하고 싶었다. 이유 같은 건 없어. 그것은 당신이 혼자서 귀한 빛을 계속 반짝거리고 있었기 때문이야. 그 빛은 도쿄의 별처럼 좀처럼 보기 어려운 것으로, 사실은 당신만의 것이 아니야. 많은 사람의 마음을 조금이나마 밝게 비출 등불이지. 내가 할 수 있는 일은 이 세계와 당신을 가로막는 커튼을 아주 조금이나마 열어주는 정도뿐이야.

"사쓰키 선배~."

계단 아래에서 나나가 한쪽 손으로 쟁반을 들고 손을 흔들었다. 미니 드레스 사이로 뻗은 다리는 체크무늬 스타킹에 감싸여 있었다. 나나 뒤에 삼십 대 후반의 남성과 이십 대 중반의 안경 낀 여성이 명함을 들고 따라왔다. 이 갤러리 대표와 큐레이터일 것이다. 두 사람 다 검은색 슈트 차림이었다.

사쓰키는 명함을 찾기 위해 안주머니에서 빨간 에나멜 지갑을 꺼냈다.

일찌감치 파티에서 빠져나온 네 사람은 근처 태국 음식점으로 장소를 바꾸었다. 세키네는 밤샘을 했다고 하면서 잘도 마시고 먹었다. 나나는 넋을 잃고 세키네를 바라보았다. 화제는 자연스럽게 새 얼굴인 야마구치가 되었다. 나나가 별로 관심 없는 듯이 물었다.

"지하철 일은 아침에 일찍 나가야 하죠?"

"아뇨, 당직이 아닐 때는 아침 여덟 시까지 출근합니다. 내일 크리스마스에도 그렇습니다."

사쓰키가 말했다.

"당직도 있군요. 집에 가면 보통 뭐 해요?"

"대체로 열 시쯤이면 잡니다. 일러스트를 그리다가 늦어질 때도 있지만, 다음 날에 영향이 있어서 열두 시 전에는 자도록 하고 있습니다."

나나의 눈이 동그래졌다.

"그럼 여자 친구하고 데이트할 시간도 없겠네요."

야마구치는 당면과 새우 샐러드를 한입에 먹어치우고 아무렇지 않게 말했다.

"선배들 대부분은 잠깐만 사귀고 바로 결혼해요. 근무가 불규칙해서 연애 감정만으로 오래 사귀는 게 어렵다고 해요. 저는 잘 모르겠습니다만."

사쓰키는 테이블 아래로 손목시계를 보았다. 밤 열 시가 지나고 있었다. 크리스마스이브는 이제 시작이지만, 야마구치는 일찍 보내 주는 편이 좋을 것이다. 슬슬 세키네와 나나를 해방시켜 줄 시간이기도 했다.

"난 그만 갈 건데, 야마구치 씨는 어떻게 할래요?"

야마구치가 당황한 듯이 냅킨으로 입가를 닦았다.

"그럼 저도 실례하겠습니다."

코트 주머니에서 지갑을 꺼내는 야마구치에게 세키네가 말했다.

"여긴 됐어. 어차피 경비고, 돌고 돌아서 사쓰키 씨와 나나의 회사가 내게 되니까. 그보다 일러스트, 열심히 해요."

잘 먹었습니다, 하고 야마구치는 머리를 숙였다. 가게를 나오자 아오야마 뒷골목은 2차로 바나 카페로 이동하는 커플로 넘쳐났다. 야마구치는 사쓰키보다 한 걸음 뒤를 걸으면서 말했다.

"크리스마스이브인데 제가 같이 있어서 죄송합니다. 저기, 사쓰키 씨 남자 친구는 어떤 분이세요?"

사쓰키가 돌아보자, 야마구치는 진지한 눈으로 마주 바라보았다. 고개를 돌려 어두운 거리 끝을 보면서 말했다.

"유감스럽지만, 오늘 밤 만날 약속을 할 사람이 없어요. 나도 이브를 혼자 보내지 않아서 다행이에요."

"믿기지 않네요, 사쓰키 씨 같은 …… 사람이."

야마구치는 무슨 말인가 하려다가 삼키는 것 같았다. 사쓰키는 뜨겁게 자신을 바라보는 젊은 시선을 등으로 느꼈다.

"고마워요."

갑자기 말수가 적어진 두 사람은 행복해하는 커플과 함께 아오야마도리의 빛 속으로 빨려들 듯이 걸어갔다.

두 사람은 오모테산도 사거리에서 지하로 내려갔다. 사쓰키의 집은 시부야에서 네 정거장 다음 역이고, 야마구치는 아오야마 1초메에서 갈아타서 센다가야의 기숙사로 간다고 했다. 같은 한조몬 선이어도 타는 곳이 달랐지만, 야마구치는 사쓰키와 함께 계단을 올라갔다.

"일부러 올라오지 않아도 되는데. 야마구치 씨, 오늘 피곤하잖아요."

야마구치는 긴장한 표정이었다. 말없이 계단을 올라와서 밝은 플랫폼에 서자, 사쓰키에게서 시선을 돌리고 말했다.

"마지막까지 바래다 드리고 싶습니다."

사쓰키가 장난스럽게 말했다.

"그건 내가 중요한 클라이언트이기 때문?"

야마구치는 시선을 돌려서 사쓰키를 보았다. 자신보다 일곱 살이나 젊구나, 하고 그 곧은 시선에서 가벼운 충격을 받았다.

"그런 거 아닙니다. 그저 조금 더 함께 있고 싶어서."

플랫폼 머리 위로 다음 지하철 도착을 알리는 불이 켜졌다. 야마구치가 다급하게 말했다.

"저 불이 켜지면 지하철은 플랫폼 200미터 앞이에요. 저기 사쓰키 씨 ……."

터널 안에 눈부신 헤드라이트가 보이기 시작했다. 금속이 마찰하는 굉음과 함께 차량이 플랫폼으로 미끄러져 들어왔다. 야마구치는 그래도 망설이는 듯했다. 공기가 빠져나가는 소리가 나고, 문이 좌우로 열렸다. 야마구치가 결심한 듯이 말했다.

"저기, 내일 크리스마스, 사쓰키 씨 약속 없으면 저하고 식사라도 하지 않겠어요?"

발차를 알리는 벨이 울렸다. 사쓰키는 그 소리에 등을 떠밀리듯이 빈자리가 보이는 차량에 올라탔다. 열려 있는 문 앞에 서서 파일을 안고 혼자 플랫폼에 남은 야마구치를 보았다.

"고마워요. 내일 전화해요. 기다릴게요. 완전 기대."

마지막 말을 하는 도중에 문이 닫혔다. 그런데 아마 야마구치에게는 잘 들렸을 것이다. 지친 듯한 얼굴이 갑자기 햇살이 비친 듯 밝아졌으니. 지하철은 천천히 미끄러지기 시작했다. 야마구치는 차량 앞쪽과 뒤쪽을 손가락으로 짚어 가며 확인하고는, 손가락 두 개를 포개어 이마 옆에 대고, 문 안의 사쓰키에게 경례했다. 소리도 없이 입술을 움직였다.

(내 · 일 · 또 · 봐 · 요)

사쓰키는 자신도 입술을 움직이면서 메시지를 읽고, 경례 자세로 플랫폼에 우뚝 서 있는 청년이 보이지 않을 때까지 문 유리에 이마를 대고 흘러가는 경치를 지켜보았다.

슬로 굿바이

눈을 뜨자 제일 먼저 보인 것은 몹시 높아 보이는 천장이었다. 옛날 습관대로 무심코 세미더블 침대의 왼쪽을 더듬었다. 아무도 없는 시트의 차가움이 손가락 끝에 아프게 닿았다. 이제 그녀는 가 버렸다. 그 후 열흘이나 지났는데 같은 짓을 되풀이하는 자신이 조금은 우스꽝스러웠다.

나카자와 후미히로는 침대에서 일어나, 시계를 올려다보았다. 아침 여덟 시 반. 평소보다 두 시간이나 일찍 일어났다. 프리랜서 작가인 후미히로에게는 새벽이라고 해도 좋은 시간이었다. 마치 데이트를 막 시작했을 무렵 같았다. 흥분해서 이렇게 일찍 일어나다니, 어떻게 된 것 같다. 오리털 이불을 걷어차고, 갑자기 넓어진 방을 멍하니 바라보았다.

후미히로가 요코하마 이시가와초에 얻은 집은 거실과 주방이 딸린 원룸으로 지은 지 이십 년쯤 되는 맨션이었다. 거실과 침실의 칸막이가 불투명 유리가 끼워진 창살문일 정도로 오래된 건물이다. 호리이 와카코와 동거하는 동안은 방이 하나면 충분해서 문을 떼어서 넓은 원룸으로 사용했다.

벽에는 할리우드 탐정 영화 포스터가 아직 남아 있었다. 가부키 배우처럼 턱이 긴 험프리 보가트가 중절모 아래로 눈을 치뜨고 있다. 그 포스터는 후미히로의 것이었다. 하지만 옆에 있던 태피스트리는 없어졌다. 지금은 아침 햇살을 받은 하얀 벽이 눈을 찌를 뿐이었다. 후미히로는 그 그림을 똑똑하게 떠올릴 수 있었다. 무희들이 모래사장에서 원으로 둘러서서 춤을 추는 장면이었다. 바다와 하늘은 어둠이 느껴질 만큼 진한 청색이었다. 남국이 아니면 낼 수 없는 색으로, 그것은 와카코가 회사 친구와 같이 간 발리의 기념품이었다.

주방 반대쪽 벽면을 점령하는 책장의 책 삼 분의 일도 깨끗이 정리되었다. 좁은 집에 사는 책 좋아하는 사람이 그렇듯 한 줄로 세워둔 책 위의 공간까지 빈틈없이 가로로 책을 꽂아 놓았다. 천장에 닿을 듯한 높은 책장도 와카코의 몫이 사라지자 여유가 생겼다. 올 상반기는 가로로 포개지 않아도 늘어나는 책을 수납할 수 있을 것 같다.

후미히로는 침대에서 일어났다. 하루 중에 제일 먼저 하는 일은 정해져 있다. 아침 식사 준비와 음악 선택이다. 커피 물을 끓이고 토스터에 모토마치의 퐁파두르에서 산 잉글리시 브레드를 넣었다. 발라 먹는 것은 버터 반과 딸기잼 반. CD는 밥 말리의 베스트 음반으로 했다. 와카코와 동거할 무렵에는 먼저 일어나는 쪽이 선곡할 권리가 있어서, 일본 팝을 들을 때가 많았다. 아침부터 너무 감상적인 실연 노래를 듣는 것이 고역일 때도 있었지만, 후미히로는 잠자코 있었다. 어쨌든 누군가와 같이 살려면 참는 것이 중요하다.

와카코가 나간 지금은 아침부터 베토벤이든 섹스 피스톨즈든 자유롭게 들을 수 있다. 밤에 친구들과 술 마시다 늦어져도 전화를 할 필요가 없다. 전부 혼자 생각하고 정하고 움직이면 된다. 누군가의 감정을 해칠까 두려워하거나, 스케줄 조정에 신경 쓸 일도 없다. 하고 싶을 때 하면 된다.

이 년 만의 독신 생활을 다시 시작하며, 후미히로는 텅 빈 냉장고처럼 자유로웠다.

주간지를 읽으면서 토스트를 먹는 것으로 잠을 깨우는 의식은 끝났다. 느릿한 레게가 편안했다. 후미히로가 태어난 시기와 비슷한 삼십 년 전 음악은 컴퓨터로 사운드 디자인을 하지 않은 탓인지 부드럽게 리듬을 탔다. 후미히로에게는 하루의 첫 음악이 그 날의 기분을 결정할 때가 있다. 분명 오늘은 여유로우면서도 붕붕 들뜬 기분일 것이다. 운전할 때 듣기 위해 그 CD도 갖고 가기로 했다.

후미히로는 이를 꼼꼼하게 닦고 샤워를 했다. 평소 같으면 아침 일찍 샤워를 하는 일은 절대 없다. 하지만 오늘은 와카코와 마지막 데이트다. 괜한 기대를 하는 건 아니었지만, 함께 산 이 년을 기념하기 위해서도 소홀히 할 수는 없었다. 옷은 전날 밤부터 챙겨두었다. 드라이클리닝을 맡겼다가 찾아온 베이지색 면바지에 연한 파란색과 흰색 줄무늬 버튼다운 셔츠. 재킷은 취재를 갈 때도 사생활에서도 거의 이 옷 한 장으로 버티는 네이비 블루 플란넬 재킷이었다. 후미히로는 별로 패션에는 흥미가 없었다. 상대가 불쾌해하지 않고, 자신이 입어서 피곤하지 않은 것이라면 아무것이나 상관없었다. 그것은 음식도 마찬가지여서 와카코가 손이 많이 가는 긴 이름의 요리를 만들어도 평소와 같은 빠르기로 담담하게 먹었다. 와카코는 열심히 요리한 보람이 없게 만드는 사람이라고 곧잘 화를 냈다.

세면대에서 어느새 자란 머리를 드라이했다. 자유직인 사람 중에 장발이 많은 것은 유행이어서가 아니라, 그저 바빠서 자르러 갈 시간이 없어서일 뿐이다. 후미히로도 끝까지 내버려두었다가, 더는 견딜 수 없게 되면 아는 미용사가 있는 가게에 가서 알아서 잘라 달라고 했다. 때로 이런 머리가 재미있겠다며 갈색으로 물들이기도 하고 오렌지색 브리지를 넣기도 하지만, 헤어 스타일 같은 건 이틀만 지나면 익숙해진다. 분명 미용사도 커트 하는 보람이 없는 손님이라고 생각할 것이다.

손바닥에 왁스를 덜어서 완전히 말린 머리에 발랐다. 머리를 꾸깃꾸깃 잡았다가 위로 세웠다. 미용사는 간단하다고 했지만, 몇 번을 해도 잘되지 않았다. '자연스러우면서 와일드한 헤어'는커녕, 슬리퍼 끌고 동네 슈퍼에 가는 주부 같아졌다. 후미히로는 포기하고 거울 앞을 떠났다.

방으로 돌아와 속옷 한 장 차림이 되었다. 티셔츠를 입고 재킷과 같은 색의 양말을 신었다. 얇은 비닐을 뜯자, 버튼다운 셔츠에서는 세탁소 특유의 휘발성 냄새가 났다. 주름이 지지 않도록 신중하게 팔을 끼웠다. 그때 전화가 울렸다. 휴대전화가 아니라 집 전화다. 후미히로는 무선 전화기를 들었다.

"후미 씨? 〈블라스트!〉의 고노인데."

휴일 오전에 거래처인 음악 잡지 편집자에게서 전화가 왔다. 후미히로는 최악의 결과를 예측했다.

"무슨 일 있어?"

고노는 말하기 곤란한 듯했다.

"응. 그게 말이지, 지난주에 받은 '패닉 피크닉' 인터뷰 기사 말인데⋯⋯."

후미히로는 거울에 비친 자신을 보았다. 하반신은 팬티 한 장에 위에만 상큼한 줄무늬 셔츠를 입고 있다. 얼간이 같은 차림이다. 양말이라도 신고 있었더라면 좋았을걸.

"소속사에서 클레임이 들어와서 그대로는 게재하지 못하게 하네. 내일까지 좀 고쳐줄 수 없을까. 시간이 빠듯해서 인쇄소도 화내고 있어."

어떻게든 해야 하는 건 알고 있다. 일련의 일의 흐름 속에서 후미히로가 제일 하류에 있다. 어떤 쓰레기가 떠내려와 쌓여도 어떻게든 자신이 처리할 수밖에 없다. 하지만 순순히 패배를 받아들이기가 싫어서 후미히로는 일단 불평했다.

"그렇지만 그 밴드, 술 취해서 해롱거리기나 하고, 한 번뿐인 인생 우리가 천하를 다스리네 어쩌네, 그런 소리밖에 하지 않았어. 화장은 잘했지만, 머릿속은 뇌 대신에 헤어네트를 채워 놓은 것 같다니까. 취재 테이프도 있다고."

고노가 동정하듯이 말했다.

"후미 씨 말이 맞지만, 그 녀석들 망하면 복수해 줄 테니까 이번에는 어떻게 좀 해 줘. 그쪽 매니저가 교정 본 원고가 있는데 지금 팩스로 보낼게. 수정 원고는 메일로 보내 줘."

진심이 아니었던 후미히로의 저항은 순순히 끝났다.

"내일 몇 시까지 하면 돼?"

"되도록 빠르면 좋겠지만, 오후 네 시까지라면 오케이야."

그때까지라면 지금부터 와카코와 데이트를 해도 밤샘을 하면 맞출 수 있을 것이다. 후미히로는 손해를 보지 않기로 했다. 그 매니저라면 전에 전혀 팔리지 않는 밴드를 데리고 있을 때 일을 한 적이 있었다. 원하는 사항은 알고 있다. 내용 같은 것 없어도 괜찮다. 사전에서 미사여구를 추려내서 아무것도 없는 밴드를 철저하게 찬양하면 된다. 신기한 것은 그편이 매니저는 물론 독자들에게도 반응이 좋다는 사실이다. 누군가의 열렬한 팬인 사람 대부분은 자신이 좋아하는 사람에 대한 비판을 일절 허용하지 않는 면이 있다. 그것은 십 대 대상의 음악 잡지에 국한된 일이 아니었다.

후미히로는 재빨리 바지와 재킷을 입고, 스륵스륵 용지를 뱉어 내는 팩스 소리를 들으면서 열쇠로 현관문을 잠갔다.

엘리베이터에서 내려 맨션 계단을 천천히 내려갔다. 아직 자메이카 리듬이 몸속에 남아 있는지 리듬에 맞춰 짧은 계단을 내려가는 것만으로 기분이 좋았다.

이시가와초는 주변에 언덕이 복잡하게 얽힌 지역이었다. 후미히로가 차를 세워둔 주차장까지 가려면 한쪽에 난간이 있는 낭떠러지 계단을 몇 번이나 오르락내리락해야 했다. 깎아지른 듯한 경사면으로 겨울 햇살이 쏟아지는 요코하마 항과 마린타워가 그림엽서처럼 밝고 맑아 보였다.

　며칠 전에 십 년 만이라고 하는 한겨울의 태풍이 지나간 간토 지방에는 따뜻한 남풍이 불어 기온이 4월 말처럼 올라갔다. 계단 아래에서 불어오는 부드러운 바람이 집에서 나올 때의 불쾌한 기분을 깨끗이 씻어 주었다. 프리로 글을 쓰다 보면 그런 말썽은 얼마든지 생긴다. 일이 원만하게 진행되는 게 신기할 정도다.

　후미히로는 주택가에 덩그러니 있는 주차장에 들어갔다. 세차 같은 건 일 년에 몇 번밖에 하지 않는데, 중고 혼다는 반짝반짝 잘 닦여 있었다. 후미히로는 만족스럽게 손가락 끝으로 보닛을 스윽 만져 보았다. 먼지가 거의 묻지 않았다. 전날 열심히 왁스를 칠한 보람이 있었다. 뒤로 돌아가 트렁크를 열고 열두 장이 들어가는 CD플레이어에 갖고 온 밥 말리를 넣었다. 안을 확인하고 미소를 지었다. 이걸 보면 와카코가 뭐라고 할까.

　트렁크를 힘차게 닫고, 운전석에 앉았다. 두 세대 전의 모델인 스포츠 쿠페가 달리기 시작했다. 시대에 뒤처졌지만 엔진은 쌩쌩해서 전주곡이라는 이름의 자동차는 때 아닌 남풍 속을 즐겁게 달렸다.

　간나이에 있는 입구에서 고속 1호선을 탔다. 아직 동거하기 전, 와카코가 스미요시의 본가에 살 때는 휴일 오전에 항상 이 길을 달려 데리러 갔다. 고속도로는 몇 가지 이점이 있었다. 멍하니 잡념을 할 수 있다. 차 안 스테레오로 음악을 집중적으로 들을 수 있다. 게다가 밀리지 않을 때는 목적지에 일찍 도착할 수도 있다.

후미히로는 건물이 빽빽하게 들어선 시내 속의 고가도로를 타는 것을 좋아했다. 어릴 때 정신없이 빠져 있었던 SF 영화의 무대를 달리는 기분이 들어 두근거렸다. 생각해 보면 그것도 당연했다. 그 시절의 이십 년 뒤를 자신은 달리고 있다. 시원찮은 미래지만, 그래도 미래는 미래다.

하얗고 가느다란 물마루가 펼쳐지는 도쿄 만 오른쪽으로 헤이와 섬과 덴노즈를 지났다. 미나토 구에 들어서자 도쿄의 중심은 거의 하나로 이어지는 빌딩 같았다. 신바시, 긴자, 니혼바시. 반듯하게 모서리를 맞춘 건물이 끝없이 이어졌다. 어느 오피스빌딩이나 일요일인 탓인지 어딘가 한가로운 분위기였다.

천천히 오른쪽으로 돌면서 언덕길을 올라가는 수도고속도로 6호선과의 분기점에서는 유리 지붕의 수상버스가 오가는 스미다 강이 납 거울처럼 보였다. 다리를 지나 스미다 구에 들어서자, 건물 키가 갑자기 낮아졌다. 도쿄 변두리 마을의 시작이다. 이제 와카코의 집도 가까워졌다.

긴시초 출구에서 고속도로를 내려, 요쓰메도리를 지나 바다 쪽으로 달렸다. 지하철 스미요시 역 모퉁이를 왼쪽으로 돌아 몇 백 미터 지나자 익숙한 공회당이 나타났다. 공회당 앞 광장의 잔디를 등지고 그녀는 기다리고 있을 것이다.

두 번 다시 이 길을 지날 일이 없을지도 모른다. 추억의 길을 달리는 후미히로의 운전은 저절로 정중해졌다.

열흘 만에 얼굴을 보는 와카코는 묘하게 밝았다. 다가오는 혼다에 손을 흔들고는 조수석에 올라탔다. 후미히로는 얼굴을 제대로 보지 못하고, 바로 차를 출발했다. 무슨 얘기를 할지 생각해두었건만, 가장 피해야 할 화제를 제일 먼저 꺼냈다.

"마사토는 잘 있어? 잘돼 가?"

와카코는 안전띠 위로 스커트 자락을 바로 했다. 한 번도 본 적 없는 그물 스타킹을 신었다. 그물코가 상당히 크고 섹시했다.

"응. 잘돼 가. 그쪽이야말로 귀여운 애인이라도 생겼어?"

없다고 하는 것도 분해서 잠자코 있었다. 이럴 때 음악은 편리하다. 침묵을 메워 준다. 후미히로는 다시 시작하듯 말했다.

"오늘은 요코하마 가는 거지."

"응."

순간 진지한 눈으로 와카코가 바라보았다. 한때나마 좋아했던 여자의 눈에는 어째서 시간을 멈추게 하는 힘이 있는 걸까. 후미히로는 당황한 것을 눈치채지 못하도록 핸들을 꽉 잡았다.

미키 마사토는 대학 시절 친구로, 졸업 후에도 같이 노는 친구 중 한 명이었다. 지금은 무슨 소프트웨어 제작사에 다니고 있다. 후미히로와 와카코가 다닌 대학은 도쿄 교외에 있는 아담한 학교로, 남녀 비율이 거의 반반이었다. 부속 초등학교부터 줄곧 다닌 사람도 많아서 가족적인 분위기가 특징이었다. 다른 대학에 간 고교 시절 친구는 '그 학교는 자급자족을 해서 부럽다'는 식으로 말하기도 했다. 대부분 커플이 같은 학교 내에서 이루어지기 때문이었다. 커플들이나 같이 노는 친구들의 면면은 졸업한 뒤에도 여전했다. 아무리 헤어져도 얼굴을 보지 않는 것은 생각할 수 없는 작은 세계였다.

후미히로의 친구 사이에서는 여자 친구와 능숙하게 헤어지는 것이 예의였다. 대판 싸우거나 눈물 바람을 하는 이별은 최악으로, 둘 사이에서라면 몰라도 다른 친구 앞에서는 깨진 커플들도 록밴드 해산 회견처럼 깔끔하게 했다.

앞으로 나아갈 음악성이 좀 다를 뿐입니다.

누구든 발전적이면서 담백한 연인 관계 해소라고 하는, 거의 승산 없는 투쟁을 연기해야만 했다. 그래서 그날 후미히로와 와카코도 흔히 사용하는 엔딩 방법을 시도하게 되었다.

굿바이 데이트.

친구들은 다들 그렇게 불렀다. 그때는 되도록 호화롭고 센티멘털한 것을 중요하게 여긴다. 능숙하게 굿바이 데이트 프로그램을 짜는 남자는 여성들에게 평가가 훌쩍 높아진다. 후미히로는 대학을 졸업하고 칠 년이나 지났는데, 아직 그런 것을 하는 것은 바보 같다고 생각하지 않는 것도 아니었다. 하지만 인간이 하는 일의 9할은 자신도 바보 같다는 걸 알면서 하는 것이다. 사용한 휴지처럼 지저분한 탤런트의 인터뷰를 사탕 같은 말로 꾸며 준다. 다른 남자로 바꿔 탄 동거 상대와 추억의 데이트 코스를 한 바퀴 돈다. 둘 다 바보 같은 짓인 건 마찬가지다. 하지만 기왕 하려면 제대로 할 수밖에 없다.

후미히로는 또 길을 되돌아와 수도고속도로를 탔다. 1월 말인데 도쿄의 하늘은 초봄처럼 희미한 파란색이었다. 와카코가 정면을 보면서 말했다.

"히로는 앞으로 어떻게 할 거야. 계속 글을 쓸 거야?"

후미히로는 대답이 궁했다. 어릴 때, 어쩌다 한 번 보는 친척들이 넌 크면 뭐 할래, 하고 물을 때의 기분이 생각났다. 사치스러운 생활을 바라지 않는다면 아직 이 일을 계속할 수밖에 없을 것이다. 노후 보장 같은 건 아무것도 없지만.

"모르겠어. 한동안은 이렇게 살 생각이지만."

운전을 하길 다행이라고 생각했다. 백미러로 차간 거리를 보거나 속도계를 보는 등 얼마든지 주의를 분산할 곳이 있다. 장래 같은 것, 진지하게 생각하기 어려운 문제다.

"나 말이야, 히로에게는 글 쓰는 데 재능이 있다고 생각해."

본인은 전혀 찬성할 수 없는 의견이었다. 재미있었던 회식 상황을 재미있게 이야기한다. 혹은 내용 없는 인터뷰를 잘 정리한다. 그런 기술이라면 확실히 있을지도 모르지만, 그것과 이것은 별개 문제다.

"글쎄. 그런 건 난 잘 모르겠고, 혹시 있다면 머리 뒤쪽이나 귓구멍 속이나 나한테는 절대로 보이지 않는 곳에 있지 않을까."

웃음소리가 들리지 않았다. 흘끗 조수석을 보니 앞 유리를 노려보는 눈가에 금방이라도 쏟아질 듯이 눈물이 고여 있었다. 와카코는 손수건을 꺼내더니 레이스 모서리로 눈초리에서 빨아들이듯이 눈물을 닦았다.

"정말 그래. 히로는 자신의 장점을 전혀 몰라."

후미히로는 가만히 있지 못하고 자리에서 몸을 움직였다. 가만히 있으면 와카코의 목소리는 알아듣기 어려울 정도로 작아졌다.

"내가 히로네 집에서 나오기로 마음먹은 계기 모르지?"

혼다는 도심 빌딩가의 고가도로를 미끄러지고 있었다. 후미히로는 끄덕였다. 왼쪽 뺨에 뜨거운 시선이 느껴졌다.

"작년 말에 히로가 테이블에 펼쳐 놓은 노트를 읽었어. 혼자가 되고 싶다. 혼자 느긋하게 생각하고 싶다. 거기에 몇 가지 이야기가 쓰여 있었어. 이렇게 펼쳐 놓은 건 분명 나한테 보라는 얘기구나 생각했지."

그 내용은 전혀 기억나지 않았다. 후미히로는 퍼뜩 떠오르는 생각을 메모하는 노트가 있다. 일기처럼 매일 성실하게 쓰는 건 아니고, 보름씩 공백이 있을 때도 있지만, 그럭저럭 계속 쓰고 있었다. 후미히로는 애가 탔다.

"전혀 몰랐어. 그런 게 쓰여 있었다고 해도 그건 와카코가 나가길 바라서가 아니라, 단순히 혼자 이런저런 생각을 해 보고 싶다는 뜻이었을 거야. 잘 기억나지 않지만, 틀림없이 그래."

차오르던 눈물은 사라진 것 같았다. 와카코는 손수건을 넣고 단호히 말했다.

"히로는 세상이 무서운 거야. 사람과 어울리려고도 하지 않고, 일에서도 자신을 드러내지 않잖아. 히로에게는 좋은 점이 많으니까 그대로 자신을 드러내면 될 텐데."

후미히로는 자신의 좋은 점이 뭔지 알 수 없었다. 당신은 어떤 성격입니까, 장점은 무엇입니까. 그런 질문에 대답하는 것이 싫어서 취직 시험조차 보지 않았을 정도다. 자신을 드러낸다 해도 후미히로의 경우 세상과 자신을 연결하는 터널이 심하게 정체를 일으켜서 전혀 기능하지 않는다. 몇 안 되는 장점은 정체가 풀리길 기다리는 동안 시들해져 버린다.

"고마워. 그렇게 말해 주니 기쁘네."

와카코는 순간 후미히로를 노려보았다.

"이내 그렇게 예의 바르게 항복하지. 난 농담을 하는 게 아냐. 헤어진 여자가 하는 말이니 진지하게 들어. 알겠어?"

후미히로는 끄덕였다. 이윽고 간나이 출구가 가까워졌다. 얇게 긴 얼음을 건너듯이 천천히 브레이크를 밟자 와카코가 말했다.

"언젠가 자기 글을 쓰게 되면 내 이야기도 꼭 써 줘. 둘이서 살았던 날 이야기나 오늘 굿바이 데이트 이야기 같은 것도."

"알았어."

언제 그런 날이 올지 전혀 예상할 수 없었지만, 후미히로는 제대로 힘이 들어간 대답을 했다. 그런 일이 가능하다면 정말 멋있을지도 모른다. 그때는 이 낡아빠진 콘크리트 요금 게이트나 여기서 오십 년이나 표를 주고 있는 것 같은 직원 이야기도 다 써 주도록 하지. 후미히로는 주머니에서 동전을 뒤졌다.

주카가이[中華街] 안에 있는 주차장에 혼다를 세우고, 두 사람은 거리로 나왔다. 일요일 낮은 어느 레스토랑에나 돈을 버는 시간이다. 대로변의 대형 가게는 연신 단체 관광객을 받고 있었다. 후미히로는 주카가이의 중심가를 벗어나, 뒷길에 자그마한 간판을 걸고 있는 가게에 들어갔다. '신신'은 두 사람의 단골 중국 음식점이었다.

주카가이의 대부분 가게는 늦어도 밤 아홉 시에는 영업을 마친다. 그 가게는 맛도 훌륭했지만, 심야까지 가게를 열기 때문에 지역 방송국 사람이나 후미히로 같이 야행성인 사람에게 안성맞춤이었다.

비닐 테이블보가 깔린 테이블에 안내받은 뒤, 후미히로가 말했다.

"늘 먹던 거로 먹을 거지?"

와카코는 끄덕였다. 에비소바에 네기소바, 그리고 샤오룽바오 네 개. 후미히로는 메뉴를 펼치고 말했다.

"이 대하 검은콩 볶음도 추가할까?"

그것은 언젠가 보너스라도 나오면 주문하자고 둘이서 얘기했던 요리였다. 와카코는 웃으며 고개를 가로저었다.

"됐어. 그건 먹지 말고 놔 두도록 해. 언젠가 새로운 여자 친구가 생기면 사 줘."

후미히로는 자기도 놀랄 만큼 다정한 목소리로 말했다.

"그래. 그럼 대하는 영원히 결번으로 해야겠네. 이제 누구하고 도 주문하지 않을 거야."

천장 가까이에 있는 텔레비전에서 일요일 예능 프로의 웃음소리가 쏟아졌다. 옆 테이블에는 세 살 정도의 남자아이가 오싱싱 오싱싱 하면서 볶음밥에서 잘게 다진 파를 골라내고 있었다. 눈이 마주치자 두 사람은 자연스럽게 웃었다. 뺨이 동그란 남자아이는 오싱싱 먹을래, 해 놓고 보들보들한 달걀과 밥뿐인 볶음밥을 긁어 넣었다.

주문한 요리가 두 사람의 테이블에 나왔다. 수프 맛은 소금 맛과 간장 맛이 있어서 옛날에는 반씩 바꾸어 먹었지만, 헤어진 지금은 그것도 어려울 것이다. 에비소바를 좋아하는 와카코를 위해 남은 한쪽을 골랐다.

와카코는 보브 머리를 한 손으로 누르고 면을 풀어서 한입 먹었다. 후미히로는 손목부터 손가락 끝의 아름다움에 새삼 넋을 잃었다. 그제야 생각났다. 키가 큰 와카코는 신체 어느 부위든 끝부분 선이 아름다웠다.

눈앞의 네기소바에 손을 대지 않고 있자, 그릇에 시선을 떨어뜨린 채 와카코가 말했다.

"역시 이 가게 면은 맛있어. 나, 마사토에게 프러포즈 받았어."

후미히로는 배 속의 내장이 원래 있던 자리에서 이탈한 것처럼 느껴졌다. 간신히 소리를 쥐어짰다.

"그랬구나. 잘됐네."

와카코는 긴 플라스틱 젓가락 끝으로 등이 구부러진 빨간 새우를 굴렸다.

"고마워."

"그래서 어떻게 할 생각이야?"

와카코가 얼굴을 획 들었다. 자연스럽지는 않았지만, 웃는 얼굴로 말했다.

"결혼할 생각이야. 나한테는 마사토같이 평범한 사람이 역시 어울려."

자기도 평범하다고 말하고 싶었지만, 후미히로는 간신히 말을 삼켰다. 대신 나온 것은 또 생각과 정반대의 말이었다.

"그럼 난 결혼식에 못 가겠네."

와카코는 장난스럽게 웃었다.

"괜찮아. 마사토 친구로 오면 되잖아. 불러 줄게."

후미히로는 아무 대답도 하지 않고 네기소바에 젓가락을 가져갔다. 텔레비전의 웃음소리가 시끄러웠다. 불어버린 국수를 맛도 모르고 후루룩 먹어치웠다.

가게를 나오자 두 사람의 다리는 자연스럽게 모토마치로 향했다. 평저선이 먹물 같은 수면에 떠 있는 운하를 건너, 천천히 구불구불한 골목으로 들어섰다. 일찌감치 겨울 할인 행사가 시작됐는지 거리 여기저기에 귀여운 세일 깃발이 펄럭거렸다. 하긴 이 거리에서는 일 년의 반은 세일 중이다.

요코하마 모토마치는 두 사람의 휴일 산책길이었다. 아무것도 할 일 없는 오후, 그저 윈도쇼핑을 하면서 어슬렁어슬렁 왕복했다. 그것만으로 즐거운 기분이 들었다. 두 사람은 모토마치의 화려함이 두드러지지 않는 분위기가 편안했다. 항구도시의 사람은 도쿄만큼 분주하게 이동하지 않는다. 도쿄에서 일하는 두 사람은 요코하마의 느긋한 페이스에서 자신을 되찾고 있었다.

후미히로와 와카코는 미묘한 거리를 유지하면서 느릿하게 거칠고 고르지 않은 막돌이 깔린 찻길을 걸어갔다. 마음에 드는 가게 앞까지 오자, 와카코는 찬찬히 가게 디스플레이를 보더니 안으로 들어갔다. 옛날에는 지겨울 때도 있었지만, 그날의 후미히로에게는 여유가 있었다. 공예품 같은 펌프스를 보고, 가죽 가방을 들어 보고, 은그릇의 무게를 확인해 보았다. 그것이 직업이란 건 알고 있지만, 하나하나의 물건에 담긴 감각과 노력을 생각하면 현기증이 날 것 같았다. 모토마치에는 온 세계로부터 온, 사람을 즐겁게 하고 아름답게 장식할 수 있는 물건들이 모여 있다.

한 쇼핑객이 큰 개를 데리고 들어오자, 와카코는 개한테 인사하러 갔다. 마음 한쪽이 저려오는 채, 후미히로는 화려한 거리를 배경으로 한 개와 와카코를 지켜보았다. 다시 한 번 시작하고 싶은 마음은 있었지만, 그래도 실패할 거란 건 알고 있었다. 결혼 같은 것 하지 말라고 말하고 싶었지만, 후미히로는 누군가에게 무언가를 명령하지 못했다. 그것은 선천적인 성격으로, 상처를 입었을 때는 언제나 경직된 미소를 지으며 아픔이 가실 때까지 꾹 참고, 그 자리에 웅크리고 있었다. 어릴 때부터 뭐든 혼자 참고 견디는 아이였다.

"왜 그래?"

아프간하운드의 목을 안고 와카코가 올려다보며 말했다. 후미히로는 상대의 눈을 볼 수가 없어서, 벽에 걸린 하얀 노를 보았다.

"아무것도 아냐. 그런데 라면이나 먹고 길거리를 어슬렁거리는 것뿐인 굿바이 데이트로 괜찮을까."

싱글룸을 두 개 예약하고 추억의 이탈리아까지 날아간 전설의 커플도 있었다. 후미히로의 수입은 동년배 샐러리맨보다 적지 않았다. 와카코는 일어서더니 힘껏 끄덕였다.

"이걸로 충분해. 난 너무 호화로운 곳에서는 안정이 안 되고, 히로가 살던 이 거리를 좋아하니까. 이제 별로 올 일도 없을 것 같고."

두 사람은 또 윈도쇼핑으로 돌아갔다. 후미히로는 이 길이 한 없이 이어졌으면 좋겠다고 생각했지만, 이내 항구 쪽 종점에 도 착해 버렸다. 평소에는 이대로 인형의 집 입체 교차로를 건너, 마린타워를 지나 야마시타 공원까지 갔었다. 후미히로가 아무 말 하지 않아도 와카코는 항구 쪽으로 걸어갔다.

야마시타 공원은 요코하마 항구에 좁고 길게 면한 해안 공원 이지만, 왠지 평소에는 바다 냄새가 별로 나지 않는다. 하지만 그날은 태풍이 남기고 간 부드러운 남풍이 바다 냄새를 듬뿍 실 어다 주었다. 히카와마루('태평양의 여왕'으로 불리던 초호화 유람선 —옮긴이)가 보이는 벤치에 앉아 있으니, 피부와 머리칼이 짜고 축축해지는 것 같았다. 하늘에 구름이 흐르고, 항구는 겨울의 이 른 석양에 연한 장밋빛으로 물들고 있었다. 후미히로와 와카코 는 자전거 뒤에 아이스박스를 실은 아이에게 아이스크림을 두 개 샀다. 한입 먹고 나서 와카코가 말했다.

"이거 옛날 아이스크림 맛이 나."

후미히로도 먹어 보았다. 서걱, 하고 얼음 심지가 이에 닿는 감 촉이 있었다. 요즘 아이스크림처럼 유지방이 많아서 매끄럽고 진한 맛은 아니고, 우유 맛 하드 같은 깔끔한 뒷맛이었다.

"정말이네. 여기서 계속 살았지만, 이런 건 처음 먹어 본다."

"정말. 못 해 본 것들이 많았네."

"대하도 못 먹었고, 결혼도 못 했어. 와카코가 어떻게 생각할지 모르겠지만, 난 분명 이대로 줄곧 같은 일을 하고 있을 거야."

와카코는 자신만만하게 말했다.

"난 걱정하지 않아. 히로는 자신에 관해 제일 몰라. 이대로 끝나지 않을걸."

공원을 나와서 주카가이 주차장으로 돌아올 무렵부터 두 사람 사이에는 말수가 적어졌다. 후미히로는 묵묵히 혼다를 거리로 몰고 나왔다. 간나이로 향하면서 물어보았다.

"오늘 저녁은 안 먹어도 돼?"

정면을 보며 와카코가 말했다.

"응. 내일도 출근하니까."

낯익은 요코하마 시내가 창밖을 지나갔다. 후미히로는 도쿄 방면이 아니라 시즈오카 방면의 이정표가 걸린 입구로 들어가고 싶어 미칠 뻔했다. 그러나 기계적으로 상행선으로 진입했다. 고속도로에서는 드문드문 헤드라이트를 켠 차가 눈에 띄었다.

두 사람 사이에 침묵의 압력이 점점 높아졌다. 이렇게 되면 음악으로도 어떻게 할 수 없다. 스피커를 떠난 멜로디는 이내 힘을 잃고 무너져, 자동차의 좁은 바닥에 쌓여 갔다.

후미히로는 요코하마 시내가 노을빛으로 물드는 것을 보는 것만으로 슬퍼서 견딜 수 없었다. 눈에 들어오는 모든 것에 와카코와의 추억이 묻어 있었다. 눈을 감고 싶을 정도였지만, 고속도로 이동 중이니 그것도 불가능했다.

도쿄까지 17킬로미터라는 이정표가 보였다. 기어 손잡이에 내려놓은 왼손에 와카코가 자신의 오른손을 포갰다.

"앞으로 17킬로미터면 우리도 끝이네."

앞유리가 갑자기 흔들리는 것 같아서 후미히로는 핸들을 다시 꽉 잡았다. 참고 있던 눈물이 쏟아졌다. 한번 흐르기 시작하자 멈출 수가 없었다. 고마워, 즐거웠어, 언젠가 또 만나면 좋겠다. 마음속으로는 얼마든지 말이 떠오르는데 한 마디도 할 수 없었다.

와카코도 후미히로의 손을 잡은 채 울고 있었다. 차 안의 공기만으로 그건 알았다. 두 사람은 그대로 한동안 울었다. 그리고 서로 마주 보며 상대도 똑같이 울고 있는 것이 웃겨서 눈물을 닦으면서 웃었다.

도심으로 돌아와서야 겨우 진정된 와카코가 말했다.

"아아, 실컷 울었더니 개운하다. 히로, 고속도로 내려가서 긴자의 호텔에서 아침까지 섹스나 해 버릴까."

후미히로는 바로 대답했다.

"관두자. 분명 나중에 후회할 거야."

"하지 않아도 후회할 것 같은 기분도 들지만. 역시 그럴지도 모르겠네."

맑은 어둠 아래 두 사람을 태운 쿠페는 미끄러지듯이 달렸다. 빌딩 숲을 지나 스미다 강을 건너자, 드디어 고속도로 출구가 가까워졌다. 후미히로는 운 탓인지 조금 피곤했다.

"일곱 시간에 걸쳐서 누군가에게 안녕을 고한 건 처음이야."

"정말. 누가 시작했는지 모르겠지만, 이 데이트 무척 힘드네."

후미히로는 긴시초 거리로 내려와서, 천천히 와카코네 집 근처의 공회당으로 향했다.

"갓 면허 딴 대학생하고 데이트하는 것 같았지?"

"응."

요코하마에 가서 라면을 먹었을 뿐이다. 뭔가 잊어버린 것이 많이 남은 것 같은 기분이 들었다. 와카코가 또 기어 손잡이에 올린 손을 잡았다. 후미히로는 손바닥을 뒤집어 맞잡았다. 후미히로는 비상등을 켜고, 공회당 앞 잔디 옆에 혼다를 세웠다. 손을 놓자 와카코가 등을 폈다.

"그럼, 나, 갈게."

문을 열고 펌프스를 신은 두 다리를 나란히 지면에 내렸다.

"잠깐만."

후미히로는 운전석에서 내려 트렁크로 돌아갔다. 차에서 내린 와카코가 뒤에 섰다.

"자. 생일까지 아직 두 달 남았지만, 선물."

후미히로는 트렁크 안에서 장미 꽃다발을 꺼내 와카코에게 건넸다. 그것은 두 해 전, 사귀기 시작할 때부터의 습관이었다. 장미는 세 송이 늘었지만, 이제는 느는 일이 없을 것이다.

"어머나, 고마워."

와카코는 선뜻 꽃다발을 받아 들었다. 장미는 전날 꽃집에서 산 것이다. 트렁크에 넣어둔 채여서 곳곳에 시든 꽃잎이 눈에 띄었다. 두 사람 앞으로 택시가 기세 좋게 지나갔다. 와카코는 가슴에 꽃다발을 안은 채 인도로 올라왔다. 눈높이가 후미히로와 같아졌다. 눈 화장이 번져서 얼굴이 엉망이 되었다. 와카코는 소음에 지지 않도록 큰 소리로 말했다.

"오늘 일은 잊을 수 없을 거야. 고마워, 히로. 언젠가 꼭 이 꽃다발과 요코하마와 내 이야기를 써야 해. 그리고 차 안에서 같이 운 것도 전부. 잊지 말고 제대로 써 줘."

후미히로는 자신이 그런 짓을 할 날이 오리라고는 생각하지 않았지만, 웃으며 끄덕였다.

"그때는 실명이어도 돼?"

와카코는 조금쯤 생각했다.

"으음. 역시 다른 이름으로 해 줄래? 그리고 미인이라고 써 줘."

"알겠어. 그럼 나도 다른 이름으로 할래. 와카코 이야기도 내 이야기도 다들 '빌어먹을!' 하고 생각할 만큼 멋지게 써 줄게."

"그럼 이만."

"그럼."

후미히로는 꽃다발을 가슴에 안고 등을 곧게 펴고 걸어가는 와카코를 지켜보았다. 등에는 아직 지켜보고 있을 거란 걸 의식한 경직이 보였다. 한 번도 돌아보지 않고 모퉁이를 돌아서 와카코가 시야에서 사라지자, 후미히로는 가벼운 발걸음으로 혼다로 돌아왔다.

시동을 걸고 일요일 밤의 행렬 속으로 차를 돌렸다. 잃는 것이 있으면 얻는 것이 있다. 후미히로는 신기했다. 슬픔뿐만 아니라, 왠지 마음속에 많은 이야기가 흘러넘쳤기 때문이다.

하나같이 누군가를 배신하고 상처 입히는 게 아닌, 작은 사랑 이야기였다. 등장하는 것은 스타가 아니라, 자신과 와카코처럼 보통 사람이었다. 냉혹하고 상처투성이인 이 세상에 있으나 마나 상관없는 길가의 먼지투성이 꽃 같은 이야기. 하지만 그것은 확실히 후미히로의 마음속 어디에선가 태어난 이야기였다.

대체 어디서부터 손을 대면 좋을까. 후미히로는 이야기의 순
서를 생각하면서 밤길 속으로 달려갔다.

　해피엔딩인 연애 소설은 훈훈하기는 하지만 여운이 없구나, 생각하며 편안하게 읽어나가는데, 마지막에 유일하게 헤어짐으로 끝나는 표제작 〈슬로 굿바이〉가 튀어 나왔다. 덕분에 전혀 준비하지 못한 눈물이 갑자기 주르륵. 이별하는 연인들의 모습은 언제나 가슴 아프다. 찌릿찌릿한 가슴으로 번역하며 주말 드라마 보는 아줌마처럼 "기왕이면 이 커플도 다시 만나게 해 주지 그랬어" 하고 저절로 구시렁거렸다.

　작가가 바라던 대로 열 편이 모두 식상하지 않은 소재와 식상하지 않은 전개법의 연애소설이어서 매 편이 흥미로웠지만, 유일한 이별 이야기여서인지 〈슬로 굿바이〉의 여운은 꽤 오래갔다.

　이 소설은 이십 대의 사랑 이야기다. 성에 개방적이고 동거에 긍정적인 그들의 연애법에 적잖이 놀랐다. 이건 일본 젊은이들만 그런 거 아닐까? 우리나라는 아직 이렇지 않겠지? 라고 생각하지만, 등잔 밑이 어두운 법이니 장담할 일은 아닐 것 같다. 그러나 이시다 이라의 달콤한 문장에 빠져 읽는 사이 어느새 세뇌되었는지, 이래도 한 세상 저래도 한 세상인데 최대한 청춘을 즐기는 것도 좋지 아니한가, 하는 식으로 생각이 바뀌어 갔다. 급기야 대학생 딸의 통금시간에 관대해야겠다는 결심을 하기에 이르렀다. 마음껏 청춘을 구가하는 것도 그들의 특권일 테니.

〈울지 않는다〉는 친구의 여자 친구를 짝사랑하는 남자의 이야기다. 친구 커플이 깨지며 짝사랑 남에게 드디어 기회가 찾아온다. 〈십오 분〉은 대학생 커플의 광적인 성생활을 그리고 있다. 좀 심하다. 〈You look good to me〉는 온라인으로 친목을 도모하고 번개를 하는 게 유행이었던 인터넷 초창기 시절 대화방에서 만난 남녀의 이야기. 〈연인인 척하기〉는 끊임없이 소개팅을 주선하는 오지랖 넓은 친구 커플 때문에 가짜로 연인인 척하는 남녀의 이야기. 〈진주 컵〉은 공중전화 부스에 붙은 데이트 클럽 전단을 보고 연락한 남자와 콜걸의 건강하고 설레는 연애 이야기. 〈꿈의 파수꾼〉은 시나리오 작가가 되고 싶어 하는 여자 친구의 꿈을 지켜주는 파수꾼 역할을 자처한 남자의 이야기다. 〈낭만 휴일〉은 인터넷 게시판에서 '저와 『로마의 휴일』을 하지 않겠습니까?' 하는 여자의 글을 보고 메일을 주고받다가, 드디어 실체를 만나게 되는 이야기. 반전이 기다리고 있다. 〈하트리스〉는 동거남과의 섹스리스로 고민하는 여성이 시행착오를 거듭하는 이야기. 〈선(線)이 주는 기쁨〉은 재능 있는 일러스트레이터를 발굴하여 연애하다, 남자를 성공시킨 뒤 반드시 헤어지는 여자 이야기다. 이번에 만난 연하의 일러스트레이터와는 어떻게 될지. 〈슬로 굿바이〉는 이른바 이별 의식으로 '멋진 뒷모습을 남기기 위해' 굿바이 데이트를 하는 오래된 연인의 이별 이야기다.

이십 대의 연애를 그린 이 소설의 특징은 〈하트리스〉, 〈선(線)이 주는 기쁨〉를 제외하고 주인공이 모두 남성이라는 것. 한창 에너지 폭발하는 시기여서인지 섹스 이야기가 많지만, 등장하는 남성들은 하나같이 부드럽고 여리고 착하다. 그런 면에서 현실성 없는 소설일지도. 카리스마 같은 건 어디서도 볼 수 없다. 어떤 형태로든 여자에게 끌려가고 리드당하는 약한 남자들의 모습이다. 이 책의 주인공들은 혹시 작가의 분신이 아닐까 싶은 생각도 들었다. 첫 연애소설이었던 만큼, 아마도 본인의 경험을 소재로 많이 쓰지 않았을까. 주인공 남자들의 공통된 성향이 수상하다(웃음).

이시다 이라의 미스터리 소설이나 SF 소설을 읽어 본 사람이라면 이렇게도 능청맞게 연애소설 전문작가 같은, 나아가 연애 전문가 같은 그에게 뒤통수 한 대 맞은 기분일지도 모르겠다. 그러나 이시다 이라, 강한 듯, 여린 듯하면서도 그의 일화를 보면 '사이다' 같은 화통함도 있다.

모 신문의 칼럼에서 '한국, 중국과 사이좋게 지낼 필요가 있다고 생각하는가?' 하는 설문 조사에서 57.2퍼센트가 그럴 필요 없다고 답한 결과가 나오자, 이시다 이라는 "설문에 응하지 않은 다수를 생각하면 역시 사이좋게 지내야 한다"라는 결론을 내렸다.

몇 해 전에는 "일본만큼 망해도 전 세계에 아무런 영향을 미치지 않는 나라가 있을까? 일본이 망해서 사람들이 곤란한 건 고작 게임과 애니메이션이 사라지는 것 정도겠지."라는 직언을 용감하게 하기도 했다. 앞으로도 이시다 이라 월드를 이어 나갈 작품이 끊임없이 발표되길 기대한다.

권남희

슬
로
굿
바
이

초판 1쇄 찍음   2015년 9월 5일
초판 1쇄 펴냄   2015년 9월 10일

지은이   이시다 이라
옮긴이   권남희
펴낸이   정용수
펴낸곳   도서출판 예문사

박지원이 편집장을, 이수정이 책임편집을, 서은영이 표지와 내지 꾸밈을 맡다.

출판등록   1993. 2. 19. 제11-76호
주소   경기도 파주시 직지길 460(출판도시) 도서출판 예문사
대표전화   031-955-0550
대표팩스   031-955-0605
이메일   yms1993@chol.com
홈페이지   http://www.yeamoonsa.com
단행본 사업부 블로그 http://blog.naver.com/yeamoonsa3

ISBN   978-89-274-1468-1 03830

* 이 도서의 국립중앙도서관 출판예정도서목록(CIP)은 서지정보유통지원시스템 홈페이지
  (http://seoji.nl.go.kr)와 국가자료공동목록시스템(http://www.nl.go.kr/kolisnet)에서
  이용하실 수 있습니다. (CIP제어번호 : CIP2015022267)
* 책값은 뒤표지에 있습니다. 잘못된 책은 구입하신 곳에서 바꿔드립니다.